人物叢書

新装版

大伴旅人《おおとものたびと》

鉄野昌弘

日本歴史学会編集

吉川弘文館

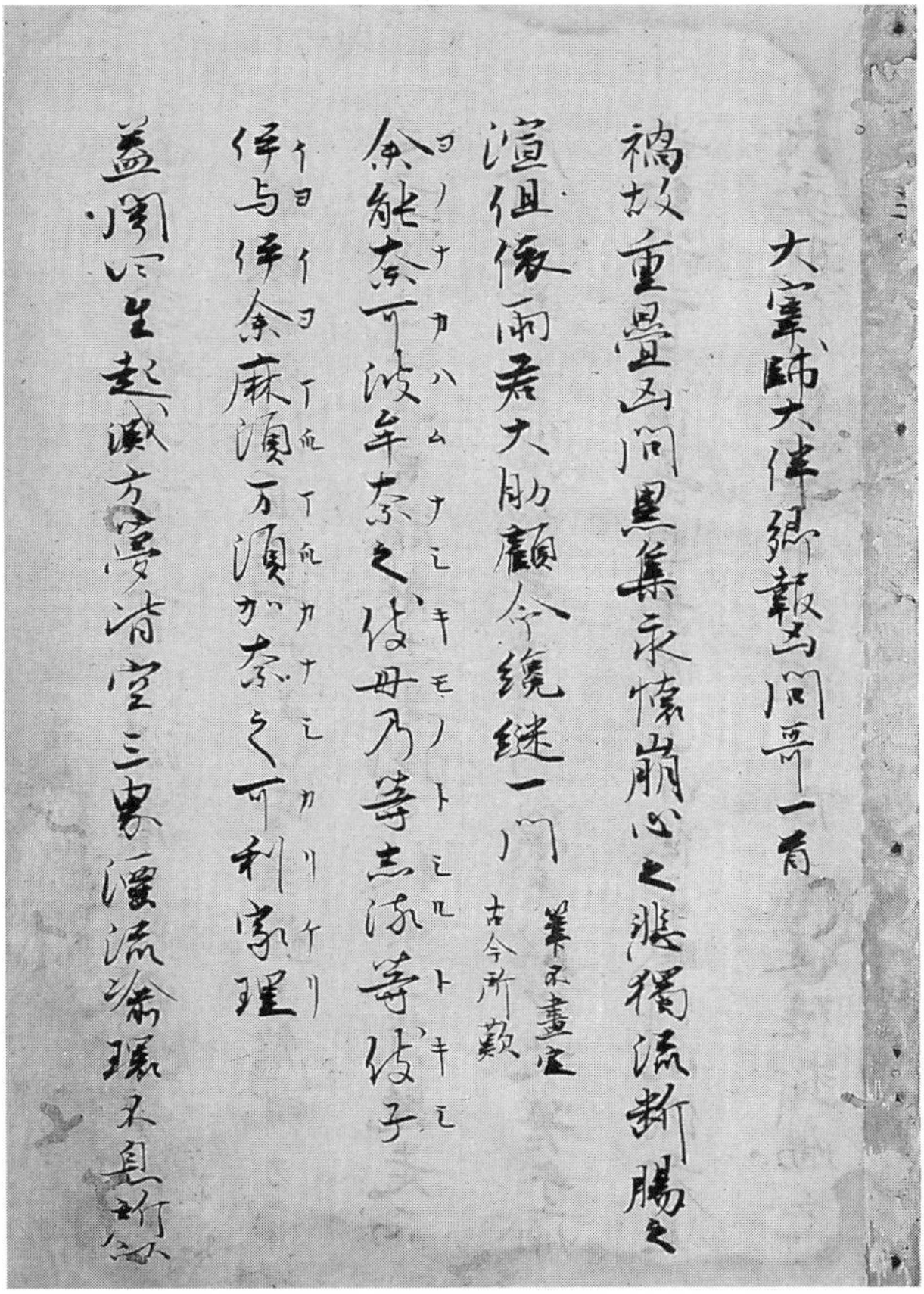

大宰帥大伴卿報凶問歌一首

禍故重疊凶問累集永懐崩心之悲獨流斷腸之

泣但依兩君大助傾命纔継一門　筆不盡言　古今所歎

余能奈可波《ヨノナカハ》牟奈之伎母乃等《ムナシキモノト》志流等伎子《シルトキシ》

伊与余《イヨイヨ》麻須《マス》万須《マス》加奈之可利家理《カナシカリケリ》

蓋聞四生起滅方夢皆空三界漂流喩環不息所以

「凶問に報うる歌」（紀州本『万葉集』巻五，昭和美術館蔵）

大宰府政庁跡

はしがき

今日、「大伴旅人《おおとものたびと》」と言えば、「万葉歌人」とされるのが一般であろう。手元の三省堂『大辞林』を引くと、「665〜731　奈良前期の歌人。安麻呂の長男。家持の父。728年頃大宰帥《だざいのそつ》として下向、二年後大納言となり帰京。万葉集所収の歌は、主に大宰帥在任中のもので、山上憶良らと歌壇を形成した。率直な抒情的歌風で知られ、道教的思想の影響を受けたものも多い。」とある。官人としての履歴も記されているものの、和歌に関する記述が大半を占めている。

確かに、奈良時代を記した正史『続日本紀』に、旅人に関する記事は二〇ヵ所ほどにのぼるが（『日本書紀』に記録される時代にも生きているが、一ヵ所も記事が見えない）、ほとんどが叙位・任官記事で、旅人の政治的な活躍を直接記録する箇所は必ずしも多くない。一方、旅人の作品は、『万葉集』には、推定作も含めれば七〇首を超え、『懐風藻《かいふうそう》』にも一首、詩が見える。官人・政治家としての事蹟より、文学で知られるのは無理もない。本書の筆者もまた、『万葉集』の研究者である。

しかし旅人が生きた時代では、無論そうではなかったはずである。旅人は、古来の名族大伴氏の中核であり、大部分の歌を残した頃の官位は正三位大宰帥《だざいのそち》、屈指の高級官人だった。そして、それほどの貴人が、歌を作ること自体が、まさに文学の問題となるのである。

『万葉集』は雄略《ゆうりやく》・舒明《じょめい》という二代の天皇の歌で始まる。特に「初期万葉」と呼ばれる、天智《てんじ》朝（六六一〜七二）頃までの歌に、天皇や皇子の作の占める割合は高い。『万葉集』に貴人の歌は決して少なくない。しかしそれらの多くは、儀礼や宴の場で誦詠されたと思しき例である。それはむしろ場に要請される事柄を歌っているのであって、歌い手個人の事情や心情を吐露しているのではない。彼ら貴人は、言わばその高貴な立場を役割として、歌を歌うのである。旅人もまた、そうした場において歌うことがある。しかし彼は、その場の要請を超え、その立場以上に、彼の内奥にある心情を表出しようとする。そしてそれが可能であったのは、実は彼が高級官人であったからなのである。そのようなあり方において、彼は『万葉集』の語る歴史上、初めて現われた「歌人」なのであった。身分ある官人の「私」を歌う歌の世界を切り開いた点で、旅人という「歌人」の意義は大きい。

文学作品は、作者からは独立した存在として読み解かれるべきだというのは、一つの立場であろう。しかし少なくとも大伴旅人の歌の場合は、作者が大伴氏の棟梁であり、高級官人であり……という作者の履歴や境遇を抜きでは十分な理解に到達できないと考える。「歌人」大伴旅人を、『人物叢書』の一冊として論ずる必然性もまた、そこにあるはずである。

二〇二〇年九月

鉄野昌弘

目　次

口　絵

「凶問に報うる歌」（紀州本『万葉集』）

大宰府政庁跡

挿　図

凡　例

・古代の文献および漢籍については以下のテキストを用いる。なお、私意をもって改める場合がある。

万葉集―『万葉集』CD-ROM版、木下正俊校訂、塙書房、二〇〇一年。
古事記―新編日本古典文学全集『古事記』神野志隆光・山口佳紀校注・訳、小学館、一九九七年。
日本書紀―新編日本古典文学全集『日本書紀』一～三、小島憲之・直木孝次郎・西宮一民・蔵中進・毛利正守校注・訳、小学館、一九九四～九八年。
風土記―新編日本古典文学全集『風土記』植垣節也校注・訳、小学館、一九九七年。
続日本紀―新日本古典文学大系『続日本紀』一～五、青木和夫・稲岡耕二・笹山晴生・白藤禮幸校注、岩波書店、一九八九～九八年。
続日本後紀―新訂増補国史大系『日本後紀　続日本後紀　日本文徳天皇実録』黒板勝美ほか編、吉川弘文館、一九六六年。
日本三代実録―新訂増補国史大系『日本三代実録』黒板勝美編、吉川弘文館、一九七一年。
懐風藻―日本古典文学大系『懐風藻　文華秀麗集　本朝文粋』小島憲之校注、岩波書店、一九六四年。
古今和歌集―新日本古典文学大系『古今和歌集』小島憲之・新井栄蔵校注、岩波書店、一九八九年。
律令―日本思想大系『律令』井上光貞・関晃・土田直鎮・青木和夫編、岩波書店、一九七六年。
類聚三代格―新訂増補国史大系『類聚三代格　弘仁格抄』、坂本太郎・丸山二郎編、吉川弘文館、一九六五年。
令集解—新訂増補国史大系『令集解』前・中・後編、黒板勝美編、吉川弘文館、一九五五～五九年。
公卿補任—新訂増補国史大系『公卿補任』一～五、黒板昌夫・馬杉太郎編、吉川弘文館、一九六四～六六年。
藤氏家伝—『藤氏家伝　鎌足・定慧・武智麻呂伝　注釈と研究』沖森卓也・佐藤信・矢嶋泉著、吉川弘文館、一九九九年。
雑集—『聖武天皇『雑集』漢字総索引』合田時江編、清文堂、一九九三年。
体源抄—日本古典全集『体源抄』正宗敦夫編、日本古典全集刊行会、一九三三年。
楚辞—新釈漢文大系『楚辞』星川清孝校注、明治書院、一九七〇年。
論語—全釈漢文大系『論語』平岡武夫校注、集英社、一九八〇年。
荘子—全釈漢文大系『荘子』上・下、赤塚忠校注、集英社、一九八〇年。
淮南子—新釈漢文大系『淮南子』上・下、楠山春樹校注、明治書院、一九七九～八八年。
抱朴子—東洋文庫『抱朴子』内篇・外篇一・二、本田済訳注、平凡社、一九九〇年。
晋書—『晋書』中華書局。
文選—全釈漢文大系『文選』一～七、小尾郊一校注、一九七四～七六年。
世説新語—新釈漢文大系『世説新語』上・中・下、目加田誠校注、一九七五～七八年。
芸文類聚—『芸文類聚』上・下、汪紹楹校、上海古籍出版社、一九六五年。
初学記—『初学記』一～三、中華書局、一九六二年。
遊仙窟—『遊仙窟全講　増訂版』八木沢元校注、明治書院、一九七五年。
楽府詩集—『楽府詩集』一～四、中華書局、一九七九年。

・文中で言及する『万葉集』の注釈・テキスト類については、以下の通り略称を用いる。
『代匠記』―契沖『万葉代匠記』

『古義』―鹿持雅澄『万葉集古義』

『新考』―井上通泰『万葉集新考』

『注釈』―澤瀉久孝『万葉集注釈』

『私注』―土屋文明『万葉集私注』

『全注』―『万葉集全注』巻二（稲岡耕二）・巻四（木下正俊）・巻五（井村哲夫）・巻六（吉井巌）。

旧古典全集―日本古典文学全集『万葉集』小島憲之・木下正俊・佐竹昭広校注・訳。

新編古典全集―新編日本古典文学全集『万葉集』小島憲之・木下正俊・東野治之校注・訳。

新古典大系―新日本古典文学大系『万葉集』佐竹昭広・山田英雄・工藤力男・大谷雅夫・山崎福之校注・訳。
・文中の振り仮名は、原則として現代かなづかいとし、和歌の場合のみ歴史的仮名遣とする。

第一　大宰帥になるまで

一　父祖と履歴

旅人の出自

大伴旅人《おおとものたびと》が亡くなったのは、『続日本紀』によれば、天平三年（七三一）七月二十五日である。薨伝に「秋七月辛未、大納言従二位大伴宿禰《すくね》旅人薨しぬ。難波朝の右大臣大紫長《なが》徳《とこ》の孫、大納言贈従二位安麻呂《やすまろ》が第一子なり」とある。

祖父長徳

長徳は、『日本書紀』孝徳《こうとく》天皇即位前紀に「字は馬飼」とあり、いわゆる「大化改新」の始まる年（六四五）六月、孝徳天皇（軽皇子）が即位すべく昇った壇の右に、金の靫《ゆき》を帯びて立ったという。また大化五年（六四九）四月には、巨勢徳陀古《こせのとくだこ》が左大臣に任ぜられるのと並んで、大紫（後の正三位に当たる）右大臣になっている。

父安麻呂

一方、安麻呂は、『日本書紀』に、天武《てんむ》天皇元年（六七二）、壬申の乱において、大和から、不破にいる天武天皇の許に使者として赴いたと記すのが初出である。同十三年二月、小錦中（後の正五位下・従五位上）で、都城を作るべき土地を視察する任務に当たっている。また朱鳥元年（六八六）正月、直広参（後の正五位下）で新羅使の接待のために筑紫に派遣され、同九月の天武天皇の殯宮《ひんきゅう》儀礼では、大蔵の事の誄《しのびごと》を奉った。持統天皇称制二年（六八八）八月、殯宮に新穀を奉る際に、再び誄を奉っている。また『続日本紀』では、大宝元年（七〇一）三月に直大壱（正四位上）から従三位に昇る。同二年には、正月に式部卿、五月、参議朝政となり、さらに六月、兵部卿に任官。慶雲二年（七〇五）八月大納言に昇り、十一月、大宰帥を兼任する。和銅七年（七一四）に薨した時の記事は以下の通り。「五月丁亥の朔、大納言兼大将軍大伴宿禰安麻呂薨しぬ。帝（元明）深く悼みて、詔して従二位を贈りたまう。安麻呂は、難波朝の右大臣大紫長徳の第六子なり」。

壬申の乱で活躍した大伴氏

祖父は右大臣、父は大納言。旅人の薨伝は、彼が名門中の名門の生まれであったことを示している。祖父・父だけではない。壬申の乱で中心となって活躍したのは、長徳の弟である馬来田《まくた》（望多）・吹負《ふけい》（男吹負《おふけい》）である。『日本書紀』天武天皇上巻の語るところでは、二人は病と称して近江朝廷を退き、馬来田が天武に従う一方、吹負は大和の家で将軍に任ぜられ、奮戦の結果、盆地を平定したという。馬来田は天武十二年六月に薨去し、天武は壬申の乱での勲功、先祖代々の功績を讃えて大紫位を与えた。吹負も同年八月に卒し、やはり壬申年の功によって大錦中（後の正四位下・従四位上）を追贈されている。

また安麻呂の兄、御行《みゆき》は、天武四年から名が見え、天武天皇の葬儀に誄を奉り（持統天皇称制二年十一月）、持統八年正月には正広肆《し》（従三位）を与えられ、増封のうえ、氏上《うじのかみ》とされている。『続日本紀』は、大宝元年正月に大納言正広参（従二位）で薨した時、文武《もんむ》天皇は甚だ悼み、人を遣わして葬儀を監護せしめ、藤原不比等《ふじわらのふひと》に詔を宣らしめて、正広弐（正二位）右大臣を追贈したと伝える。兄弟ともに、天皇に薨去を深く悼まれたのである。

大伴氏の歴史

そもそも大伴氏は、「大いなる伴」の名を持つ、伴造《とものみやつこ》氏族の代表格であった。大王の側に仕えた長い歴史を誇り、記紀にも、天孫降臨に同行した天忍日命《あめのおしひのみこと》、神武東征に活躍した道臣（日臣）命を、大伴氏の祖と明記している。歴史時代でも、雄略《ゆうりゃく》朝の大《おお》連《むらじ》であった室屋《むろや》、武烈《ぶれつ》朝から五代にわたって大連となり、継体《けいたい》天皇即位を実現したとされる金村《かなむら》、金村の子で朝鮮半島に外征した狭手彦《さでひこ》などが知られる（いずれも『日本書紀』）。

職掌をもって大王に仕えたウジは、七世紀の氏族政策によって律令官人の出身母体に変化してゆく。その中で、古来の名族大伴氏も変質し、解体してゆかざるを得なかった。にもかかわらず、御行・安麻呂の世代まで、天皇に格別に尊重されていたのは、やはり

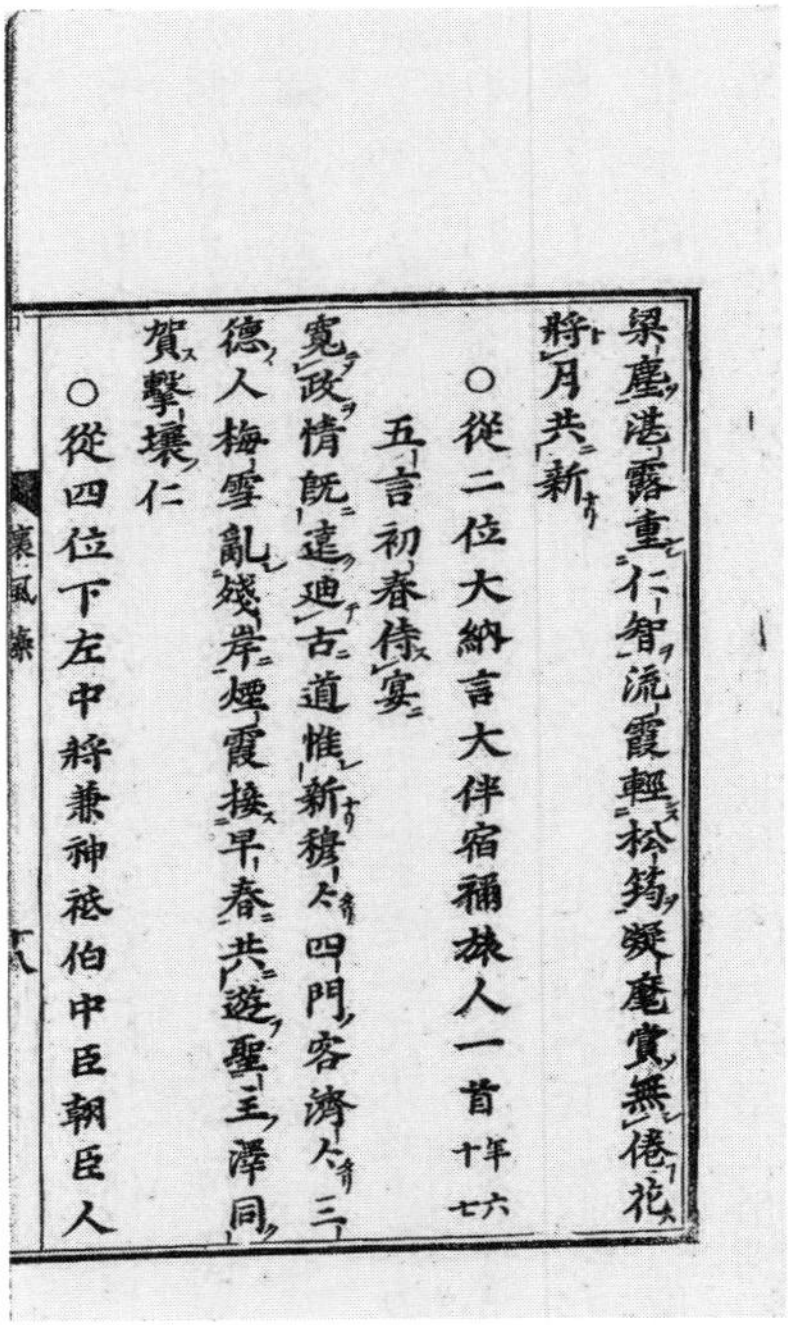

梁塵湛露重仁智流霞軽松筠凝愈寔無倦花将月共新

○従二位大納言大伴宿禰旅人一首 年六十七

五言初春侍宴

寛政情既遠迪古道惟新穆穆四門客済済三徳人梅雪乱残岸煙霞接早春共遊聖主沢同賀撃壌仁

○従四位下左中将兼神祇伯中臣朝臣人

『懐風藻』（国文学研究資料館蔵）

馬来田・吹負らが壬申の乱で天武方に付き、武功を挙げたからであろう。天武十三年の「八色《やくさ》の姓《かばね》」は、官僚登用に優遇すべき氏族を定めた施策と考えられるが、十二月、大伴連は伴造氏族五十氏の筆頭として宿禰の姓を賜っている。

さて、天平三年七月、旅人が薨じた時の年齢は、『続日本紀』には記されないが、『懐《かい》風藻《ふうそう》』に「従二位大納言大伴宿禰旅人　一首　年六十七」とあるのが享年を表わすとすれば、逆算して天智天皇称制四年（六六五）の生まれとなる。「はしがき」に引いた辞書の説明に「奈良前期の歌人」とあるのは、旅人が残した歌がみな六十代になってからの作であったからで、旅人の人生そのものは、過半が平城遷都より前に属するのである（旅人の履歴については、つとに五味智英「大伴旅人序説」『萬葉集の作家と作品』に詳しい考証がある）。

恵まれた道を歩んだか

六六五年生まれであれば、壬申の乱の年に八歳。先に見たように、父安麻呂は、乱の記録の中に名前の見える功労者であり、天武・持統《じとう》・文武・元明《げんめい》朝と栄進して行ったから、旅人も、恵まれた道を歩んだであろう。蔭位《おんい》の制によるならば、二十一歳で出身が可能で、旅人が二十一歳の時、安麻呂はすでに正五位下相当であるから、嫡子旅人には自動的に正八位下が与えられたはずである。蔭位の制は大宝令で設けられたもので、旅人には適用されない。しかし日本ではそれは特定の貴族層の、世代を超えた権力維持が目的であったから、同じような特権は大宝令以前から認められていただろうし、規程が無ければかえって、有力氏族の子弟は、より高い位階を与えられたかもしれない。

正史での初出

『続日本紀』では、和銅三年元日、朝賀に際し、正五位上左将軍として、朱雀大路で騎兵を陳列し、隼人《はやと》・蝦夷《えみし》らを率いて進んだとされるのが初出である。旅人は四十六歳。左将軍とは、儀式の時に騎兵を率いる時の将軍名である。左副将軍は穂積老《ほづみのおゆ》、右将軍は佐伯石湯《さえきのいわゆ》、右副将軍は小野馬養《おののうまかい》であった。この年は言うまでもなく平城京への遷都があり、元明天皇が朝賀を受けた大極殿が平城京のそれか、藤原京のそれかには議論がある。

従四位下に昇叙

和銅四年四月、従四位下に昇叙した。このことは、『本朝月令』四月の「七日成選短冊を奏する事」に引用された「式部記文」に、「和銅四年四月、詔して文武百寮の成選者の位を叙す」として、叙位の記事が並ぶ中に、「正五位上猪名《いなの》真人石前《いわさき》、路《みちの》真人大人《うし》、大伴宿禰旅人、従五位上石上《いそのかみの》朝臣豊庭《とよにわ》に並びに従四位下」と見える。基本的に『続日本紀』の昇叙記事と一致するので、その記事のもととなった資料と考えてよいのだろう。

左将軍として騎兵を率いる

和銅七年十一月、旅人は、朝貢のために来日した新羅使金元静らを迎えるにあたって、再度騎兵を率いる左将軍に任ぜられている。この時の騎兵は、畿内・七道から九九〇人が集められた。左副将軍は二人で、多治比広成《たじひのひろなり》と久米麻呂《くめのまろ》、右将軍は石上豊庭、右副将軍は上毛野広人《かみつけののひろひと》・粟田人《あわたのひと》（必登）であった。

中務卿に抜擢

霊亀元年（七一五）正月、首《おびと》皇太子が初めて礼服を着て朝賀した時、瑞雲が現われたとして、加階が行われた時、旅人は藤原武智麻呂《むちまろ》らとともに従四位上を授けられている。この年九月、元明から元正《げんしょう》への譲位が行われるが、大量の授位はその布石と見られよう。この年五月には中務卿となる。中務省は、天皇に近侍して詔勅の起草や伝達、国史の監修などを司り、八省の中でも重要視されていて、中務卿は他省の長官より一階高い正四位上相当官とされていた。従四位上での任官は抜擢と言ってよいだろう。

中納言になる

養老二年（七一八）三月、長屋王《ながやおう》と安倍宿奈麻呂《あべのすくなまろ》が大納言になるのと同時に、多治比池守《いけもり》・巨勢祖父《おおじ》（邑治）とともに中納言に任官し、台閣の一員となった。ただしこの人事は、左大臣石上麻呂の薨去（前年三月）によって右大臣藤原不比等・中納言安倍宿奈麻呂のみとなった議政官の構成に鑑み、次男房前《ふささき》を参議とし（前年十月）、体制を固めた不比等が、議政官の欠員補充とともに、皇親や有力貴族層との宥和を図ったものとされる（新古典大系『続日本紀』二脚注）。すでに議政官は一氏族につき一人という原則は破られていた。

『公卿補任』に見える官歴

なお『公卿補任』では、この年が旅人の初出であるが、次のように記されている。

従四位上　大伴宿禰旅人《或多比等》同日（筆者注、養老二年三月三日）任ず。三木（筆者注、参議の意）を歴《へ》ず。或本祖父（筆者注、巨勢祖父のこと）の上臈と為す。中務卿を兼ぬ。大納言贈従二位安麿一男（筆者注、頭書略）。和銅三（或いは二）年正月六日、大将軍と為し、正五位上に叙す。四年四月壬午、従四位下に叙す。霊亀元年正月従四上に叙す。五月日中務卿に任ず。（筆者注、頭書略）

『公卿補任』は遥か後代の文献であるから、どこまで信用がおけるか定かでないが、和銅二（？）年の正五位上昇叙、大将軍任官などは、『続日本紀』の欠を補うものとすることができるかもしれない。

山背国摂官に

養老三年正月、正四位下に昇叙、これも武智麻呂と同時だった。同年九月、山背国摂官。摂官は、畿内諸国の行政を中央の高官が直接統括するために置かれた官であり、七道諸国の按察使《あぜち》に相当する。

九州に下る

養老四年二月、隼人が反乱し、大隅国守を殺害する事件が起こった。隼人は、大宝二年にも乱があり、編戸されることに強い抵抗を示していたと見られる。三月、旅人は征隼人持節大将軍となって九州に下った。副将軍が二人（笠御室《かさのみむろ》・巨勢真人《まひと》）付いているので、軍防令の規定により、一万人以上の兵士が動員されたことがわかる。この任は困難を極めたらしく、同年六月、詔を携えた勅使によって慰問されている。詔は次のように言う。

……今、西隅等の賊、乱を怙《たの》み化に逆いて屢《しば》しば良民を害《そこな》う。因て持節将軍正四位下中納言兼中務卿大伴宿禰旅人を遣して、その罪を誅罰《つみな》い彼の巣居を尽さしむ。兵を治め衆を率て兇徒を剪《き》り掃い、酋帥面縛せられて命を下吏に請う。寇党叩頭して争いて敦風に靡く。然れども将軍、原野に暴露《さらさ》れて久しく旬月を延ぶ。時、盛熱に属す。豈《あに》艱苦無けむや。使をして慰問せしむ。忠勤を念うべし。

（今、西方の隅の賊が乱に乗じ、教化に逆らってしばしば良民に被害を与えている。そこで持節将軍正四位下中納言兼中務卿、大伴宿祢旅人を遣して、その罪に罰を与え、その根城を壊滅させた。兵を整え軍衆を率いて兇悪な者どもを掃討し、蛮族の首領は後ろ手に縛られて命乞いをする。賊どもは頭を地に打ちつけて詫び、争って教化に従っている。しかし将軍は、何ヵ月も原野に出たままで、しかも季節は盛夏である。どうして苦労が無いといえよう。そこで使者を派遣して慰問させる。将軍の忠勤を思うべきである。）

南九州の暑い夏、何ヵ月も原野を転戦した労苦を「忠勤」としてねぎらわれたのである。なお七月にも再び、将軍旅人以下、船頭に至るまで物を賜うことが行われている。

不比等の薨去に伴い京へ

八月、右大臣藤原不比等が病を得て薨去した。乱はまだ鎮圧されていなかったが、旅人は京に召喚された。不比等薨去にともない、舎人《とねり》親王（天武天皇皇子）が知太政官事、新田部《にいたべ》親王（同）が知五衛及授刀舎人事に就任する。同年十月、旅人は、大納言長屋王とともに不比等邸に赴き、太政大臣正一位追贈の勅使となった。

位階の上でも公卿に

養老五年正月、従三位を授けられ、旅人は位階の上でも公卿となった。正四位上を飛ばしての特進である。しかし武智麻呂は同様に二階昇叙して従三位になるとともに中納言に任じられ、旅人より十五歳年少でありながら完全に肩を並べることになった。また房前は従四位上から三階昇って、やはり従三位になっている。長屋王は従二位に進み、右大臣となった。同年三月、旅人は、同官・同位の巨勢邑治《おおじ》、藤原武智麻呂とともに、

筑　波　山（つくば観光コンベンション協会提供）

帯刀資人四人を賜っている。同年六月、多治比県守《あがたもり》が中務卿に任官しているので、旅人の任は終わったことになる。十二月、元明太上天皇が崩御し、旅人は営陵に携わった。

　他に養老年間の旅人の事蹟を語る可能性のあるものとして、『万葉集』巻九、「高橋虫麻呂《たかはしのむしまろ》歌集」所出の歌、「検税使大伴卿の筑波山に登る時の歌」（一七五三〜四）および「鹿島郡の苅野橋にして大伴卿を別るる歌」（一七八〇〜一）がある。前者は、「大伴卿」を盛夏に筑波山に案内し、登った時の楽しさを歌う歌であり、後者は鹿島郡苅野橋（現在の茨城県神栖市付近か）で「大伴卿」を送別する時の悲しみの歌である。

「大伴卿」は旅人か

この「大伴卿」を旅人としてよいかどうかには議論がある。高橋虫麻呂の歌は、制作年代の明記された作品が天平四年に藤原宇合《うまかい》が西海道節度使となった時の歌（巻六・九七一～二）のみで、他の作歌をその前後どちらと考えるのかが定まらない。東国での作歌が多いのを、宇合が常陸守となっていた養老年間（養老三年七月、宇合は常陸守で安房・上総・下総の按察使。養老五年正月、正五位下から従四位上に三階進む。神亀元年四月にはすでに式部卿）に、その属官として東国に居た時の所産とすれば、この「大伴卿」が旅人である蓋然性は高い（『代匠記』精撰本など）。

旅人以外の可能性

一方、『私注』は、同じく養老年間のこととしながらも、中納言になった旅人が検税使となることは考えがたく、「大伴卿」は養老四年十月、正五位上で民部大輔になった道足（馬来田の子）だと推測した。また井村哲夫氏は、『万葉集』は「高橋虫麻呂歌集」の年代順の配列を保存していると推測し、先に置かれた「春三月諸卿大夫等の難波に下る時に作る歌」（一七四七～五〇）が、難波行幸のあった天平六年の作であること、「検税使」の初出が「延暦交替式」の「天平六年七道検税使算計法」であり、次いで天平九年長門国正税帳に「天平七年検税使検校腐穀…」とあることからして、検税使の設置が天平六

検税使の官位相当

「卿」は高位の官人を指す

年頃と推測されることなどを挙げ、一七五三歌などは天平六・七年頃の作とし、「大伴卿」は牛養《うしかい》（吹負の子、天平六年頃正五位下）ではないかという（『憶良と虫麻呂』）。

これらが「検税使」を五位クラスの官人と見るのは、宝亀七年正月、七道に派遣された検税使七人、また同年七月、畿内各国に派遣された検税使三人がいずれも五位であったことに基づく（『続日本紀』）。ただし検税使は臨時に置かれる官であるから、官位相当が定められているわけではない。

逆に五位の官人を「大伴卿」と呼んだかどうかには疑問が残ろう。「卿」は原則としては三位以上の公卿を指す。『万葉集』では、三位に至らなかった官人を「卿」と呼ぶ例はいくつかある（巻四・五八六・七五九、巻六・一〇二七）。しかし名を伴わず「某卿」と呼ばれるのは、後に触れる（第四の二）「梅花の歌」における「大弐紀卿」（大宰大弐は正五位上相当官。ただし該当すると見られる紀男人はすでに従四位下。天平十年十月、大宰大弐正四位下で卒。『続日本紀』）のみで、「梅花の歌」における呼称は明らかに特殊であるから参考にならない。牛養は正三位中納言に至っているので（『続日本紀』天平勝宝元年閏五月二十九日薨伝）、それを遡らせて書いたという説明は可能かもしれないが、なお問題である。『万葉集』の他の「大伴卿」の例は、いずれも安麻呂または旅人を指すと見て問題がない。

検税は巡察使の任務

瀧川政次郎氏は、文学研究者は検税使を軽く見がちであるが、これは巡察使の一つで、国倉の貯穀を検量し、不足があれば国司を糾問する職務であり、特に東海道は大国が多いので、国守の責任を問うには相当高位の者でなければならないとして、養老三年には正四位下中納言であった旅人が適任であるという(「検税使大伴卿」『万葉律令考』)。また丸山裕美子氏は、日唐の倉庫令の比較から、日本では巡察使が検税を行う定めとなっており、巡察使の任務が検税であった場合、検税使と呼ばれることがありえたと説く(巡察使は、天武朝以来、何度も史料に見えている)。そして「大伴卿」については、やはり旅人であるが、養老四年、西海道から戻り、五年に従三位になった後ではないかと推測する。養老六年、蝦夷征討に関わって、陸奥鎮所に穀を運搬する必要が生じた時、東海道に三位の公卿が派遣されても不思議ではないというのである(「万葉律令考補―「検税使大伴卿」と「七出例」を中心に―」)。

丸山氏の強調するように、養老四年には、隼人の反乱の一方で、九月、蝦夷の反乱が起こり、按察使上毛野広人が殺されている。ただちに大規模な征討軍が送られ、翌五年四月にはいちおう鎮圧されたが、蝦夷対策は重要な課題だった。六年閏四月の太政官奏に、陸奥按察使管内の租税を減免し、陸奥鎮所への穀の運搬を奨励する内容が含まれ、実際に常陸国から陸奥鎮所へ私穀を献上した者が居た（養老七年二月）のはその一環である。こうした情勢のもと、「検税使」と呼ばれるような巡察使が特に派遣されたとするのは説得力が高い。従三位の旅人ならば、「大伴卿」という呼称も自然である。これが正しければ、旅人は、養老年間の後半、文字通り東奔西走だったということになろう。

正三位に昇叙

さて神亀元年（七二四）二月、元正天皇が譲位し、養老三年六月から朝政を聴いていた皇太子首皇子が、ようやく即位する。旅人は邑治・武智麻呂・房前とともに正三位を授けられ、封戸《ふこ》を増し、物を賜った。長屋王は正二位左大臣に進み、太政官のトップに就任する。旅人は同年七月、石川大蕤比売《おおぬひめ》（天武夫人。穂積親王・紀内親王・田形内親王の母）薨去に際しての勅使となる。

正史から姿を消す

『続日本紀』に限って言えば、聖武《しょうむ》朝における旅人の動静は、それから天平三年正月、正三位から従二位への昇叙まで見えない（『公卿補任』は、神亀三年条に「月日知山城国事を兼ぬ」と記す）。その次は、同年七月、前掲の薨去記事である。

官人として成功

旅人は、最終的に、父の極官大納言に至り、生前の位階としては父を超えた。名門出身故のアドバンテージのみならず、旅人本人も、文官・武官にわたって広く務めあげ、特に任ぜられた官もあることからして、有能と認められていたと思われる。官人としては成功の部類であろう。

藤原氏の台頭を許す

しかし旅人は、安麻呂没後はずっと、大伴氏の最高位者、氏上として一族を率いていた。氏上としての旅人はどうだったろうか。触れて来たように、旅人は、元正朝までに、遥かに若い武智麻呂に位階・官職において追いつかれ、議政官への就任についてはさらに年下の房前の後塵を拝した。女官のトップである妻、県犬養三千代《あがたのいぬかいのみちよ》と連携し、文武天皇に女《むすめ》、宮子を夫人として入れ、首皇子を産ませた不比等の力を抑えることができなかった。名門大伴氏が、新興氏族藤原氏に追い抜かれたのは、まさに旅人の時代である。

歌人旅人の登場へ

『続日本紀』に動静の見えない聖武朝こそが、『万葉集』における旅人の活動時期である。『万葉集』によれば大宰帥、大納言への任官があったはずなのに、正史はその記事を欠く（大納言任官については、『公卿補任』に記事がある。第五の二に後述）。言わば、官人として消去されている間に、歌人旅人は存在していたのだった。

二　相聞歌と婚姻

相聞歌に見る旅人の両親の求婚

『万葉集』にはいわゆる「三大部立」の一つとして「相聞《そうもん》」があり、男女の交わす恋歌を通じて、正史には現われない、多くの氏族の女性名を見ることができる。旅人の子、家持が編纂に深く関わったため、大伴氏内部の婚姻関係は特に詳しくわかる。

大伴宿禰、巨勢郎女《いらつめ》を娉《つまど》う時の歌一首大伴宿禰、諱《いみな》を安麻呂という。難波朝の右大臣大紫大伴長徳卿の第六子にあたり、平城朝に大納言兼大将軍に任ぜられて薨ず

玉かづら 実成らぬ木には ちはやぶる 神そつくといふ ならぬ木ごとに（一〇一）

（玉葛の実の成らない木には、怖しい神が付くというぞ。成らない木には全部）

巨勢郎女の報え贈る歌一首即ち近江朝の大納言巨勢人卿の女なり

玉かづら 花のみ咲きて 成らざるは 誰《た》が恋ならめ 我は恋ひ思ふを（一〇二）

（玉葛のように花ばかり咲いて実の成らないのは、誰の恋でしょう。私は恋しく思っていますのに）

巻二に載る右の贈答は、旅人の両親の求婚の時の歌である。「大伴宿禰」は題詞の注にある通り安麻呂のこと。相手は巨勢郎女で、やはり注によれば、近江朝の大納言巨勢

人の女である。巨勢氏は葛城山の東麓、今の御所《ごせ》市付近を地盤にした氏族で、巨勢人は壬申の乱の結果、子孫とともに流罪になった。この求婚は、天皇代ごとに分ける巻二の配列法によれば、近江朝のことである。

安麻呂と巨勢郎女の駆け引き

安麻呂の歌は、蔓性植物の中に雌雄異株で実を付けない株があるのに、容易に自分に靡《なび》かない相手を譬え、そういう女は悪霊に取り付かれるぞ、と脅している。『今昔物語集』（巻二十）に、実を付けない柿の木に天狗が宿っていたという話があり、実の成らない木には悪霊が宿るという信仰があったらしい（『全注』巻二）。

これに対して、巨勢郎女は、口ばかりで誠意の無いのはそちらでしょう、とやり返している。求婚（娉）の歌としては穏当を欠くようであるが、こうした相聞歌は、男女それぞれに役割を演ずるようなもので、特に初期の相聞歌には、言い合い、駆け引きの要素が濃いと言われる。今の場合も、郎女の側が相手の不実を非難しながら、「我は恋ひ思ふを」と、末尾に自分の恋心を表出することで、承諾の意を伝えているのである。

弟田主をめぐる歌

この巨勢郎女が旅人の母であると記されている箇所は『万葉集』中に見えない。しかし、旅人のすぐ下の弟、田主《たぬし》の母がこの女性であるとの記述があるので、旅人の母も同じと推定されるのである。

石川女郎、大伴宿禰田主に贈る歌一首即ち佐保大納言大伴卿の第二子にあたり、母を巨勢朝臣といふ

みやび男と我は聞けるをやど貸さず我を帰せりおそのみやび男《を》（巻二・一二六）

（風流な御男子と私は聞いていましたのに。宿を貸すこともなく、私をお返しになりました。間の抜けた風流男子ですこと）

「佐保大納言大伴卿」とは安麻呂のことである。奈良遷都後、平城京東北部の佐保に居を構えたことによる称で、『万葉集』では、安麻呂の血を引く大伴の一族を「佐保大納言家」「佐保大伴」などと呼んでいる。この歌の左注によれば、田主（字は仲郎）は絶世の美男で、恋慕した石川女郎が老婆に変装し、「東隣の貧女です。火を借りに参りました」と偽って近づこうとした。女の側から直接求婚するのは、恥とされていたのである。ところが田主は変装に気付かずに、ただ火を取らせただけで返してしまったのだという。一二六〜八は、翌日、悔しく思った女郎から仕掛けた歌のやりとりである。

ただしこの奇談は、「東隣の女」は美人という宋玉「登徒子好色賦」（『文選』巻十九）による約束事や、顔叔子が大雨によって家の壊れた隣の女を泊めたが、家屋を壊してくべてまでも火を絶やさなかったという、よく知られた故事（高松寿夫「規範としての「ミヤビ」・

「風流」―石川女郎・大伴田主「ミヤビヲ問答」の読解をとおして―」『上代和歌史の研究』）に基づくらしく、虚構の蓋然性も高い。田主は『万葉集』にも他出が無く、史書にもいっさい顔を見せない。母の名も記すので架空の人物とは思われないが、一二八歌左注に「足疾」ともあり、病で早世したのであろうか。

もう一人の弟宿奈麻呂

旅人にはもう一人同母弟がいる。宿奈麻呂《すくなまろ》と言い、こちらは『続日本紀』にかなり多くの記事が見えている。和銅元年（七〇八）正月、従六位下から従五位下、同五年正月、従五位上に昇叙、霊亀元年（七一五）五月、左衛士督に任官（旅人の中務卿任官と同時）、養老元年（七一七）正月、正五位下。同三年七月には備後守として安芸・周防二国の按察使となる。同四年正月、正五位上、神亀元年（七二四）二月、聖武天皇即位とともに従四位下。旅人と雁行するようにして昇叙を重ねている。『万葉集』には「右大弁大伴宿奈麻呂卿」（巻四・七五六～九左注）とされており、左右大弁は従四位上相当であるから、そこまで昇ったのかもしれない。大伴氏の中心人物の一人として、旅人を支える存在だったろう。

宿奈麻呂も石川女郎と交渉

この宿奈麻呂も、「石川女郎」と交渉を持っている。

大津皇子の宮の侍《まかたち》石川女郎、大伴宿禰宿奈麻呂に贈る歌一首女郎、字を山田郎女といふ。宿奈麻呂宿禰は大納言兼大将軍卿の第三子にあたる

古《ふ》りにし嫗《おみな》にしてやかくばかり恋に沈まむ手童《たわらは》のごと（巻二・一二九、異伝略）

（よぼよぼの婆さんになって、これほどの恋に溺れるものでしょうか。頑是ない子供のように）

この「石川女郎」は「大津皇子の宮の侍」とされていて、大津皇子の愛人（巻二・一〇七～九）で、ライバルの皇太子草壁《くさかべ》皇子の思い人でもあった（同・一一〇）「石川女郎」と同一人物らしい。ただし宿奈麻呂に対する「老いらくの恋」を嘆く「石川女郎」が、田主とのラブロマンスの登場人物「石川女郎」と同じかどうかは不明である。「石川女郎」は、石川氏の令嬢の意であるから、複数の人物がそのように呼ばれうるのである。

異母妹の坂上郎女

ややこしいのは、安麻呂のもう一人の妻がやはり石川氏の出身であることである。この女性は、『万葉集』で最も多くの歌を残す女性歌人、大伴坂上郎女《さかのうえのいらつめ》を生んでいる。巻四には、藤原四子の末弟、麻呂と坂上郎女との贈答（五二二～八）があり、左注には、次のように記されている。

右、郎女は佐保大納言卿の女なり。はじめ一品穂積皇子に嫁ぎ、寵をかがうること類いなし。しかして皇子薨ぜし後時《のち》に、藤原麻呂大夫、郎女を娉う。郎女、坂上の里に家居す。よりて族氏号《なづ》けて坂上郎女という。

坂上郎女の父は安麻呂で、坂上の里に住んだので、大伴氏内で坂上郎女と呼ばれたという。坂上郎女は最初、穂積《ほづみ》親王に嫁ぎ、その薨去（霊亀元年七月）後、麻呂が求婚したと述べる。ただし贈答の内容から察するに、婚姻はしたものの長続きしなかったらしい（拙稿「藤原麻呂と坂上郎女の贈答歌」『東京女子大学日本文学』一〇二）。坂上郎女は結局、宿奈麻呂と結婚して、二女を設けている（巻四・七五九注など）。異母兄弟・姉妹は結婚が可能だったのである。

石川氏出身の坂上郎女の母

また同巻の六六七歌左注は以下の通り。

右、大伴坂上郎女の母石川内命婦《みようぶ》と安倍朝臣虫麻呂《むしまろ》の母安曇《あずみ》外命婦とは、同居の姉妹、同気の親なり。これによりて郎女と虫麻呂とは、相見ること疎からず、相語らうことすでに密《みそ》かなり。聊《いささ》かに戯歌を作りて問答をなせり。

坂上郎女と安倍虫麻呂とは、母同士が同居する姉妹の間柄だったので、親しく付き合い、戯れに相聞歌を贈り合う仲だったと言う。この注から、坂上郎女の母が石川内命婦（自ら五位以上の位階を持つ女官。外命婦は五位以上の官人の妻）だったとわかる。

「石川内命婦」は、自らの歌では「石川郎女の歌一首則ち佐保大伴の大家《おおとじ》なり」（巻四・五一八題）あるいは「内命婦石川朝臣…諱を邑婆《おおば》と曰ふ」（巻二十・四四三九題）などと記される。「大家」は主婦の意、また「邑婆」は祖母の意で、大伴氏内での呼称であろう。この女性は、旅人没後の天平七年（七三五）まで生存が確認できる（巻三・四六一注）。おそらく巨勢郎女の死後、若くして安麻呂の後妻になり、長く大伴氏の中心にあったのだろう。

異母弟の稲公

安麻呂との間には稲公《いなきみ》（稲君とも）という男子もあった。稲公の歌に「姉坂上郎女の作なり」（巻四・五八六注）とあって、坂上郎女の同母弟とわかる。稲公は、『続日本紀』によれば、天平十三年十二月、従五位下で因幡守、同十五年五月、従五位上、天平勝宝元年（七四九）四月、正五位下、同年八月、兵部大輔、同六年四月、上総守、天平宝字元年（七五七）五月、正五位上、同年八月、従四位下、同二年二月、大和守で、吉祥の語十六字を虫が藤の根に彫ったという瑞祥を奏上している。旅人とは親子ほども年の離れた異母弟であり、藤原仲麻呂政権下では、政権に近い立場を取ったことが窺われる。

石川女郎と石川郎女

田主、宿奈麻呂と交渉のあった「石川女郎」と、坂上郎女・稲公の母「石川郎女（内命婦）」との関係は明確でない。石川氏は、大化前代に最も力のあった蘇我氏の後裔で、その名を冠する以上、同族であるのは間違いない。しかし『万葉集』ではおおむね、「女郎」を他氏族の女性に、「郎女」を（他氏から入った）氏族内の女性に用いるという原則が見られるので（拙稿「「留女之女郎」小考」『大伴家持「歌日誌」論考』）、同一人物ではないのだろう。

氏族同士の結び付きによる婚姻

安麻呂は、巨勢氏、次いで石川氏という古来の名族の女性を妻にしていた。それが旅人の世代と、はっきり異なっていることにも注意される（旅人らの婚姻については第二の一に後述）。彼らの婚姻は、もちろん政略結婚である。しかし、氏族同士の結び付きを背景に持つからこそ、互いに情意を尽くして和合する必要がある。『万葉集』の相聞歌はその記録であり、そこにも実は政治が存在するのである。

三　吉野讃歌

『万葉集』の構成

『万葉集』の歌は「雑歌《ぞうか》」「相聞」「挽歌《ばんか》」の「三大部立」で部類されていると言われるが、それらは決して二十巻全体を統一的に仕切っているのではない。巻一（雑歌）・巻二（相聞・挽歌）で揃った後も、組み合わせを変えて繰り返し現われては、それぞれの巻を構成するのであり、巻十五や巻十七以降の末四巻のように、全く部立がされない巻もある。

時間軸に沿った配列

それでは全く無秩序であるかと言えばそうではなく、それぞれの巻、それぞれの部立が時間軸に沿った歌の配列を持つことでは、ほぼ全巻が統一されていると言ってよい。

巻一・二は先にも触れたように天皇代ごとの区分であり、部立されない巻十五や巻十七以降は、日誌的な日付順である。作者不記の巻十〜十二ですら、先に七世紀の「柿本人麻呂歌集」歌を置く「古今歌巻」の形式を採っている。

歌の歴史を語る

そうした時間軸に沿った構成は、二十巻全体の原理でもある。巻一・二は、ほとんどが「初期万葉」や天武・持統朝の歌で占められ、奈良時代の歌は末尾にわずか存するのみである。一方、巻三以降は奈良時代の歌が過半を占めるようになり、末四巻は、天平二年（七三〇）十一月の歌を皮切りに、巻十六までには含まれていなかった、天平十八年以降の歌を日付順に並べ、天平宝字三年（七五九）正月一日制作の巻二十巻末歌に至っている。『万葉集』は、古の歌から新たな歌へ、という「歌の歴史」を語る書物なのである。

旅人の歌の初出

旅人の作品が『万葉集』に最初に現われるのは巻三の雑歌部で、巻三もまた年代順の配列を採る。

暮春の月、吉野の離宮に幸《いでま》す時に、中納言大伴卿、勅を奉わりて作る歌一首并せて短歌　未だ奉上を経ぬ歌

み吉野の 吉野の宮は 山からし 貴くあらし 川からし さやけくあらし 天地《あめつち》と 長く久しく 万代《よろづよ》に 変はらずあらむ 行幸《いでまし》の宮（巻三・三一五）

（〈み吉野の〉吉野の山は、山の本性からして貴いらしい。川の本性からして清らかであるらしい。天地とともにいつまでも長く久しく、万代にわたって変わらずにあるだろう、この離宮は）

反歌

昔見し 象《きさ》の小川を 今見れば いよよさやけく なりにけるかも（三一六）

（昔見た象の小川を今見ると、いよいよ清らかになったことだなあ）

「暮春の月」とあるだけで年次を欠いているが、『続日本紀』に神亀元年（七二四）「三月庚申の朔、天皇、芳野宮に幸《みゆき》したまう。甲子（五日）、車駕《きょが》宮に還りたまう」とあるのに月が合致するので、このたびの行幸での作と察せられる。

これが旅人の歌としては最も古いものである。旅人はすでに

象の小川（吉野歴史資料館提供）

旅人の名をめぐって

六十歳であった。もっともそれは『万葉集』に残る限りのことで、実際にそれまでに和歌を制作したことが無かったかどうかはわからない。ともあれ、残された歌はすべて三位に昇った後の作であるから、『万葉集』中では、旅人は常に「大伴卿」と呼ばれている。一ヵ所、自称した例があるが（巻五・八一〇題、第三の四で扱う）、そこには「大伴淡等謹状」とあり、『続日本紀』『懐風藻』に見え、一般に通用している「大伴（宿禰）旅人」の名は見えないのである。『続日本紀』には他に、神亀元年二月、正三位に叙された時に「大伴宿禰多比等」と記した例が残る。また『万葉集』に見える「淡等」の字面は、『公卿補任』天平二年条に、「淡等と改名す」とあり、後（第二の一）に触れる「東大寺献物帳」にも二ヵ所現われる。吉井巖氏は、こうした用字の揺れから、「旅人」も宛字の一つにすぎず、タビトという名は、弟の「田主」から類推すれば、本来「田人」すなわち農耕の人の意ではないかという（「大伴旅人の名をめぐって」『萬葉集への視角』）。

さて『続日本紀』では、養老七年（七二三）にも「五月癸酉（九日）芳野宮に行幸したまう。丁丑（十三日）、車駕、宮に還りたまう」とあり、また『続日本紀』には記事を欠くものの、『万葉集』に、「神亀二年乙丑の夏五月、吉野の離宮に幸す時に、笠朝臣金村が作る歌一首」（巻六・九二〇題）などとあって、この前後は毎年、吉野への行幸が行われていたことがわかる。

この時期に繰り返し吉野行幸があったのは、神亀元年二月四日、元正天皇から首皇太子（聖武天皇）への譲位が行われたことと関係しよう。その間の事情は、『全注』巻六（吉井巌）の概説に詳しい。

吉野の盟約

吉野は、陰陽道《おんみようどう》を含めた原始修験道の聖地として、古くから信仰の場であった。それに基づいて、天智《てんじ》朝末期、皇太弟大海人《おおあま》皇子がそこに出家入道し、そこから軍を起こして壬申の乱に勝利したことから、天武王統の聖地としての意味を持つようになる。天武八年（六七九）五月には、そこで天皇・皇后と有力な六皇子（草壁・大津・高市《たけち》・忍壁《おさかべ》・芝基《しき》・河島）とが、永久に事を構えない由の盟約を結んでいる。

聖地行幸の重要性

天武崩御後、持統天皇は、在位九年間に三十一回という、異常なほどの頻度で吉野に通った。それは天武創業の地を訪れ、結ばれた盟約を繰り返し確かめる営みだっただろう。そして持統から孫文武への譲位の前後にも、持統十一年（六九七）四月持統行幸、大宝元年（七〇一）二月文武行幸、六月持統上皇行幸、大宝二年七月文武行幸と催行される。それは、持統の後見から文武が自立して新政を始める過程で、吉野行幸の儀礼的反復が必要とされたのだと考えられる。

その後、大宝二年十二月の持統上皇の崩御、慶雲四年（七〇七）六月、文武天皇の二十五歳での崩御があって、吉野行幸は、大宝二年以来、養老七年までの二十一年間、絶えて行われていない。文武の跡を継いだのは、その母（草壁皇子の后）元明、次いで文武の姉、元正である。文武の遺児首皇子の即位が可能になるまでの中継ぎであった二代の女帝は、天武王統の聖地に足を踏み入れなかった。そして聖武天皇の即位前年から三年連続の吉野行幸は、文武即位前後のそれと同じ意義を担ったはずだ、と吉井氏は言う。

人麻呂作の吉野讃歌

そうした吉野行幸の歴史は、『万葉集』に深く刻み込まれている。柿本人麻呂《かきのもとのひとまろ》は、持統天皇の吉野行幸に際して、二首の長歌作品を制作している。その第一首の方を掲げよう。

吉野宮に幸す時に、柿本朝臣人麻呂が作る歌

やすみしし 我が大君の 聞こし食《を》す 天《あめ》の下に 国はしも さはにあれども 山川の 清き河内《かふち》と 御心を 吉野の国の 花散らふ 秋津の野辺に 宮柱 太敷きませば ももしきの 大宮人は 舟並《な》めて 朝川渡り 舟競《ふなきほ》ひ 夕川渡る この川の 絶ゆることなく この山の いや高知らす 水そそく 瀧の都は 見れど飽かぬかも（巻一・三六）

〈やすみしし〉我が大君がお治めになる天下に国はたくさんあるけれども、山や川の清らかな河内だと、

御心を寄せる——吉野の国の、花の散る秋津の野辺に宮の柱を太々とお立てになると、〈ももしきの〉大宮人たちは、船を並べて朝の川を渡り、船を競わせて夕方、川を渡る。この川が絶えないのと同じく、この山ほどに高々とお治めになる〈水そそく〉滝の都は、見ても見飽きないなあ）

反歌

見れど飽かぬ 吉野の川の 常滑《とこなめ》の 絶ゆることなく また還り見む （三七）

（見ても見飽きない吉野の川のいつも滑らかになっている所のように、いつまでも変わらず、また帰って来て見ることだろう）

「見れど飽かぬ」と繰り返し述べながら、さらに「またかへり見む」と歌う。何度でもこの場所を見ようというこの歌に、品田悦一氏は、天武天皇の遺詔と言うべき、次の歌の反映を見て取っている（「神ながらの歓喜—人麻呂「吉野讃歌」のリアリティ——」『論集上代文学』二九）。

天武天皇の御製

天皇、吉野宮に幸す時の御製歌

淑《よ》き人の 良しと吉《よ》く見て 好しと言ひし 芳野吉く見よ 良き人よく見（巻一・二七）

（かつての良き人が「よし」と言ってよくよく見て「良い」と言った吉野を、よく見よ。今の良き人たちよ、よく見よ）

紀に曰く、「八年己卯の五月、庚辰の朔の甲申、吉野宮に幸す」といふ。

書き下しには、原文の文字を利用してみた。さまざまに書かれたヨシは、これが戯歌ではなく、言霊の発動を感じさせる呪歌であったことを示している。修験道的聖地観に基づいて古の「淑き人」を呼びだし、自らをそれに重ねつつ、新たな「良き人」に同じ行動を取るように命ずる。

天武御製のメッセージ

左注の日付「(天武)八年己卯の五月、庚辰の朔の甲申(五日)」は、かの六皇子との盟約の日を表わしている。「若《も》し今より以後、此の盟の如くにあらずは、身命亡び、子孫絶えむ。忘れじ、失《あやま》たじ」(もし今後、この誓いを破ったら、この身は亡び、子孫は続かないだろう。決して忘れまい、あやまつまい)という誓いの言葉を、「よく見」た、この良き土地とともに記憶せよ、と天武御製は六皇子を初めとする宮廷の人々に言い置くのだろう。

天武の遺詔を吉野で再確認

そして持統天皇の異様な頻度での吉野行幸は、その天武の遺詔を、創業の地に赴いて確認するためだったと考えられる。かの天武御製がそのたびに誦詠されたのではないか、という品田氏の推定は蓋然性が高い。天武崩御後、大津皇子によって盟約がたちまちに破られたのであればこそ、何度でも吉野行幸を繰り返すことが持統天皇には必要と思われただろう。人麻呂の「見れど飽かぬ」吉野を「絶ゆることなくまた還り見む」は、その持統天皇の意志を体現すると考えてよい。

吉野を「見る」こと

以後、『万葉集』の吉野の歌は、多かれ少なかれ、天武御製を意識しつつ、その土地を「見る」ことに拘泥《こうでい》して作られることになる。品田氏は、「柿本人麻呂歌集」の歌と注される、下級官人らによる吉野行楽の歌六首（巻九・一七二〇〜五）が、いずれも「見る」という語を含んでいることに注意している。

待望の聖武天皇即位と讃歌の再現

二代の女帝を中継ぎに立てて、ようやく実現した天武直系の聖武天皇即位に際しては、多くの吉野讃歌が制作されている。それらは人麻呂吉野讃歌の再現でなければならなかったし、天武御製に従って、吉野を「見る」歌であることが求められた。

養老七年癸亥の夏五月、吉野の離宮に幸す時に、笠朝臣金村《かさのあそみかなむら》が作る歌一首并せて短歌

瀧の上の 三船の山に みづ枝さし しじに生ひたる とがの木の いや継ぎ継ぎに 万代にかくし知らさむ み吉野の 秋津の宮は 神からか 貴くあるらむ 国からか 見が欲しからむ 山川を 清みさやけみ うべし神代ゆ 定めけらしも（巻六・九〇七）

（激流のほとりに聳える三船の山に、瑞々しい枝を伸ばして盛んに生えているとがの木——その木のように一直線に、またその木の名のように次々に、万代にもわたって、このようにお治めになるはずの

み吉野の秋津の離宮は、神の本性からかくも貴いのであろうか。国の本性からかくも見たくなるのだろうか。山や川が清らかで爽やかなので、なるほど神代からここを宮と定めたわけだ）

反歌

年のはに かくも見てしか み吉野の 清き河内の 激《たぎ》つ白波（九〇八）

（毎年、こうやって見たいものだ。み吉野の清らかな河内のたぎり流れる白波を）

山高み 白木綿花《しらゆふばな》に 落ち激つ 瀧の河内は 見れど飽かぬかも（九〇九、以下略）

（山が高く、白い木綿の造花のようにたぎり落ちる滝の河内は見ても見飽きないなあ）

「見が欲し」（長歌）、「かくも見てしか」（第一反歌）、「見れど飽かぬかも」（第二反歌）と「見る」ことが繰り返されている。第二反歌の表現は、人麻呂吉野讃歌（前掲）の引き写しである。のみならず、皇室の連綿を表現する、長歌の「とがの木のいや継ぎ継ぎに」もまた、人麻呂の長歌（巻一・二九）の引用なのであった。

神の御代から自然美へ

ただし「再現」「引き写し」であることは、根本的にはオリジナルと異なるということでもある。人麻呂が第二の長歌（三八）で、吉野の山や川の神が天皇に奉仕する様を述べ、「山川も依りて仕ふる神の御代かも」と結んだ精神は、養老・神亀の吉野讃歌には見出し難い。「うべし神代ゆ定めけらしも」という笠金村歌の結びは、いみじくも金村の現在が、人麻呂の歌う「神の御代」ではないことを照らし出している。その中で、「見る」ことも、「清き河内」の「木綿花」のごとき「激つ白波」、すなわち吉野の清澄な自然美に対する観賞へと傾斜しないではいない。

山部赤人の讃歌

山部赤人《やまべのあかひと》の次の歌も、そうした傾向を如実に表している。

やすみしし わご大君の 高知らす 吉野の宮は たたなづく 青垣隠《ごも》り 川なみの 清き河内そ 春へには 花咲きををり 秋へには 霧立ち渡る その山の いやますますに この川の 絶ゆることなく ももしきの 大宮人は 常に通はむ（巻六・九二三）

（〈やすみしし〉我が大君が高々とお造りになる吉野の宮は、〈たたなづく〉青い垣根のような山々の中に包まれ、川の流れの清らかな河内であるよ。春には花が咲き乱れ、秋には霧が立ちこめる。その山々のように引き続き、この川のように絶えることなく、〈ももしきの〉大宮人たちは、いつまでも変わらずに通い続けることだろう）

反歌二首

み吉野の 象山のまの 木末《こぬれ》には ここだも騒く 鳥の声かも（九二四）

（み吉野の象山の間の梢には、これほどにも盛んに鳴き騒ぐ鳥の声であることか）

ぬばたまの 夜のふけ行けば 久木《ひさぎ》生《お》ふる 清き川原に 千鳥しば鳴く（九二五）

〈ぬばたまの〉夜が更けてゆくと、久木の生える清らかな川原に千鳥がしきりに鳴く〉

この作の山と川とを交替に述べてゆく叙法は、人麻呂の第二長歌を模している。「この川の絶ゆることなく」は、人麻呂第一長歌の表現の明確な引用である。しかしここにはすでに「見る」という語は見えない。長歌では、「見る」ことは、春秋における吉野の美的な景観描写の底に潜められている。反歌二首に露わなのは、視覚よりも聴覚である。天武に命じられた「見る」ことは、広く吉野の地を体験することに置き換えられている。咲き乱れる花、立ちこめる霧、盛んに鳴く鳥たちに、吉野の地霊の働きが感じられているのだろうが、それが人麻呂のように「神」という語で表わされることは無いのである。

旅人の讃歌

以上に挙げた金村や赤人の吉野讃歌と比較して、旅人のそれはどうか。長歌で、山と川とを対にする点、特に川の清冽さを讃える点は、人麻呂を踏襲し、金村や赤人と共通する。「天地と長く久しく、万代に変はらずあらむ」と、離宮の永続を寿ぐのも、「この川の絶ゆることなく」(人麻呂・赤人)や「万代にかくし知らさむ」(金村)、「常に通はむ」(赤人)などに通じている。しかし一方、人麻呂第二長歌の山川の神の奉仕は無論のこと、金村や赤人が詳細に述べた吉野の景観や、人麻呂第一長歌に述べられた大宮人《おおみやびと》のさまなどは、いずれも歌われていない。そのために長歌は、他作品より著しく短く終わっている。

きわめて観念的な作風

つまり旅人の長歌は、きわめて観念的なのであった。それは必ずしも非難すべき事柄ではない。その表現には、漢語を読み下して作られた語（翻訳語）が目立つことが、清水克彦氏によって指摘されている（「旅人の宮廷儀礼歌」『萬葉論集』）。例えば「天地と長く久しく」（原文「天地与長久」）は、「天地長久」といった熟語を読み下してできたと考えられる。

不改常典との類似

また「万代に変はらずあらむ」は原文「萬代尓不改将有」であり、動詞カハルに「改」字を用いたのは、『万葉集』中、ここだけである。その字面からただちに連想されるのは、この行幸の一ヵ月前に出された聖武天皇即位宣命の一節である。

……挂畏淡海大津宮御宇倭根子天皇乃万世尓不改常典止立賜敷賜閉魯随法……

（挂《か》けまくも畏《かしこ》き淡海《おうみの》大津宮に御宇《あめのしたしらしめ》し倭根子天皇《やまとねこすめらみこと》の、万世に改《かわ》るまじき常の典《のり》と立て賜い敷き賜える法《のり》の随《まにま》に…）

（口にするのも畏れ多い、近江大津宮で天下を治められた天皇〈天智〉が、万代にわたって変えてはならない永久の決まりとして定められた法に従って…）

中納言という職掌柄、旅人はこの宣命を目にしたはずだし、この文言を決して忘れて

いなかっただろうと清水氏は言う。さらに、これより遡ること十七年、元明天皇即位宣命にも

……是者関母威岐近江大津宮御宇大倭根子天皇乃与天地共長、与日月共遠、不改常典止立賜比敷賜覇留法乎…

（是は関《か》けまくも威《かしこ》き近江大津宮に御宇しし大倭根子天皇の天地と共に長く、日月と共に遠く、改るましじき常の典と立て賜い敷き賜える法を…）

と「不改常典」が言及され、しかも「与天地共長、与日月共遠」等々、旅人の「天地与長久」に類似の表現までが見出されることが指摘されている。

『論語』を出典としたか

清水氏は加えて、旅人長歌においてカハの語が「水」字で記されていることに着目し、それが『懐風藻』の吉野詩の表現、例えば、

惟《こ》れ山にして且《また》惟れ水　能《よ》く智にして亦能く仁（中臣人足「吉野の宮に遊ぶ」）

（ここ吉野は山であり、そして川である。よく智であり、またよく仁である）

縦《しょう》歌《か》して水智に臨み　長嘯《ちょうしゅう》して山仁を楽しぶ（藤原万里《まろ》「吉野川に遊ぶ」）

（気ままに歌って智なる川に臨み、長く口笛を吹いて山の仁を楽しむ）

などに通ずることも挙げている。それらは『論語』雍也篇の「知者楽水、仁者楽山」（知

者は水を楽しみ、仁者は山を楽しむ）を踏まえることが明らかであるが、旅人は宮廷儀礼歌を制作するうえで、当時の吉野詩を想起し、『論語』を出典として踏まえたとも充分考えられるという。

画期的な讃歌

かように漢語・漢文と深く関わる文字表現を持つ旅人の吉野讃歌は、儀礼の場で朗誦されるべき宮廷儀礼歌としては例外的である、という清水氏の指摘は大事である。書記され、読まれて初めて十全に意味を発揮するあり方は、おそらく吉野讃歌の伝統の中で画期的であろう。

皇位継承の原則

それを認めたうえで、なお旅人の歌う「観念」を追究するならば、やはり先に触れた即位宣命との関係が重要と考える。「万代尓不改」の字面に想起される「不改常典」とは、「淡海大津宮御宇倭根子天皇」すなわち天智天皇が定めたとされる、皇位継承の原則である。元明即位宣命は、持統が「日並所知《ひなみし》皇太子《のみこのみこと》」（草壁皇子）の嫡子である文武に譲位し、かつ太上天皇として並び立って天下を治めたことを、天智の「不改常典」の実行であったと記す。また聖武即位宣命では、元正の語ったこととして、自分（元正）が母元明から譲位された時に、「不改常典」の通り、間違いなく聖武に皇位が渡るようにせよと命じられた、それを今実行して譲位するのだ、と述べられている。

守るべき不改常典

要するに「不改常典」とは、皇位の嫡子相続の墨守だったと考えられる。持統朝で皇太子格だった、天武の最年長の皇子、高市《たけち》皇子が薨した時、皇位継承を論ずる会議で、葛野王《かどののおおきみ》（大友皇子の子）が、「子孫相承《う》けて天位を襲《つ》げり。若し兄弟相及ぼさば則ち乱此より興らむ」（子・孫と代々相続して天皇位を継いでいるのだ。もし兄弟に継がせたら、混乱はそこから起こるだろう）と述べて、残る天武皇子たちの異論を退け、草壁の遺児軽皇子（後の文武天皇）を皇太子にと望む持統天皇の意を得たと伝える（『懐風藻』）のも、同じ思想である。

天智天皇に由来を求める

実際には、天智から天武へは兄弟の相続であり、まさに「乱を興して」大友皇子から簒奪しているのであって、天武嫡系相続が天智の遺詔に基づいたり、それを葛野王が主張したりするのは、まことに皮肉である。しかし、それを実現するべく中継ぎに立った持統も元明も天智皇女であり、即位の根拠は天智にあった。したがって「不改常典」を天智に由来すると言挙げするのには十分な理由があったと思われる。また葛野王のような生まれの者の主張だからこそ、会議では説得力を持ったのだろう。

天皇を讃美する旅人の歌

清水氏は、宣命の字句を肯定的に吸収する旅人の歌は、その宣命、ひいてはそれを発する天皇に随順と讃美の心を表明しているという。換言すれば、嫡系の新帝即位をついに実現させた「不改常典」の理念への讃嘆こそが、このきわめて観念的な長歌の真に歌わんとするところではなかったか。

久々の吉野行幸を慶ぶ

旅人は、反歌に至って、「見る」ことを歌う。「昔見し」とは、毎年のように吉野行幸に従駕した持統・文武朝の体験を言うに違いない。天武の遺詔を創業の地に戻って確認することを、中継ぎの女帝二代を通過し、久々に果たしえて見れば、聖地は昔よりもなお清らかに見える。それは皇室とともに晴れの日を迎えた慶びの歌と考えてよいだろう。かくてこの長反歌は、天智・天武という二人の偉大な帝王の遺詔が、今実行されたことを寿ぐことになるのである。

宮廷歌人との違い

ただし「昔見し象の小川」は、宮廷の人々皆にあてはまる事柄ではない。二十年以上を経て、ようやく復活した行幸にあって、それはこの年六十歳の旅人ならではの表現であろう。そのあり方は、人麻呂や金村・赤人ら、史書には見えない卑官たち——いわゆる「宮廷歌人」——の吉野讃歌とは大いに異なる。彼らの表現は、「大宮人」の誰にでも共有されるのでなければならなかった。

異例の旅人の歌

旅人の長反歌の題詞には、「奉勅」とあり、かつ「未だ奉上を経ぬ歌」とある。その経緯がいかなるものであったかについては諸説があり、定まらない。しかし吉野讃歌が人麻呂作歌を前例とし、それに倣うことが求められるのならば、勅が中納言である旅人にのみ下されることは考えにくい。『万葉集』中に、旅人と同じ神亀元年三月の吉野行幸における作と明記する歌は存在しない。しかし赤人の前掲の長反歌は、神亀二年の金村歌の後に配列されているものの、左注に「先後不審」とあり、第二反歌の「久木」が春の花とされる（巻十・一八六二）ことからすれば、旅人と同じ三月の行幸で制作された蓋然性が高い。またその後に並ぶ赤人のもう一つの長反歌（巻六・九二六～七）も、長歌末尾に「み狩そ立たす、春の茂野に」とあり、やはり同じ行幸での作と推測される。「勅」は、むしろ「宮廷歌人」らを念頭に、官人ら全体に向けられたもので、旅人は異例ながら、進んでそれに応じてみた、といった事情の想定に与したい（内田賢徳「旅人の思想と憶良の思想」『セミナー万葉の歌人と作品』四）。

歌は手許に留められたか

清水氏の説くように、この長反歌は、書記された形でこそ意味を持つものであったから、口頭で披露されることも最初から想定されていなかったのであろう。結局、「奏上」を経ることもなく、作品は旅人の手許に留められた。ただ新帝に対する、いささか過剰なまでの旅人の祝意を証するものとして、『万葉集』に残されたと考えるのである。

生涯唯一の長歌に

吉野讃歌は、旅人の大宰府赴任前の唯一の作歌であり、生涯を通じて唯一の長歌作品でもある。長歌は元来、吉野讃歌のような集団による儀礼のための歌型であった。大宰府赴任後、旅人はそうした歌を作ることがない。ひたすら短歌に拠って、自身に固有の心情を歌い続けるのである。旅人の遺す最初の短歌である、吉野讃歌の反歌のあり方は、そうした以後の旅人の歌を予告するものと言えようか。

第二　筑紫下向と亡妻

一　筑紫下向

旅人の筑紫下向

先に触れたように、大伴旅人《おおとものたびと》が大宰帥《だざいのそち》になって筑紫に下ったことは、正史『続日本紀』からはいっさいわからない。『万葉集』によってその次第を知るのみである。

大宰府

大宰府《だざいふ》は地方官衙としては特別な存在で、西海道諸国を管掌する他、外交面では使節に対する交渉や接待、国防面では防人《さきもり》の指揮や軍事施設・兵器の維持など、広い任務を担っていた。大化前代には那津官家《なのつのみやけ》と呼び、現在の博多にあったが、天智二年（六六三）八月の白村江《はくそんこう》の敗戦を機に、一五キロほど内陸、現在の太宰府市の地に移った。大野山南麓に、東西一〇〇メートル、南北二〇〇メートルに及ぶ政庁を構え、平城京と同じように、そこから南に朱雀大路が伸び、左右に条坊制が敷かれていた。発掘によれば、大宰府の条坊区画は一辺九〇メートル四方を単位とし、南北二十二条、東に十二坊、西に八坊が設定されていたと

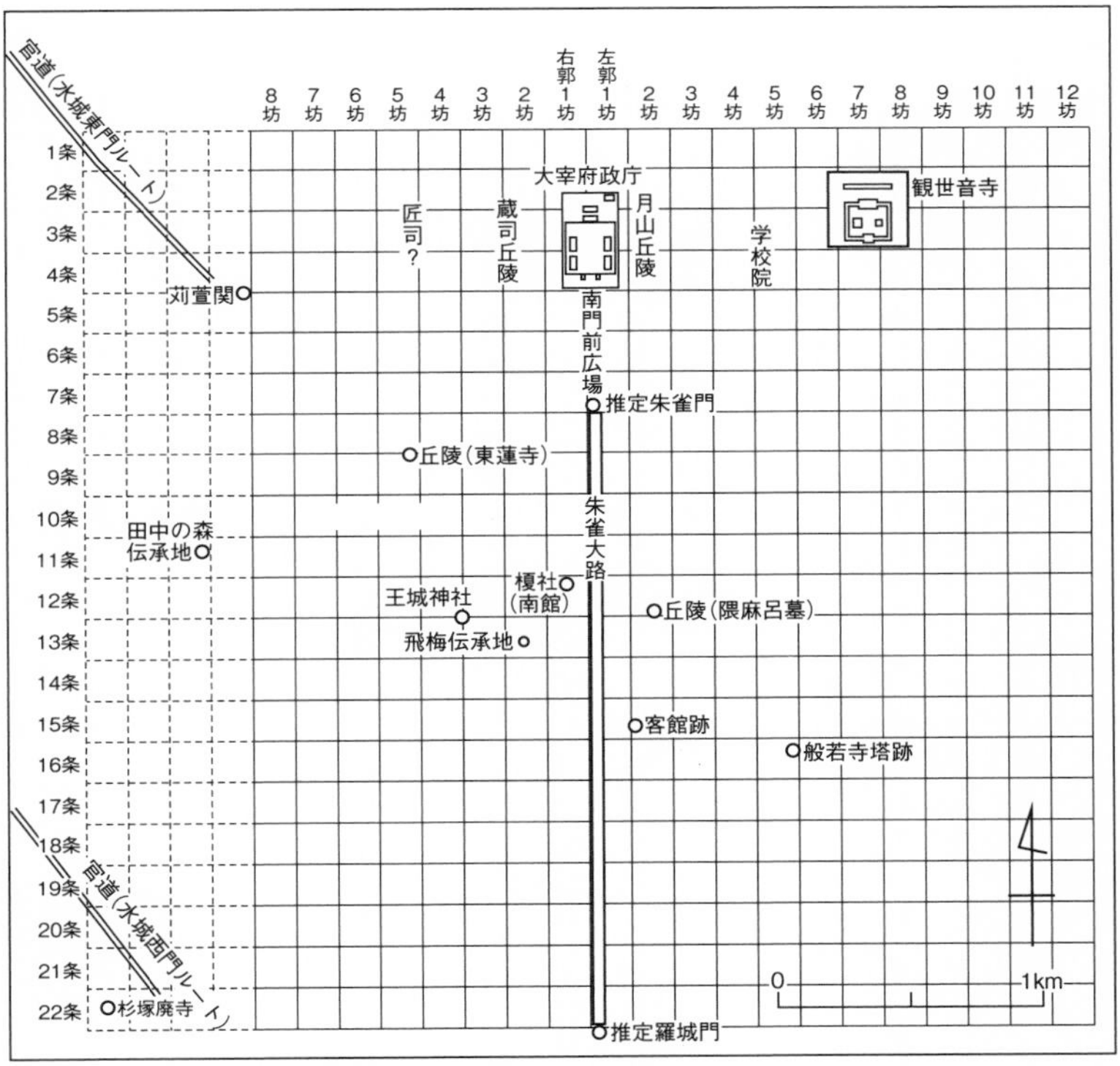

大宰府条坊跡復原図（井上信正『大宰府の研究』をもとに作成）

見られる（井上信正「大宰府条坊論」『大宰府の研究』）。政庁の東には、斉明《さいめい》天皇追善のために天智《てんじ》天皇が発願した観世音寺が建っていた。政庁（都府楼）跡の礎石群や、今も残る観世音寺に、往時の壮麗さを偲ぶことができる。

大宰帥

その長官である帥は、従三位相当で、やはり地方官としては破格の高官が当てられることになっている。しかし実際には現地に赴任しない場合も多かった。父安麻呂《やすまろ》が大宰帥になったのは慶雲二年（七〇五）十一月だったが、大納言との兼官だったから、下向はしなかっただろう。旅人も、京へ戻ることを「大宰帥大伴卿、大納言に任ぜられ帥を兼ぬること旧のごとし京に上る時に」（巻十七・三八九〇題）と表わされており、以後、大宰帥としては現地に居なかったことになる。旅人薨去の後は、大納言藤原武智麻呂《ふじわらのむちまろ》が兼任した（天平三年九月二十七日）が、やはり遥任である。

多治比池守

旅人より前には、多治比池守《たじひのいけもり》が、霊亀元年（七一五）五月に大宰帥に任官していた。池守は養老二年（七一八）三月、旅人とともに中納言、同五年正月に大納言になっているので、少なくとも養老年間には大宰府に居なかっただろう。池守から旅人へ、直接交替があったのか、他に誰かが挟まっていたのかも不明である。

大宰帥になった理由

なぜ、すでに六十代の旅人が、大宰帥となり、しかも実際に下向しなくてはならなか

武人としての旅人

大宰府都府楼跡

ったのか、その理由もよくわからない。ただし養老四年、征隼人持節大将軍として実際に西海道で軍事活動をした経験が重視されたことは確かであろう。

旅人の武人としての面を表わすものに、正倉院宝物の「東大寺献物帳」（『国家珍宝帳』、天平勝宝八歳〈七五六〉六月二十一日付）の一節がある。「槻御弓六張」の中に、

一張長六尺六寸六分　纏樺籐　末曲　紫皮纏弓把　黄紬袋緋綾裏　大伴淡等

また「檀御弓八張」の中にも、

一張長六尺五寸五分　黒斑　弓把上部三　紫皮纏弓把　大伴淡等

とある。旅人所有の槻弓《つきゆみ》・檀弓《まゆみ》が、いかなる路をたどってか、光明《こうみよう》皇太后によって

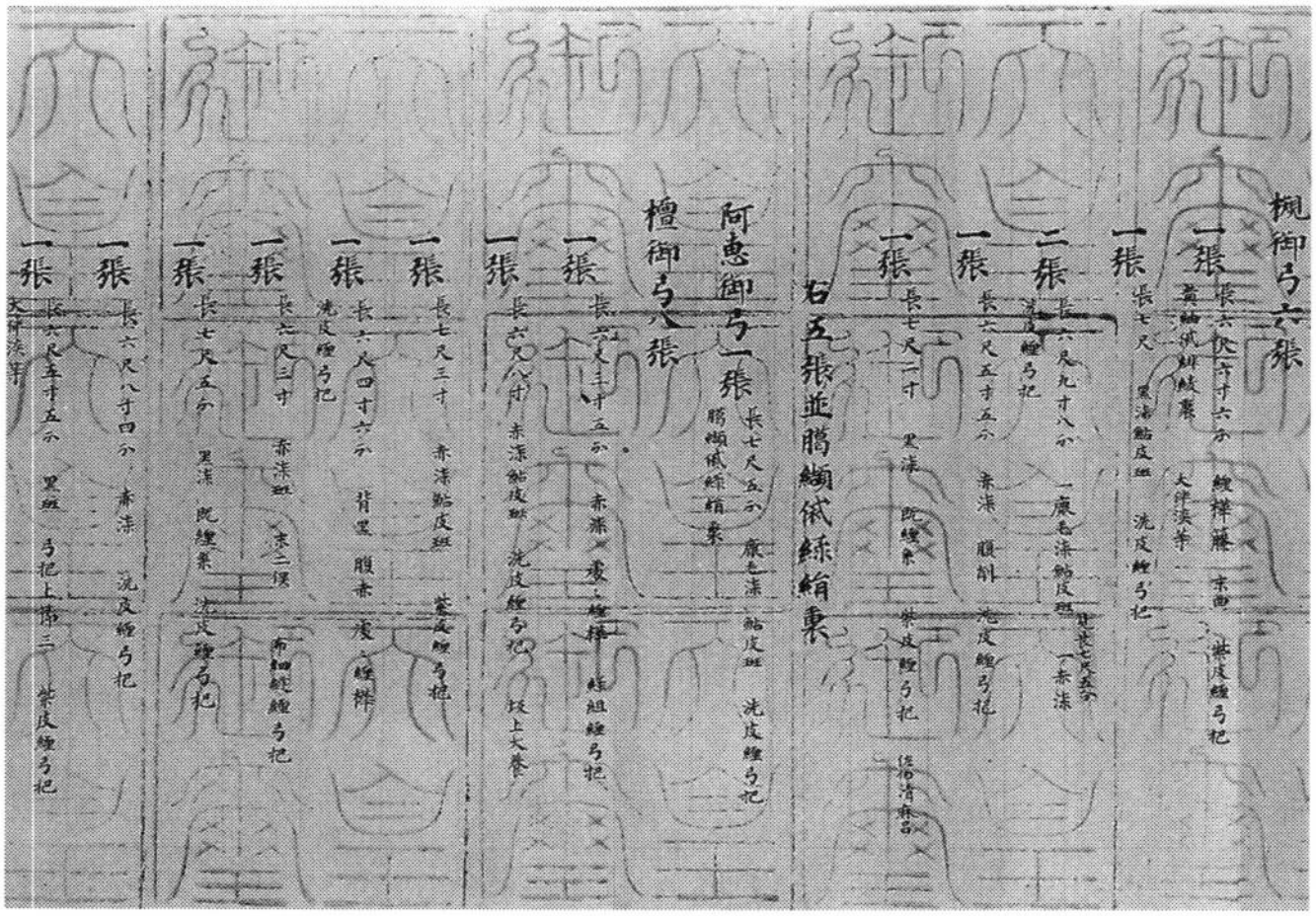
槻御弓六張
一張 長六尺六寸六分 纏樺纏 末曲 紫皮纏弓把
一張 長七尺 黒漆鮎皮班 洗皮纏弓把
二張 長六尺九寸八分 一鹿毛漆鮎皮班 一赤漆 洗皮纏弓把
一張 長六尺五寸五分 赤漆 腹削 洗皮纏弓把
一張 長七尺二寸 黒漆 紫皮纏弓把 佐伯清麻呂
右五張並䐡纈絁綵絹袋
阿恵御弓一張 長七尺五分 鹿毛漆鮎皮班 洗皮纏弓把
檀御弓八張
一張 長六尺三寸五分 赤漆 組纏弓把
一張 長六尺八寸 赤漆鮎皮班 洗皮纏弓把 坂上犬養
一張 長七尺三寸 赤漆鮎皮班 紫皮纏弓把
一張 長六尺四寸六分 背黒 腹赤
一張 長六尺三寸 赤漆班 末二俣 布細綖纏弓把
一張 長七尺五分 黒漆 洗皮纏弓把
一張 長六尺八寸四分 赤漆 洗皮纏弓把
一張 長六尺五寸五分 黒班 弓把上纏三 紫皮纏弓把 大伴淡等

「東大寺献物帳」
（『国家珍宝帳』，正倉院宝物，宮内庁正倉院事務所蔵）

東大寺に献納されたのである。槻弓六張の中に佐伯清麻呂《さえきのきよまろ》、檀弓八張の中に坂上犬養《さかのうえのいぬかい》の名も見える。清麻呂は、天平勝宝二年十一月、正四位下左衛士督で卒している。佐伯氏は大伴氏と並び称される武門である。一方、犬養は天平宝字八年（七六四）十二月、大和守正四位上で卒しているが、伝に、若くして武才を称賛され、長く左衛士督を務めたと記される。ともに武人としてよく知られた存在だったのだろう。槻弓・檀弓は、やはり、武人としての旅人を顕彰するために、皇室に献上されたと推測される（なおこれらの弓は、天平宝字八年九月、藤原仲麻呂の乱の際、貸し出されたまま返却されなかった）。

政情不安定な西海道

隼人《はやと》の反乱は、養老五年になって鎮圧され、七月に副将軍らが帰還しているが、斬首・捕虜千四百余人と報告されている。六月には戦乱に疲弊した筑紫の辺塞の民の調・庸を免除し、軍功のあった諸国の兵士に二年間の賦役《ぶやく》を免除する旨の詔が出され、さらに養老七年四月には、大宰府から、日向・大隅・薩摩三国の士卒が隼人征討に駆り出されたうえに、穀物が稔らず、餓えているとして、課役を三年免除するよう申請されている。西海道は決して安定しているとは言えなかった。途中で帰還した征隼人持節大将軍の任務を続行するかのように、旅人は筑紫に下るのである。

大宰帥に適任の旅人

そして、後にも見るように（第四の四）、半島の新羅との関係も、次第に悪化の兆しがあった。外交に責任ある者を大宰府に置く必要があったのかもしれない。文武に心得のある旅人は、帥として派遣するのであれば、確かに最も適任であっただろう。

二　妻の死

妻大伴郎女の死

しかし大宰府に下った旅人は、早々に不幸に見舞われる。ともに下向した妻大伴郎女《いらつめ》が、赴任早々に病死したのである。その経緯は、次の歌の左注に詳しい。

式部大輔石上《いそのかみの》堅魚《かつお》朝臣の歌一首

ほととぎす 来鳴きとよもす 卯の花の ともにや来しと 問はましものを

（巻八・一四七二）

（ほととぎすが来て声を響かせる。卯の花のお供に来たのかと尋ねてみたいものだが）

右、神亀五年戊辰、大宰帥大伴卿の妻大伴郎女、病に遇いて長逝す。ここに、勅使式部大輔石上朝臣堅魚を大宰府に遣わして、喪を弔い并《あわ》せて物を賜う。その事すでに畢《おわ》り、駅使と府の諸卿大夫等と共に記夷城《きいのき》に登りて望遊する日に、乃《すなわ》ちこの歌を作る。

勅使派遣の特例に

喪葬令は、京官の三位以上の者が祖父母・父母および妻の喪に遭った場合は奏聞し、使を遣って弔わせることを定めている。当条の集解は、「一云」として、外官の場合は、臨時に勅を聴くことと述べ、「従二位大伴卿、大宰帥に任じ、妻の喪に遭う。奏聞して使を遣わし弔うのみ」と、旅人の場合をその例として挙げている。大宰府への弔使派遣は特別な措置だったと見られる。

派遣された勅使は、式部大輔の石上堅魚だった。弔問の儀が終わり、直会の場として、

妻の死の時期

基肄城跡

大宰府の西南にある記夷城（一般に「基肄城」と書く。基山山上の朝鮮式山城）に登り、使者たちや大宰府の官人らが望遊した時に、堅魚が歌ったのが一四七二歌である。

歌は、ホトトギスと卯の花（ウツギ）を歌っているので初夏の候とわかる。旅人の妻の死去は、駅使の往復その他の時間を含めて、一ヵ月ほど前のことであろうか（佐藤美知子「旅人の妻の死をめぐって」『萬葉集と中国文学受容の世界』）。旅人もまた、初夏の花、橘をもって応じている。

大宰帥大伴卿の和《こた》うる歌一首

橘の 花散る里の ほととぎす 片恋しつつ 鳴く日しそ多き（一四七三）

（橘の花の散る里のほととぎすは、片恋を

しながら鳴く日が多いのだ）

堅魚の歌は見立てか

ただしこの贈答には、現在も解釈の揺れがある。旅人の歌が、ホトトギスを自分、橘の花を亡き妻に見立てていることは明らかである。その見立てが、堅魚の歌のホトトギスと卯の花にも認められるか否か、に大きな見解の分かれ目がある。

ホトトギスへの寓意

ホトトギスは、平安時代になると「死出の田長《たおさ》」などと呼ばれ、冥界との間を往復する鳥と考えられるようになった。契沖『代匠記』は、そうした発想を昔からのものとして、「なき人と共にやこしと、郭公にとはましものをとなり」（初稿本）と解している。それ以来、何らかの寓意を認める説が、ほぼ一貫して有力視されてきた。

しかし寓意説は多種多様で、十分納得のゆく決定的なものが見当たらない。契沖説は、第二・三句を序詞のように取る解釈で、現在は顧みられていない。ホトトギスと卯の花は付きものなのに、その場に卯の花が無いので、ホトトギスが卯の花を恋しがって鳴いているのかと問いたい、と歌って、妻を喪った旅人への同情を暗示した、とするのが、現在の主流である。しかしその場に無い卯の花をわざわざ歌うであろうか。ホトトギスと取り合わせられるのは、旅人歌の橘も同様であり、藤とともに歌うこともある（巻十・一九四四・一九九一など）。ホトトギスから卯の花だけを想起するわけではない。「卯の花」

はやはり、この記夷城に咲いていると考えるのが自然である。

諸注は「卯の花のともにや来し」を、「卯の花とともに」の意として疑わない。しかしホトトギスは「来鳴きとよもす」のであり、どこかから飛来してきたのである。一方、卯の花はそこにあって動かない。「卯の花のともにや来し」は、先に口語訳したように、ホトトギスが卯の花のお供のために飛んで来たのか、の意とするのが適切と考える。したがって旅人が妻を伴って筑紫に来た、とか、旅人はここに妻を連れて来られない、とかの寓意を読み取るのにも無理がある。

「問はましものを」と反実仮想になっているのを、旅人に遠慮して問えないの意と取る説もあるが、そのように歌えば、すでに問うたも同然である。そもそも、旅人夫妻をそのようにホトトギスと卯の花に擬することが、旅人に対する弔慰になるのであろうか。悪く言えばあてこすりのようで、かえって失礼になりはしないか。

異郷での感傷を歌った堅魚

筆者は、『新考』などが説くように、堅魚は直接弔意を表わしたのではないと見る方がよいと考える。ホトトギスと卯の花の取り合わせを目にして、ホトトギスが人語を解するならば、卯の花のお供に来たのかと尋ねてみたい、と歌ったのだろう。仲良さそうな花鳥に問いかけるのには、堅魚自身——一座の者も皆——異郷にあることによる感傷

ホトトギスに身を重ねる旅人

や人恋しさが込められているのかもしれない。
そこに寓意を強引に読みこんだのが旅人なのである。堅魚の卯の花に対して、旅人が橘を歌っていることに注意したい。卯の花は野山に咲くことが歌われ、橘は人里の花とされるのが一般である（高橋虫麻呂の「ほととぎすを詠む」に、「卯の花の咲きたる野辺ゆ飛びかけり来鳴きとよもし、橘の花を居散らし、ひねもすに鳴けど聞き良し」〈巻九・一七五五〉とある）。今、一行は山上に居る。そこに咲く卯の花のお供をするために飛んできたのか、という堅魚に、旅人は、いやそうではなく、橘の花の散る里のホトトギスが、花の行方を追ってここまで来たのだ、と応じたのである。人語を解するならば尋ねてみたい、という堅魚の問いに、言わばホトトギスに成り代わる形で、旅人は答えたのであった。居なくなってしまった橘の花に片恋して、鳴いてばかりいる。大宰帥たる旅人にとって、亡妻の悲哀は、こうした寓意に託して、初めて公にできるものであったろう（拙稿「橘の花散る里の霍公鳥」『大伴家持「歌日誌」論考』）。

景物に感情移入して妻を悼む

ホトトギスに成り代わるような景物への感情移入は、この後に作ったと思しい次のような歌にも見られる。

帥大伴卿、次田《すきた》の温泉に宿りて鶴《たづ》が音《ね》を聞きて作る歌一首

湯の原に 鳴く葦鶴《あしたづ》は 我《あ》がごとく 妹に恋ふれや 時わかず鳴く（巻六・九六一）

（湯の原で鳴く葦鶴は、私のように愛しい人のことを恋うるからか——いやそんなことはなかろうに、合間もなく鳴くことだ）

次田温泉は今の福岡県筑紫野市二日市にあり、大宰府政庁から二キロほどのところである。そこに宿泊し、鶴がしきりに鳴くのを聞いて、まるで自分がいつも妻を恋しく思って泣いているのと同じようだ、と歌う。またそれほど直截ではないけれども、

大宰帥大伴卿の歌二首

我が岡に さ雄鹿来鳴く 初萩の 花妻問ひに 来鳴くさ雄鹿（巻八・一五四一）

（我が家近くの岡に牡鹿が来て鳴く。初萩の花の妻を訪れに来鳴く牡鹿よ）

我が岡の 秋萩の花 風をいたみ 散るべくなりぬ 見む人もがも（一五四二）

（我が家近くの岡の秋萩の花が、風が強くて散りそうになった。散るまでに見てくれる人がいればいいのに）

といった季節詠に、鹿と萩の交情を仮想し、続けて萩が散るのをともに見る人の居ない孤独を歌うのにも、亡妻の悲哀が潜在していることが窺われよう。

亡妻を悼む挽歌

以上とは別に、巻三挽歌部には、亡妻を悼む旅人の歌が計十一首並んでいる。

神亀五年戊辰、大宰帥大伴卿、故人を思い恋うる歌三首

愛《うつく》しき人のまきてししきたへの我が手枕《たまくら》をまく人あらめや（四三八）

（可愛いあの人が枕にした〈しきたへの〉私の腕枕を、また枕にする人があろうか）

右の一首は、別れ去《い》にて数旬を経て作る歌

その第一首は、妻の死後数十日を経て作ったのだという。ホトトギスをめぐる唱和と相前後する時期である。歌は「故人を思い恋うる歌」の題詞通り、共寝の記憶をたどる、きわめて相聞的な内容である。

旅人の女性関係

亡くなった大伴郎女は、勅使が送られているのだから、無論正妻である。旅人の妻は、大伴郎女以外には知られていない。他に関係する女性といえば、丹生女王《にうのおおきみ》（系統不詳。石田王の妻か〈巻三・四二〇～二〉）が大宰帥時代の旅人に送ってきた歌（巻四・五五三～四、巻八・一六一〇）に、以前の交情が匂わされているぐらいである（第三の三に後述）。

他の妻の存在

ただし旅人に他に妻が居なかったかどうかは問題である。旅人の子は、家持《やかもち》（養老二年〈七一八〉生まれ）の他、書持《ふみもち》（『万葉集』中に十二首の歌を残す。天平十八年〈七四六〉秋、おそらく二十代で夭折）、留女《とめめ》（巻十九・四一九八歌の左注に「大伴家持の妹」とある。リュウジョと読んで、都に居残った女性の意とされることもあるが、トメメという名であろう。尾山篤二郎『大伴家持の研究』上）の三人がある。

家持が越中守として赴任中、病に臥した時（天平十九年春）の歌に、「たらちねの母の命」が、いつ帰って来るかと待ちわびているだろうに、と述べる一節がある（巻十七・三九六二）。また家持は、遥か後の天応元年（七八一）五月から八月まで、「母の憂い」によって左大弁を解任されている（『続日本紀』）。これらによれば、家持の母は、大伴郎女とは別人であることになる。巻十九に、家持が越中から「京の丹比《たじひ》の家」に贈った歌があることから、具体的に丹比氏の出身と推定する説もある（尾山前掲書）。

家持らの母

家持は、旅人が五十四歳の時の子で、この下になお二人の子がいるとなると（家持と書持・留女とは、その親密ぶりから同母と思しい）、その母は旅人より相当年下だったと想定される。旅人のように、男子が必要な身ならば婚姻は早いはずで、少なくとも三十前後で正妻を得たと仮定すれば、正妻大伴郎女との間には子が生まれず、別に儲けた若い妻との間に三人の子ができたと考えうる。その妻が天応元年まで生存することも考え易い。

大伴郎女が家持らの母か

しかし、家持らの母はやはり大伴郎女で、家持が歌う母、喪に服した母を、坂上《さかのうえの》郎女《いらつめ》（天平勝宝二年〈七五〇〉夏頃まで生存が確認される）とする見方（『私注』『注釈』など）にも、なお可能性は残るように思われる。坂上郎女は、母石川郎女《いしかわのいらつめ》（内命婦）の跡を継いで、大伴氏佐保大納言家の家刀自（主婦）として活躍したことが、さまざまな歌から明らかである。旅人亡き後、家持の親代わりだったことも窺われ（巻六・九七九など）、後には娘坂上大嬢《おおおとめ》を嫁がせて、義母ともなった。また夫宿奈麻呂《すくなまろ》との死別後、大宰府に下っているが（第五の三に後述）、それを形式的に旅人の妻となったと見ることができるかもしれない。確かに、題詞・左注では「姑《おば》大伴氏坂上郎女」（巻十七・三九二七題）などとあって、家持は坂上郎女を母として扱っていない。しかし病中の歌では、京の家で待つ人たちが、母・妻・子等の順で歌われていて、母と妻坂上大嬢が同居している趣である。少なくとも妻坂上大嬢が「京の丹比の家」などに居るとは考え難く、家持の留守中は母坂上郎女とともに過ごしていただろう。この歌の中では、坂上郎女が「たらちねの母」と扱われたと考えても良いのではあるまいか。

いずれにしろ家持らの母について、確定的なことは言えそうにない。にもかかわらず、いささか拘泥《こうでい》して通説に異を唱えてみたのは、大伴郎女の他に、三人もの子を為した別の妻が居たと考えるのに、違和感を感ずるからである。それほどに、歌に見える旅人の亡妻の悲しみは深い。「我が手枕をまく人あらめや」という言葉を信じてみたい気がする。

同族出身の妻

「大伴郎女」という呼び名は、この女性が大伴氏内の生まれであることを示している。

その婚姻は、宿奈麻呂—坂上郎女、家持—坂上大嬢の他、駿河麻呂《するがまろ》—坂上二嬢《おとおとめ》（大嬢の妹）、稲公《いなきみ》—田村大嬢（宿奈麻呂の女、坂上大嬢の義理の姉妹）と、この時期の大伴氏に著しい同族婚の早い例と言うことができる。『万葉集』内で確認される、おそらく旅人と大伴郎

女は、郎女が幼い頃からよく知った仲だったのであろう。

夫妻の親密さは、巻三挽歌《ばんか》の後続の歌にも窺われるが、残りの十首は、天平二年冬、旅人が大宰府から帰京する際に歌われる。後（第五の三）にあらためて見ることにしよう。

三　「凶問に報うる歌」

『万葉集』巻五の特徴

『万葉集』巻五は、それまでの四巻とは大いに様相を異にしている。巻一・巻二は、「古撰の巻」と言われるように、雄略《ゆうりやく》天皇や、仁徳《にんとく》天皇の磐姫《いわのひめ》皇后といった五世紀の人々の歌を巻頭に置き、天皇の代ごとに区切って時代順に歌を並べ、どちらも奈良時代に入って間もなくの歌で巻を閉じている。その二巻で、雑歌（巻一）・相聞・挽歌（巻二）のいわゆる「三大部立」が揃い、以下の諸巻の規範となっている。巻三・巻四は、前二巻の続編のような趣で、「三大部立」に沿った構成（巻三は雑歌・譬喩歌・挽歌、巻四は相聞）

を取り、やはり古歌を先頭に立て、主として奈良時代の歌を時代順に配列している。

時間・空間的な限定

一方、巻五は、時系列的な配列という点ではそれまでと同じであるが、期間は神亀五年（七二八）から天平五年（七三三）までにほぼ限定されている。また収録されている歌は、大宰帥大伴旅人と筑前守山上憶良《やまのうえのおくら》、およびその周囲の人々による作品ばかりである。つまり時間・空間的に非常に狭い世界を記録する意味合いが強いのである。そして巻頭には「雑歌」という部立標目が記されているが、広瀬本・紀州本・細井本など古い系統の写本にはこの標目が無く、部立無しが元来の形であるらしい。

旅人の世界に家持もならう

こうした形態を『万葉集』中に求めれば、巻十七〜二十の末四巻が、家持の歌を中心に日付順の配列を持ち、部立を欠くのがそれに相当する。「家持歌日誌」などと呼ばれる末四巻は、大宰府における父旅人をめぐる歌の世界に、家持が倣おうとするところに成り立ったと考えられるのである。

凶問に報うる歌

さて、その巻五の巻頭を占めるのが、旅人の「凶問に報うる歌」（神亀五年六月二十三日）と、憶良の「日本挽歌」（同七月二十一日）である。ともに人の死に関わる二つの歌群で始まることは、巻五の「雑歌」の標目が、もともと無かったことの証拠になるだろう。

「凶問に報うる歌」の「凶問」とは、弔問ではなく、凶事のしらせの意である。訃報を旅人が受け取り、それに対する返事の歌、というのが題意である。歌の前に短い漢文が付いている。

禍故《かこ》重畳《ちょうじょう》し、凶問累集《るいじゅう》す。永く崩心の悲しびを懐《いだ》き、独り断腸の涙を流す。ただし、両君の大き助けに依りて、傾ける命をわずかに継ぐのみ。筆の言を尽くさぬは、古に今に嘆く所なり。

（禍が重なり、悪い報せが集まって来ます。ずっと心が崩れるような悲しみを抱き、独り腸を断ちきられるような苦しみの涙を流しています。ただ御二方の大いなる助けをいただいて、この老残の身をやっと永らえております。手紙では意を言い尽くせないという嘆きは、昔も今も変わりません）

誰の凶事か

これは、報せをもたらした人に対する返信と見られる。「両君」とあるから二人であるが、誰と誰であるかははっきりわからない。また誰が亡くなったのかも不明である。ただ天平二年六月、旅人が脚の病のために危篤になった時、遺言を述べようとして京から呼び寄せたのが、異母弟稲公と甥胡麻呂《こまろ》だったので、「両君」はこの二人だったとする見方がある（『私注』）。またこの時、同母弟宿奈麻呂が呼ばれておらず、また神亀元年を最後に『続日本紀』から名前も見えなくなるので、神亀五年に亡くなったのは宿奈麻呂ではないかとも言われる（橋本達雄「坂上郎女のこと一、二」『大伴家持作品論攷』）。

妻の死に重なる凶事

そうした詮索より大事なのは、この書簡の「禍故重畳し」とか「永く崩心の悲しびを懐き」といった文言が、妻大伴郎女の死を踏まえていることであろう。前節に見たように、妻はこの年、ホトトギスの鳴く初夏を前にして亡くなったのであった。勅使石上堅魚に和した一四七二歌、「別れ去にて数旬を経て作る歌」四三八歌に次いで、妻の死後数ヵ月を経ての悲しみを吐露したのが「凶問に報うる歌」なのである。

書簡の結び「筆不尽言」は、『易経』に「書不尽言、言不尽意」(書は言を尽くさず、言は意を尽さず)とあるのをもじったもの。手紙では言葉を尽くせないし、言葉では意を言い尽くせない。そう言ったうえで、添えられた歌が次の一首である。

世間《よのなか》は 空しきものと 知る時し いよよますます 悲しかりけり (七九三)

(「世の中は空しいもの」と知った時に、いよいよますます悲しくなるのだった)

仏の救済にすがる旅人

口語訳すると何ということもないように見えるが、なかなかどうして、これは難しい歌である。「知る時し」のシは強意の副助詞で、「知った、まさにその時に」といったニュアンスである。「世間は空しきもの」と知ることが、なぜ「いよよますます悲し」くなることに繋がるのか。

それを明快に説明したのは、高木市之助氏であった(『日本詩人選 大伴旅人・山上憶良』)。

高木氏は、「世間は空しきもの」とは、『上宮聖徳法王帝説』などに見える聖徳太子の言葉、「世間虚仮《こけ》、唯仏是真」の前四字を指しており、仏の教えに従って、この世は所詮、空しい仮の世と知ることは、亡き妻への執着を解消し、悲しみから救ってくれるはずであるという。いったんはその救済にすがろうとした旅人は、しかしその時、いよいよ悲しくなる自分に気づいた。救いの言葉がますます悲しみを募らせる皮肉を歌ったのが、この一首だと言うのである。

妻の不在を嘆くだけか

「世間は空しきもの」を「世間虚仮」の翻訳と見なす高木説に対しては、「虚仮」とは虚妄の意、真実の対語であって、ムナシとは大きく異なるという芳賀紀雄氏（「終焉の志」『萬葉集における中国文学の受容』）の批判がある。芳賀氏はまた、このムナシは、「色即是空、空即是色」といった上段に振りかぶった仏教的な意味で用いられたのではなく、より具象的な妻など何者かの不在を表わすのだとも言う。

しかし『万葉集』では、訓字で書く場合、ヨノナカは「世間」、ムナシは「空」と記されるのが一般的である。この歌の上二句は、「世間虚仮」ではなくとも、仏典に頻出する「世間空」といった文言と無関係とは思われない。「…は～もの」というテーゼめいた言い方も、それが広く知られた観念であったことを思わせる。そして助詞シによって、「世間は空しきものと知る」ことこそが、悲しみをいよいよ増すのだった、と強調するのは、それが本来、悲哀からの救済を目途するものだったからだ、という高木説はやはり魅力的である。

悲しみを歌にして救いを見出す

芳賀氏の指摘を容れながら筆者なりに敷衍《ふえん》すれば、次のようなことではあるまいか。――妻が死に、弟が死に、身近な人たちが次々に消えてゆく。確かな存在と思えたこの世界が、これほど頼りなく、空虚であったとは。仏典によく言う「世間空」とは、こういうことか。しかし納得したところで、それは少しも慰めにならない。いよいよますます悲しくなるばかりなのだなあ――。旅人の理解は、仏典における「空」の概念というより、和語ムナシに即していて、仏教的な悟りからは遠いのであろう。だから、悲しみから救われなくて当然でもある。むしろ旅人は、宗教的な救済よりも、存分に悲しみ、それを歌にすることに救いを見出しているように思われる。

四　山上憶良「日本挽歌」前置漢文と詩

山上憶良の「日本挽歌」

この世に確実なものなど何も無い、という条理を突き付けられても、なぜ世間がそう

妻の死を悼む憶良

なっているのか、ということ自体は、人間にとって不条理でしかない。旅人が「凶問に報うる歌」で提示した、その主題を引き継ぐのが、憶良の「日本挽歌」である。

「日本挽歌」と通称されているが、それは長反歌計六首に付けられた題名で、その前には無題の漢文（無韻）一つと、やはり無題の七言四句の詩一首が置かれている。反歌の終わった後に「神亀五年七月二十一日に、筑前国守山上憶良上《たてまつ》る」という左注があって、全体をまとめている。つまりこれは、漢文・漢詩と長反歌という二部から成る連作なのである。ただしその二部は、全て妻の死を悼み悲しむ点では変わりないが、互いに独立していて、趣もかなり異なっている。

> 蓋《けだ》し聞く、四生の起滅は、夢の皆空しきが方《ごと》く、三界の漂流は、環《たまき》の息《や》まぬが喩《ごと》し。所以《このゆえ》に維摩《ゆいま》大士は方丈に在りて、染疾の患《うれ》いを懐《いだ》くことあり、釈迦能仁《のうにん》も双林にいまして、泥洹《ないおん》の苦しびを免れたまうことなし、と。故に知りぬ、二聖の至極すらに、力負《りきふ》の尋ね至ることを払うこと能《あた》わず、三千世界、誰か能く黒闇の捜《あなぐ》り来ることを逃れむ、ということを。二つの鼠競い走りて、目を渡る鳥旦《あした》に飛び、四つの蛇争い侵して、隙を過ぐる駒夕《ゆふへ》に走《に》ぐ。嗟乎《ああ》痛きかも。
> 紅顔は三従と共に長く逝き、素質は四徳と永く滅《き》えたり。いかにか図らむ、偕老、

要期に違い、独飛半路に生かむとは。蘭室に屛風徒《いたずら》に張りて、断腸の哀しびいよいよ痛く、枕頭に明鏡空しく懸かりて、染筠《ぜんいん》の涙いよいよ落つ。泉門一たび掩《と》ずれば、再び見む由もなし。嗚呼《ああ》哀しきかも。

（このように聞いている。生まれ方は異なっても、あらゆる生物は生まれては死ぬ。それは夢が皆はかないようなものであると。また生物は欲・色・無色の三界をぐるぐると廻っている。それは輪に終わりが無いようなものであると。だから維摩居士も方丈で病にかかったし、釈尊も沙羅双樹の林で涅槃の苦しみを逃れられなかったのだ。至極の聖人二人でも無常の力が及ぶのを払い除けられなかったのだから、無数にある世界の誰も、死の魔女が尋ねて来るのから逃れられないのも知れたことだ。昼と夜が鼠の競争のように巡って、時は、朝、目の前を鳥が飛び過ぎるように瞬く間に流れ、この世を構成する元素が互いに争って、あらゆる物が分解するさまは、まるで夕方、疾走する馬を隙間からちらりと見るように素早い。ああ、何と傷ましいことか。

あの血色の良い顔は、つつましい態度とともに遠く去り、あの白い肌は女性らしい徳とともに永遠に消えてしまった。思ってもみなかった、老後を共にする約束が違えられ、人生半ばではぐれ鳥のようになろうとは。香りの良い部屋に屛風が所在なく置かれていれば、腸を断つ悲しみがいよいよ痛切になり、枕もとに美しい鏡が空しく掛けられていれば、妻を失った悲しみの涙がますます落ちるばかり。

黄泉の国の門がいったん閉ざされれば、二度と会う手立ても無い。ああ、何と悲しいことか）

漢文は、世間無常の理を述べる「嗟乎痛きかも」までの前半と、美しく気高かった妻に二度と逢えない悲しみを訴える後半とに二分される。

教義に忠実でない叙述

前半の叙述はまことに仏教色が濃いけれども、しかしその教義に忠実かと言えばそうではない。維摩詰《ゆいまきつ》（釈迦在世時の優れた在家仏教者。梵語 Vimalakīrti の音訳）も病気になり、釈尊も泥洹《ないおん》（涅槃に同じ）の苦しみを味わったのだから、凡夫たる我々が死を免れないのは当然だ、という論法であるが、そもそも「涅槃」は「苦しび」ではない。「涅槃」（nirvana）は、いっさいの煩悩の消えた理想状態であって、釈尊は衆生に死に方の模範を示したのである。その「涅槃」を苦しみと見なす時点で、すでにそれは凡夫の謬見に他ならないのであった（井村哲夫『全注』巻五）。

仏教の理を超える悲哀

このような誤りを憶良が知らずに犯すことはないだろう。憶良は遣唐使の一員となった経験（大宝二年〈七〇二〉渡唐、慶雲元年〈七〇四〉帰朝か）を持つ当代一流の教養人であったし、後には「三宝を礼拝し、日として勤めざることなし」「毎日誦経し発露懺悔す」（巻五「沈痾自哀文」、天平五年六月）と記す仏教信者でもあった。何より、この文に見える多数の仏教語が憶良の知識を語っている。にもかかわらず、なおこのような言辞を弄するのは、憶良にもやはり、「無常の理の不条理」に納得しえない情があるからではなかろうか。この世の誰もが死を逃れられないという真理に到達しても、それは何らの救いをももたらさない。「嗟乎痛きかも」という嘆きに繋がるのみである。そして後半、故人の姿や人柄を偲び、残された形見を見ながら涙するところにも、悲哀の流露以外のものは無い。

旅人の歌に和する漢文

「筑前国守山上憶良上る」という左注は、全体が旅人に献上されたことを表わしている。真に迫った哀情の表現から、憶良自身の亡妻体験を述べたものかとする議論もかつてあったが、それはこの際、問題ではないだろう。もし憶良が旅人の「凶問に報うる歌」を知っていたとするならば、この漢文が、まず「凶問に報うる歌」に和する形で作られたと見うるのではないか。そう推測するのは、仏教の説くこの世の条理に説得されながら、それからはみだす情を抑えきれない点に、両者の共通点を見出すからである。

作品独自の文体

この漢文は、いかなる種類のものであるかについて、芳賀紀雄氏は、従来言われてきた誄《るい》や哀策文は、それらが有韻であるゆえに相違が大きく、無韻の文で、共通する語彙や言い回しの見られるのは、碑文・墓誌、あるいは供養願文《くようがんもん》の類であると述べる（「憶良の挽歌詩」前掲書）。しかしながら無論、これは墓誌や願文そのものではない。墓誌に不可欠な故人の功業の叙述や、追善供養の文言が見えないからである。それは、憶良がこの

七言詩の解釈

作品のために創り出した文体ということになるだろう。

一方、無題の七言詩はどうか。

愛河波浪已先滅　愛河の波浪は已《すで》に先《ま》ず滅し
苦海煩悩亦無結　苦海の煩悩も亦《ま》た結ぶこと無し
従来厭離此穢土　従来此の穢土《えど》を厭離《おんり》せり
本願託生彼浄刹　本願に生を彼の浄刹《じょうさつ》に託《よ》せよ

（愛の河の波はまず消え、苦の海の煩悩もまた結ぶことが無くなった。あなたはこの穢い世の中を生前から厭うていた。本来の願い通り、生をあの清らかな世界に寄せて下さい）

この詩の解釈には揺れがある。例えば第二句の「無結」を、旧古典全集に「一定の場所に凝結して留まることがない。不定の状態を示す」と注し、第二句全体を「それとともに煩悩の海も渡り終えない（この世の煩悩も尽きることがない）」と口語訳している。しかし「愛河波浪」（愛欲の溺れやすいことを河にたとえた）と「苦海煩悩」（生死輪廻を繰り返す六道の世界。世間の苦悩の比喩）とが対応し、「已先滅」と「亦無結」とも対応するから、最初の二句は対句であり、同じ事柄を言い分けたと見るべきである。新編古典全集が、第一句の「愛欲の川波は消えてしまった」に対して「煩悩の海もなおまたなくなってしまった」と修正しているのは、むしろ当然と言ってよい。

未練を込めた文言か

ただし新編古典全集に下二句を「もとからこの穢土を厭離したいと思っていた、仏の本願どおりにあの浄土に命を寄せたい」と訳しているのはなお問題である。詩全体を、以前からこの穢い現世を厭うてきた、妻が亡くなった今、愛欲も煩悩も尽き果てたので、もう極楽往生したいだけだ、という自らの心境を歌ったと見るのが一般的であり、筆者も、そうした悟りすました文言の内に、なお渦巻く未練を込めた一首と考えたこともある（「日本挽歌」『セミナー万葉の歌人と作品』五）。

斎文からの変形か

しかし佐藤美知子氏は、この詩の表現が、聖武天皇宸翰『雑集』所収の斎《さい》（祭）文《もん》が末尾に浄土托生の願意を述べるのと類似するのに着目して、憶良が斎（祭）文の結びを詩の形に整えたのがこの七言詩であると見ている（「憶良の釈教的詩文」『萬葉集と中国文学受容の世界』）。『雑集』は、聖武天皇が天平三年（七三一）九月に書写したもので、正倉院宝物として現存する。内容は中国のさまざまな仏教詩文集を綴り合わせたものであるが、中でも「鏡中釈霊実集」は、越州の僧霊実の制作した斎（祭）文や願文、画（像）讃の類三十篇を収め、そこに見える最も新しい年紀は唐開元五年（七一七）である。それから間もなく「鏡中釈霊実集」は編纂され、養老二年（七一八）帰国の遣唐使によって日本に将来され、

哀悼する漢文、往生を願う詩

聖武天皇の手に入ったと考えられる（東京女子大学古代史研究会編『聖武天皇宸翰『雑集』「釈霊実集」研究』）。佐藤氏は、憶良がリアルタイムで唐に行われていた斎（祭）文に触れ、それを変形して、漢文と詩に仕立てたと見るのである。

佐藤氏によれば、詩は追善の表現であるから、煩悩が消滅し、本願のままに往生するのは死者である妻ということになる。高松寿夫氏は、やはり『雑集』所収の「周趙王集」（北周の趙王宇文招の文集）にある「無常臨殯序」の末尾に、「…亡者に願《いの》りて曰《い》わん、嚢《のう》生の障業は、一念にして消除す。積世の瑕殃《かおう》は時と倶にして清浄たり。恩愛の縁縛を出で、煩悩の得縄を断て。無始の有転を懐《つつ》みて、涅槃の彼岸に到れと」（亡き人に向かってこう祈願したいと思います。「〈あなたの〉さわりとなる先の生の業は、一瞬のうちに消えのぞかれました。

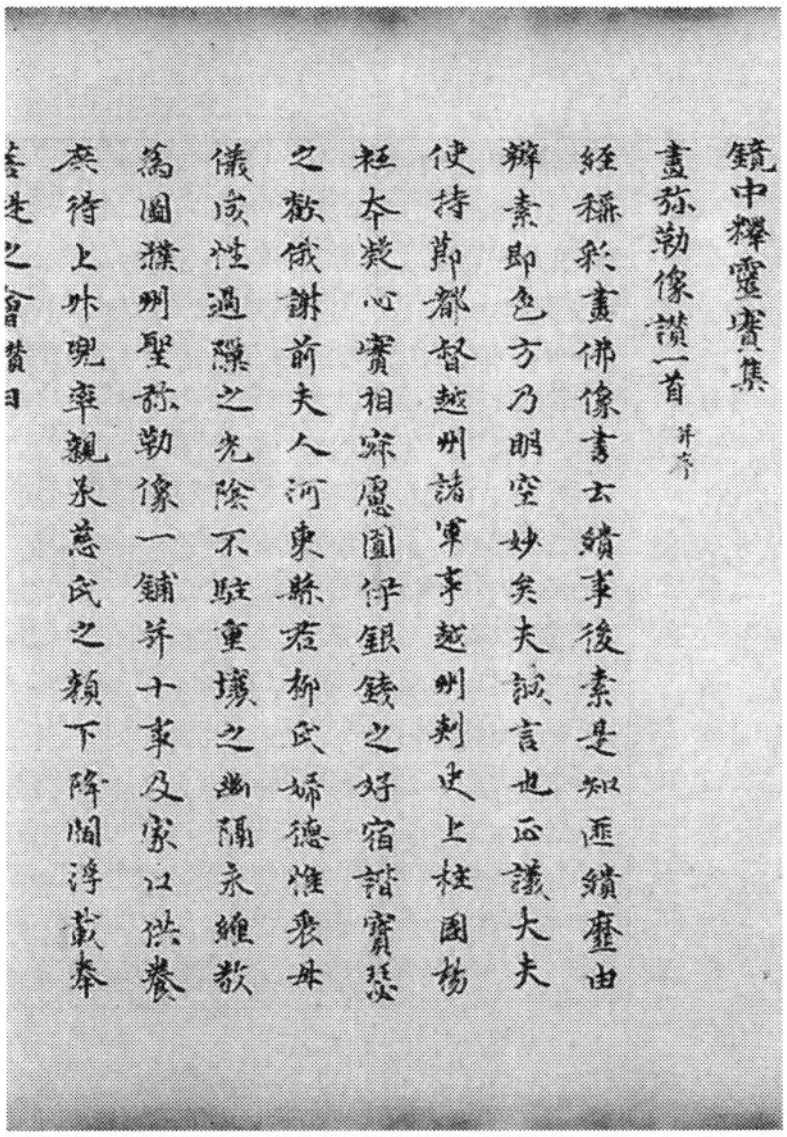
鏡中釋靈實集
畫弥勒像讃一首 并序
經稱彩畫佛像書云繢事後素是知匯繢塵由
辯素即色方乃明空妙矣夫誠言也正議大夫
使持節都督越州諸軍事越州刺史上柱國楊
拯本發心實相淨慮圓伊銀錢之好宿諧寶瑟
之歡俄謝前夫人河東縣君柳氏婦德惟衆母
儀成性過隙之光陰不駐重壤之幽隔永維教
爲國撰州聖弥勒像一鋪并十事及家以供養
冥待上外兜率親承慈氏之類下降閻浮載奉
善逝之會讃曰

「鏡中釈霊実集」
（『雑集』，正倉院宝物，宮内庁正倉院事務所蔵）

幾世にもわたって積みかさなってきた誤ちと災いは、時を同じくして清らかになりました。さればこそ人の世の恩愛のえにしのいましめを出て、煩悩の貪りのなわめを断ち切りたまえ。この人の世の永遠の有為転変のすがたを心につつみ、彼岸の悟りの世界へ到り着きたまえ」と。訓読・口語訳は、安藤信廣『聖武天皇宸翰『雑集』「周趙王集」研究』に拠る）とあるのとの類似を指摘し、佐藤氏と同じく、憶良の漢文を哀悼、詩を往生を勧めることばと解する（「「従来厭離此穢土」―憶良が基づいた仏教言説―」『上代文学』一二二）。『雑集』と憶良との接点は明らかでなく、また全体が死者の往生を願うことで統一される詩とはいかなるものか、といった点になお疑問を残すが、漢文と詩とを有機的に結び付ける佐藤・高松氏の解釈は魅力的である（先の詩の訓読・訳はこの説に従って行った）。佐藤氏は、漢文と詩を、長歌と反歌になぞらえている。ならば巻五の末尾に、作者未詳ながら憶良の作風に似ているとして置かれた「男子名は古日を恋うる歌」（九〇四〜六）が、長歌に子を失った嘆きを歌い、反歌に子の往生を願う構成を持つことは、今の場合の参考になるだろう。

五　「日本挽歌」

さて前節のように漢文と詩とを合せて一つと見る時、「日本挽歌」は、その漢詩文のセットに相対する意義を持つことになる。「挽歌」もまた漢語で、葬儀の際に柩を引（挽）く歌の意であり、それを人の死に関わる和歌を総称するのに用いているわけだが、ここでは「日本」と付けることで、特に漢詩文との相違が強調されることになる。

日本挽歌一首

大君の 遠の朝廷《みかど》と しらぬひ 筑紫の国に 泣く子なす 慕ひ来まして 息だにも いまだ
休めず 年月も いまだあらねば 心ゆも 思はぬ間《あひだ》に うちなびき 臥《こ》やしぬれ 言はむす
べ せむすべ知らに 石木《いはき》をも 問ひ放《さ》け知らず 家ならば かたちはあらむを 恨めしき
妹の命の 我《あれ》をばも いかにせよとか にほ鳥の 二人並び居 語らひし 心背きて 家離《ざか》り
います（七九四）

（大君の遠い政庁である〈しらぬひ〉筑紫の国の大宰府まで、泣く子供のように私を慕って来られて、一息さえ入れる間もなく、年月もいくらも経たないうちだから、心の片隅にも思っていなかった、その間に草木が靡くように横になってしまわれた。言いようもなく、どうしようもなく、岩や木にすら手立てを聞きたいものだがそれも叶わない。家に居たなら変わらぬ姿だったろうに、恨めしい妻よ、私にいったいどうしろというので、カイツブリのように二人で並び座って話し合った、その意思に背いて、家を出られたのか)

妻の死の経緯を語る長歌

長歌は、亡妻の経緯を語る。妻は、自分を慕って遠い大宰府までやってきて、すぐに床についてしまったのだった。全く思いがけないことで、どうしてよいかわからない。「石木」は「木石」と同じく感情を持たないものの代表である。それにも「問ひ放け知らず」とは、憂いを晴らすためとも、死者の行方を知るためとも解かれるが、ここは、そんなものにでも妻を助ける手立てを尋ねたいものだが、それもできず、の意に取っておきたい。

「家」と「旅」の概念

「家ならばかたちはあらむを」については、せめて家に置けば遺骸を留められたものを（葬ってしまった）と解する説がある（新古典大系など）。しかし防腐剤でも使わなければ、現代でもそれは無理な話である。この「家」については、妻の客死という観点から、「日本挽歌」全体に、「家」と「旅」とを対照させる発想が見られるとする伊藤博氏の論が顧みられる（「家と旅」『萬葉集の表現と方法』下）。「家」と「旅」との対照は、『万葉集』の

死の言い換えか

旅の歌（羇旅歌）に広く見られる発想なのである。「かたち」は人間の姿や容貌の意であり、「命を持ったしゃんと物いうことのできる人間の姿」であって遺体や木像ではない。「家」ならばそれが留められた、と言うのは、本郷である奈良の家に居れば無事で変らずに居ただろうに、の意に他ならない、と伊藤氏は言う。その通りであろう。

「家」が筑紫の宿舎ではなく、奈良のもとの家である、ということは、その後の部分の解釈にも関わってくる。長歌の末尾「家離りいます」は、「家離ルは死の敬避表現。このイマスは行クの敬語」（新編古典全集）とされるのが普通である（伊藤氏もそのように解している）。確かに挽歌では、人の死を「死ぬ」という語で表わすことはきわめて稀で、この世からどこかへの移動として表現するのを例とする。「雲隠る」「山に迷い入る」といった類である。「家離りいます」も、長男家持が若い頃の妻を失った時の歌、

家離り　います我妹を留めかね　山隠しつれ　心利《こころど》もなし（巻三・四七一）

（家を離れて行かれる愛しい人を留められず、山に隠れさせてしまったので、しっかりとした気持でいられない）

では、確かに死ぬことの言い換えと言ってよいだろう。そしてこれは明らかに憶良「日本挽歌」の表現の踏襲である。妹坂上郎女が、家に居た新羅人の尼、理願が亡くなった

時に、

留め得ぬ 命にしあれば しきたへの 家ゆは出でて 雲隠りにき（巻三・四六一）

〈留められない命なので、〈しきたへの〉家から出て、雲に隠れてしまった〉

と歌うのも同様であろう。

「家離る」の別の意味

しかし家持の妻も、理願も、佐保の「家」で亡くなり、その「家」から出て行ったのであった。一方「日本挽歌」の妻は、筑紫に着いて「息だにも未だ休めず」に亡くなったのであり、そこにはまだ「家」と呼ぶべき場所は無かったはずである。いったい「家」とは、建物《house》ではなく、家族の住む本拠《home》の謂いである。先に奈良の「家」に居たなら無事だったはずだ、と言ったのならば、「家離る」もまた、奈良の家を出てしまったことを言うのではなかろうか。

無理に筑紫へ来た表現

だとすれば、その前の「にほ鳥の二人並び居語らひし心背きて」も再考の要がある。これは従来、「偕老同穴の誓い」と解され、ほぼ異説が無い。「家離る」を死の敬避表現と取ればそれが当然でもある。しかし、「家離る」が妻が奈良の家を出てしまうことであるならば、「語らひし」は、もっと別の相談であってよい。つまりそれは、「筑紫には自分一人で行くから、君は奈良の家で待っていなさい」という説得ではなかったか。そ

憶良のリアルな嘆き

反歌にも引き継がれる嘆き

れで二人まとまったはずの「心」に背き、妻は無理やり「家」を離れて筑紫に来てしまった。長歌の最初の「泣く子なす慕ひ来まして」もそれを表わすのであろう。泣く子は聞きわけが無いのである。

相談したことを反故にして、無理に筑紫までついてきた挙句、旅の疲れに倒れて死んでしまう。この筑紫で私一人にして、恨めしいよ、君は。私にどうしろと言うのだ。夫の嘆きは、かくも具体的なのである。

その嘆きは反歌に引き継がれてゆく。

家に行きて いかにか我がせむ 枕づくつま屋さぶしく 思ほゆべしも（七九五）

（家に帰って私はどうしたらよいのか。〈枕づく〉夫婦の寝室が淋しく思われるだろうよ）

第一反歌の「家」も、筑紫ではなく、奈良の家のはずである。やがて自分は奈良に帰る。しかし妻の居ない寝室はひたすら淋しいだけであろう。長歌の「我をばもいかにせよとか」という当惑は、将来の「いかにか我がせむ」という想像へと繋がっている。

はしきよし かくのみからに 慕ひ来し 妹が心の すべもすべなさ（七九六）

（ああ可哀そうに。こうなるだけだったのに、私を慕ってやってきた愛しい人の心の仕方のなさよ）

長歌で「恨めしき妹の命」と言ったことが、この第二反歌では反省されている。確かに言い聞かせたことを破って筑紫へやってきてしまったのだが、それは自分を慕ってのことだった。こんなことになるとは思いもせず。それは責めようにも責められない。

悔やしかも かく知らませば あをによし 国内《くぬち》ことごと 見せましものを（七九七）

（悔やまれるなあ。こうなると知っていたら、〈あをによし〉奈良の国の中をくまなく見せてやるのだった）

筑紫下向をした自分が悪い

妻が責められないのなら、罪は自分にある。「悔やし」は、「悔ゆ」の形容詞形で、自分のしてしまったことについての後悔を表わす。自分が筑紫などというところに来たのが間違いだったのである。「あをによし」は奈良にかかる枕詞《まくらことば》であるから、「国内」は奈良の辺りを指すのでなければならない。この「国内」についても筑紫と取る説がある（新編古典全集など）が、妻は筑紫に着いてすぐ病臥したのであって、そこを「ことごと見せまし」という仮定自体が成り立たない。やはり奈良の辺りを二人で巡るような生活を選ばなかったことが悔やまれていると見るべきであろう。

妹が見し 楝《あふち》の花は 散りぬべし 我が泣く涙《なみた》 いまだ干《ひ》なくに（七九八）

（愛しい人の見た楝の花は散ってしまいそうだ。自分の流す涙はまだ乾かないのに）

季節を越えて続く悲しみ

第三反歌まで思いを巡らしていた「我」は、この第四反歌に至って初めて外界に目を

筑紫の現実と変わらぬ思い

向ける。棟《おうち》は今、センダンと呼ばれる落葉高木で、初夏に小さい花が群がり咲く。花弁は白く、おしべが紫なので遠望すると淡紫に見えるという。それは妻が最期に見た花だった。それがもう散り際になっている。いつの間にか季節が巡っていたのである。しかしその時を経ても、自分の涙は乾くことがない、と歌う。

大野山 霧立ち渡る 我が嘆く おきその風に 霧立ち渡る（七九九）

（大野山には霧が立ち込めている。私がつく溜息の風で霧が立ち込めている）

最後の第五反歌では、さらに季節が進んでいる。霧は秋の景物である。旅人への献呈の日付が七月二十一日（陽暦九月三日）であったから、その頃を時点とすると考えてよい。第四反歌から数ヵ月が経ち、妻の死からはさらに遠い。しかしそれでも「我」の悲しみは癒えず、溜息をついてばかりなのである。

大野山は大宰府の北側の裏山である。「大野の城《き》」という砦が山上に築かれて、「城の山」とも呼ばれた。先に述べたように、長歌は「旅」（筑紫）と「家」（奈良）の対照を発想の軸としている。第三反歌までは、「家」の側のことばかりが歌われていた。それは共に語り合った過去であり、共に巡っているはずの仮想の現在であり、いずれは帰らなければならない未来であり、いずれも想念の世界である。一方、第四反歌の「棟の花」、この第五反歌の「大野山」は、筑紫の現実である。そこでは時間が刻々と過ぎ、「我」は妻への変わらぬ思いを抱えたまま、そこに独り取り残されるのである。

異例の数の反歌

反歌五首という形式は、それまでの『万葉集』の長歌では類を見ない。後に憶良自身が作った「老いたる身に病を重ね、年を経て辛苦《たしな》み、児等を思うに及《いた》る歌七首長一首短六首」（巻五・八九七〜九〇三、天平五年六月）がこれを凌ぐばかりである。「日本挽歌」の場合、その反歌の中に、主題の変化と数ヵ月に及ぶ時点の移行を含んでおり、それが五首という異例の数を要した理由であろう。

亡妻を悼む時間的連作

しかし一方、そのような「時間的連作」は、亡妻の悲しみを歌う詩歌の伝統とも言えるものである。その祖は、晋の詩人潘岳《はんがく》（？〜三〇〇）の「悼亡《とうぼう》詩」三首（『文選』巻二十三）で、第一首が妻の死後の春、第二首が秋、第三首が一周忌の冬に時点を置いている。季節が巡り、時が進む中で、変わらない哀悼の情が歌われるのである。この詩は、「悼亡」と言えば亡妻を悲傷する詩を指すほどに、よく知られた作である。

人麻呂の妻を悼む長歌

柿本人麻呂《かきのもとのひとまろ》の「妻が死にし後に、泣血哀慟《きゅうけつあいどう》して作る歌二首」（巻二・二〇七〜一六）も長歌二首（ともに反歌二首を伴う）から成り、第一首が別れて住む妻の死を知った直後、その姿を求めてさまよい出ることを歌い、第二首は、残された子を抱えて茫然とする中、妻が山に居ると聞いて、そこを訪ねてゆくことを歌っている。二首の長歌の関係は議論百出であるが、筆者は基本的にやはり時間的な連作と見るべきだと考えている（「人麻呂泣血哀慟歌の異伝と本文―「宇都曽臣」と「打蝉」―」『萬葉』一四一）。そしてその表現には、潘岳「悼亡詩」の影響と思しき要素が随処に見られるのである。

和漢の作品を広く踏まえた大作

この憶良の作品群には、漢文には潘岳「悼亡詩」に類似する句が見え、長歌には人麻呂の歌に倣った詞句がある。渡唐者にして漢文をよくする一方、歌集「類聚歌林」（『万葉集』巻一などの注に書名と引用が残る）の編纂者でもあった憶良は、和漢における亡妻悲傷の文芸作品を広く踏まえ、漢・和の二部からなる大作を仕上げて、旅人に贈ったのである。

それは、四字・六字句に整えられ、対句を多用する美文や、やはり対句で構成される七言詩によって、宗教的・理念的に世の理を述べつつ、それにおさまらない情を述べる漢詩文部と、時に言葉足らずでたどたどしく見えるほどに、思いを亡妻へ直截にぶつける長反歌部とが、好対照を為している。その長反歌は、想像的・物語的な人麻呂の亡妻挽歌とも異なって、きわめて現実的・具体的なのであった。「日本挽歌」と記す憶良には、これこそが自分たちの「挽歌」の言葉なのだ、という自負があっただろう。

旅人・憶良の原点に

前節にも述べたように、この憶良の「日本挽歌」作品群は、書簡文と短歌からなる旅人の「凶問に報うる歌」に示唆を得て創られただろう。ただしこの作品群はまた、これから後に続く旅人・憶良の作品すべてにとっての原点でもある。

憶良は、これらを旅人に贈呈したのと同じ神亀五年（七二八）七月二十一日に、漢文の序に長反歌各一首を合せた三つの作品――「惑《まど》える情を反《かえ》さしむる歌」（巻五・八〇〇～一）、「子等を思う歌」（八〇二～三）、「世間の住《とどま》り難きことを哀しぶる歌」（八〇四～五）を筑前国嘉麻郡で撰定している。それら「嘉摩三部作」は、いずれも、諧謔《かいぎゃく》を含みながら人生の意義を深く考察する作品群である。一方、旅人も、次章に見るように、漢文書簡に歌を組み合わせる作品をさらに制作し、また「酒を讃むる歌」では、漢詩文の趣を摂取しながら、和歌独自の世界を展開させている（第三の二）。そして旅人・憶良の二人は、共同して、大宰府の官人たちを巻き込み、漢詩文と和歌とのコラボレーション作品を次々に創出してゆく（第四）。

憶良は、名門大伴氏佐保大納言家の嫡男だった旅人とは対照的に、無名の山上氏に生まれ、四十二歳にして無位で遣唐少録となり、それを糸口に従五位下筑前守に至った叩き上げである。夢幻的・情緒的で短歌に拠る旅人と、現実的・論理的で長歌に拠る憶良。資質の全く異なる二人の出会いが、それぞれの文芸に飛躍的な豊饒をもたらしたのである。

六　巻五の表記について

『万葉集』巻五の表記

巻五の構成が独特であることは先に述べたが（本章の三）、のみならず歌の書き方においても、巻五はそれまでの四巻とは大きく趣を異にする。

『万葉集』は、言うまでもなく、平安時代に仮名文字が生まれる前に成立した歌集で、現在に残る写本はいずれも仮名による訓み下しが付いているが、もともとは題詞も歌も漢字だけで書かれたテキストだった。

字音主体か訓字主体か

日本における漢字の使用法は、今も昔も、音と訓の二種類である。音は、漢字の持つ中国語音（日本語の発音に改めているが）で、訓は、漢字の意味に相当する和語である。『万葉集』は両者を組み合わせて歌を書いているが、その表記法は、音を主体にするか、訓を主体にするかで大きく二分され、どちらを採るかは巻ごとにおおむね決まっている。

訓字主体表記の巻一～巻四

巻一から巻四までは訓字主体表記を採り、旅人の歌もそのようになっている。例えば先に見た吉野讃歌の反歌（巻三・三一六）は次のようになっている。

昔《むかし》見《み》之象《しきさ》乃《の》小河《をがは》乎《を》今見者《いまみれば》弥《いよよ》　清《さやけく》　成《なり》尓《に》来鴨《けるかも》

「昔」「見」「象」「小」「河」「今」「者」「弥」「清」「成」「来」「鴨」はいずれも訓である。一方、「之」「乃」「乎」「尓」が音で、これらはいずれも助辞を表わしている。中国語は日本語ほど助辞を用いないので、日本語の助辞を表わすのに漢字音を借りて表わしているのである。音を借りるだけで意味を無視するので、これを音仮名と言う。一方、最後の「鴨」は訓であるが、この場合「鴨」という鳥の名を借りて終助詞のカモを表わしている。これも文脈の中で漢字の意味は働いていないので、こうした用字法を訓仮名と呼ぶ。

訓字主体表記は、かように訓字に、音仮名・訓仮名を交えるのが普通である。ただし中には、「柿本人麻呂歌集」のいわゆる「略体歌」、例えば、

遠妹《とほきいもが》振仰見《ふりさけみつつ》　偲《しのふらむ》　是月《このつきの》　面《おもに》雲《くも》勿《な》棚引《たなびき》（巻十一・二四六〇）

（遠くにいる妻が振り仰いで見ながら私を偲んでいるだろう、この月の顔に雲よ、たなびかないでおくれ）

のように、訓だけを用い、助辞の類をほとんど記さない（ガ・ツツ・ラム・ニが読み添えになっている）書き方もある。

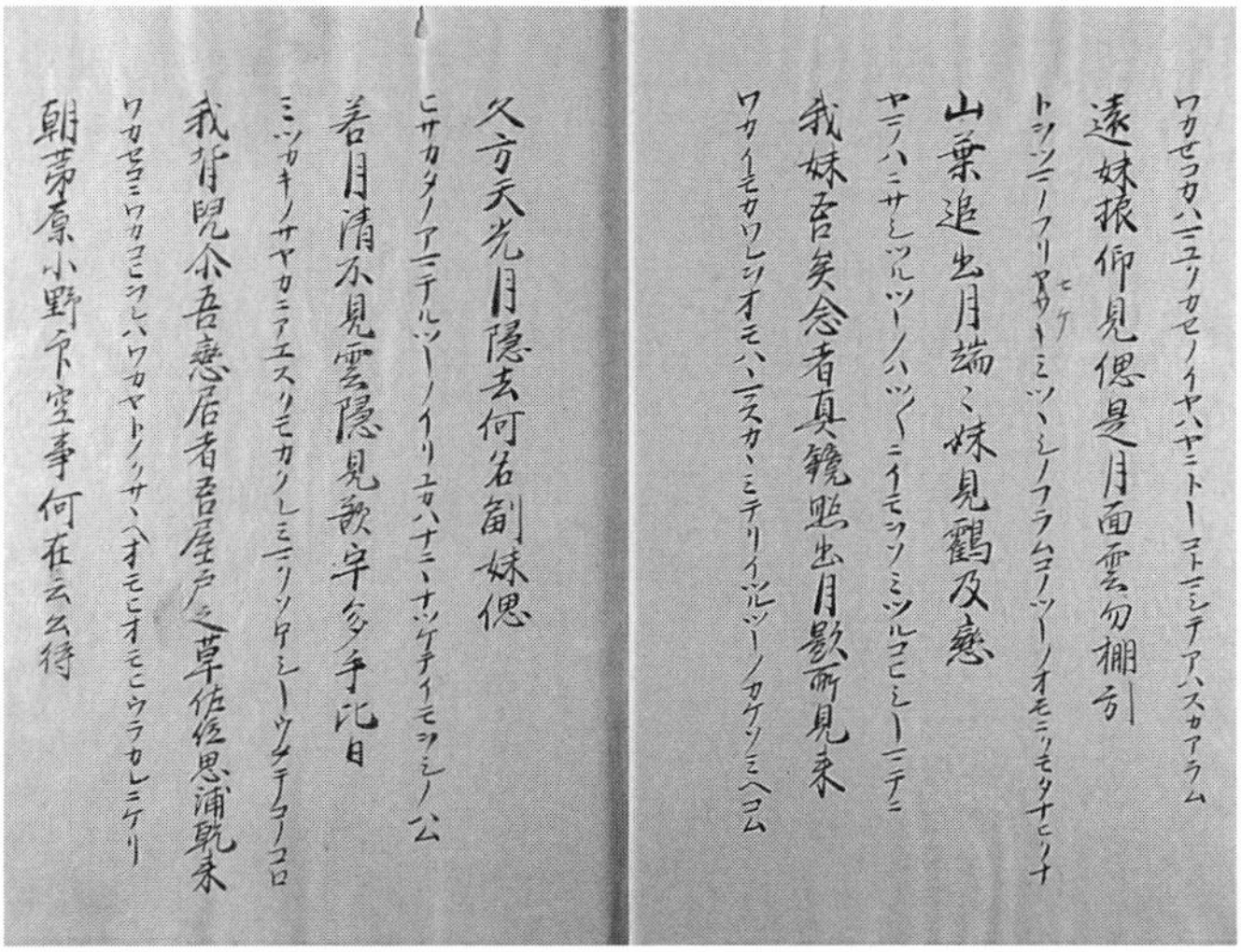

「柿本人麻呂歌集」（広瀬本『万葉集』巻十一，関西大学デジタルアーカイブより転載）

一方、巻五は、全体が音仮名主体表記である。巻頭の旅人の「凶問に報うる歌」（七九三）は次の通り。

余《よ》能《の》奈《な》可《か》波《は》牟《む》奈《な》之《し》伎《き》母《も》乃《の》等《と》志《し》流《る》
等《と》伎《き》子《し》伊《い》与《よ》余《よ》麻《ま》須《す》万《ま》須《す》加《か》奈《な》之《し》可《か》
利《り》家《け》理《り》

すべてが音仮名で書かれている。憶良の歌も、例えば「日本挽歌」の最終歌（七九九）

大《おほ》野《の》山《やま》紀《き》利《り》多《た》知《ち》和《わ》多《た》流《る》和《わ》何《が》那《な》宜《げ》
久《く》於《お》伎《き》蘇《そ》乃《の》可《か》是《ぜ》尓《に》紀《き》利《り》多《た》知《ち》和《わ》多《た》
流《る》

が、地名「大野山」だけが訓字で、残りはすべて音仮名であるように、巻五の中では音仮名主体表記を採る。

旅人と憶良が残した字

使用されている音仮名の字母は、旅人と憶良では違いがあることが、稲岡耕二氏の綿密な調査によって明らかにされている（『万葉表記論』）。それは、旅人・憶良の残した字面を保存している蓋然性が高い。これから見てゆくように、ここから後の巻五には、作者不記の歌が多く、字母の違いは作者の推定にも役立てられる。その詳細については、稲岡氏の著書に譲り（前掲書および『人物叢書　山上憶良』）、ここではかような表記の意義について私見を簡単に述べる。

音仮名主体表記の意義

『万葉集』に残された字面は、それ自体が表現である。先に見たように訓字主体表記の吉野讃歌の場合、「天地与長久」「万代尓不改」などの文字列が、漢文や宣命《せんみょう》との繋がりを表わしていた（第一の三）。音仮名主体表記の場合、字に意味は持たせられていないが、そうした表記を選択したこと自体の意義はあろう。

音仮名主体表記は、巻五の後、東歌《あずまうた》を収めた巻十四、奈良時代の実録的な歌群二篇から成る巻十五、そして巻十七以後の「家持歌日誌」（ただし巻十九は訓字主体表記）に見られ、巻五がその嚆矢となる。旅人の「凶問に報うる歌」は、『万葉集』中、音仮名主体表記で記された歌で最も古い歌なのである。

近年は、木簡に歌を書いたもの（「難波津に咲くやこの花」の歌が多い）がかなりの数出土し、それはおおむね、一字で一音を表わす書き方になっている。それが奈良時代より前の地層からも出てくる。『万葉集』の音仮名主体表記に見た目が近いことは確かである。しかしそうした木簡の歌は、音・訓がかなり自由に混用されているし、字音と表わす和語の音とがずれている場合も多い。『万葉集』の音仮名主体表記が、かなり純粋に音仮名で書く（訓仮名を交えない）志向を持つのとはその点で相違する。

漢文と日本語文の区別

「凶問に報うる歌」が初めての音仮名主体表記された歌とはいっても、それが書簡として送られている以上、こういう書き方が当時の宮廷社会である程度一般化していたとせねばならない。それは、漢文による書面と、日本語文である和歌とを区別する方法であろう。『日本書紀』（養老四年〈七二〇〉）は、漢文である地の文に対して、日本語文である歌を音仮名で記す。また『古事記』（和銅五年〈七一二〉）は、事柄が伝わるレベルでよい箇所は漢文訓読に倣って訓字で記し、歌など音形をはっきりさせなければならない箇所は音仮名で記す。こうした区別の方法が、少くとも旅人・憶良の頃には個人のレベルでも採られていたのである。相聞歌などは、書面とともに交換される場合もあっただろうから、現在『万葉集』に訓字主体表記で収められている歌の中にも、やりとりされる時には音仮名主体表記で書かれていた場合もあるかもしれない。

漢文を乗り越えた表記

それでも巻五に音仮名主体表記が初めて現われることは、『万葉集』の語る和歌の表記史として意義深い。訓字主体表記は、漢文を訓読する方法、すなわち漢文の翻訳法を言わば逆用して、和歌の表記としたものである。和歌が中国の詩に倣って創られた文芸であるならば、漢文風の字面となる訓字主体表記こそが相応しく感じられただろう。『万葉集』に収められた最も古い歌集である「柿本人麻呂歌集」に、訓だけで書く表記法（略体歌）が見られるのは、その志向を徹底させたものと捉えることができる（「柿本人麻呂歌集」の表記についても、稲岡氏の著書、『万葉表記論』『人麻呂の工房』などに詳しい）。

一方、音仮名主体表記は、漢字の音を借りて（中国語にとっての）外国語を表わす、漢字の「仮借《かしゃ》」の用法を使ったものである。例えば漢訳仏典には、『般若心経』の結び、「羯諦《ぎゃーてい》羯諦《ぎゃーてい》…菩提薩婆訶《ぼじそわか》」のごとく、サンスクリットのマントラ（真言）を漢字音で表わしたものがある。すなわち音仮名主体表記をすれば、書いた文が（中国語にとっての）外国語であることを強く意識させるだろう（音仮名主体表記については、乾善彦『漢字による日本語書記の史的研究』『日本語書記用文体の成立基盤　表記体から文体へ』に詳しい）。

漢文では尽くせない情の表現

巻五は、漢文と和歌とを組み合わせた作品から成り立っている。そして旅人の場合も、憶良の場合も、その和歌は、漢文では尽くせない情の表現となっていた。和歌が漢文に対峙する中で、その表記は言わば（中国語にとっての）外国語であることに居直って書かれているのだと言えよう。

やまと歌であるという自覚

同じ一字一音の表記でも、木簡などの習書・落書き、あるいはメモのような手軽な歌の書記とは異なり、巻五の音仮名主体表記は、あえて漢字から意味を捨象し、音だけを採り出す体で書かれている。やまと歌であることに自覚的な表記は、和歌が漢文に匹敵しうる文学形式であるという自負とともに『万葉集』に残されるのである。

第三　長屋王の変と旅人の苦悩

一　嘆老と懐古

大宰府での旅人

大宰府《だざいふ》において、大伴旅人《おおとものたびと》を苛んだのは、妻の死という私的な出来事ばかりではない。官人として、公の場でも旅人は大きな打撃を蒙った。

宴での歌の交換

『万葉集』巻三雑歌部の中ほどに、大宰府の官人たちの歌が並んでいる部分がある。それと明示されているわけではないが、内容的に明らかに一連と受け取られる。大宰府における宴の一場面を彷彿とさせるのである。

小野老の歌

　　大宰少弐小野老《おののおゆ》朝臣の歌一首

あをによし 奈良の都は 咲く花の にほふがごとく 今盛りなり（巻三・三二八）

（〈あをによし〉奈良の都は、咲く花が匂い立つように、今盛りであります）

まず口火を切ったのは、小野老であった。平城京の繁栄を讃えて有名なこの歌は、実は京ではなく、遠い筑紫で詠まれたのであった。大宰少弐は大宰府の次席次官である。ただし「今盛りなり」という口ぶりから、老は、最近京まで往復してきたと察せられる。

大伴四綱の歌

防人司佑《すけ》大伴四綱《よつな》が歌二首

やすみしし 我が大君の 敷きませる 国の中《うち》には 都し思ほゆ（三二九）

（〈やすみしし〉我が天皇がお治めになる国の中では都こそが思われます）

藤波の 花は盛りに なりにけり 奈良の都を 思ほすや君（三三〇）

（藤の花が盛りになりました。奈良の都をお思いになりますか、貴方様は）

老から都の様子を聞いて、防人司佑だった大伴四綱が、国広しと言えども、偲ばれるのは、やはり都ですなあ、と受ける。続けて、藤の花も盛りになりましたが、どうです、奈良の都を思い出しますか、貴方様は、と水を向ける。その相手こそ、旅人であった。

旅人の歌

帥大伴卿の歌五首

我が盛り またをちめやも ほとほとに 奈良の都を 見ずかなりなむ（三三一）

（私の人生の盛りがまた戻ってくることがあろうか。もしかしたら奈良の都を見ずに終わるのではあるまいか）

「盛り」をキーワードに

他の場所では「大宰帥大伴卿」となっている（例えば後の三三八歌の題詞は「大宰帥大伴卿讃

酒歌十三首」）ところが、「帥大伴卿」となっているのは、小野老の肩書「大宰少弐」の「大宰」がここまで及んでいるのだろう。それは老・四綱・旅人の作が一連で、同席して交換された歌々であることの証左となろう。老から旅人までの歌を追ってゆくと、「盛り」という語が、手渡すように繰り返されていることがわかる。老は都の「盛り」を花に譬え、四綱は今咲く藤の花を「盛り」と歌う。そのキーワードを、旅人は自らの「盛り」へと変換するのである。

弱気な旅人

旅人はすでに六十代の半ばであるから、花の「盛り」に対して自らの老いを思うのは自然なのかもしれない。しかしそれにしても、二度と都を見られないかもしれない、とまで言うのは、部下に対して気弱にすぎるのではないか。

石川足人とのやりとり

実は、四綱と旅人のやりとりには先例があった。

大宰少弐石川朝臣足人《いしかわのあそみたるひと》の歌一首

さすだけの 大宮人の 家と住む 佐保の山をば 思ふやも君 （巻六・九五五）

（〈さすだけの〉大宮人たちが家として住んでいる佐保の山を思いますか、貴方様は）

帥大伴卿の和《こた》うる歌一首

やすみしし 我が大君の 食《を》す国は 大和もここも 同じとぞ思ふ （九五六）

佐保山と佐保川（上野誠氏撮影）

〈やすみしし〉我が大君がお治めになる国という点では、大和もここも同じだと思う）

石川足人は、やはり大宰少弐であったが、神亀五年（七二八）中に遷任されて大宰府を去っている（巻四・五四九〜五一が送別の歌）。旅人の赴任は、山上憶良《やまのうえのおくら》の「日本挽歌」に「息だにも未だ休めず、年月もいまだあらねば」が事実を反映しているとすれば、妻の亡くなった神亀五年の晩春・初夏をそれほど遡らないと考えられるので（第二の二冒頭に「早々に不幸に見舞われる」と記したのもそれに拠っている）、足人が先に大宰府に居て、新たにやってきた旅人に、どうです、都が恋しいでしょう、と問うたのであろう。佐保に旅人の家があることは、先刻承知のうえである。

つよがり

このやや不躾な問いに、旅人は、いやそんなことはない、大和にある都も、ここ九州大宰府も、大君の治める日本ではないか、と傲然と応じている。それは強がりであるとともに、大宰帥《だざいのそち》にあらまほしき建前でもある。

足人の歌を踏まえた四綱

四綱の歌は、この応答を明らかに踏まえている。第一首の初二句は旅人の九五六歌と同じであり、第二首の末二句は足人の歌の引き写しである。ならば四綱は、今回も足人に答えたのと同じような反応が返ってくることを期待していたのではなかったか。

旅人を暗くさせたのは

ところが四綱の問いは、予想外に旅人の暗い内面を引き出してしまった。足人との応答との間に何があったのか、また何の違いがあったのか。

四綱の第二首は、これらのやりとりが藤の咲く初夏になされたことを語る。最前述べたように、旅人の大宰府下向が神亀五年の晩春よりしばらく前だったとすれば、この宴はその翌年の初夏だった公算が大きい。旅人のこの後の歌を見ても、赴任したばかりとは思えないからである。だとすれば、それは都で大きな政変のあった直後だったことになる。いわゆる「長屋王《ながやおう》の変」である。

長屋王の変

『続日本紀』によれば、神亀六年二月十日、漆部君足《うるしべのきみたり》・中臣宮処東人《なかとみのみやこところのあずまひと》らが「左大臣正二位長屋王、私《ひそ》かに左道を学びて国家を傾けむとす」と密告した。その晩、式部卿藤原宇合《うまかい》らが長屋王邸を包囲し、翌日舎人《とねり》親王・新田部《にいたべ》親王らが長屋王を窮問、その翌日には長屋王を自殺させ、その室吉備《きび》内親王と子膳夫王《かしわでおう》（「膳部王」「膳王」とも）らも自経に追いやられている。

藤原氏による陰謀

密告者のうち、中臣宮処東人は、天平十年（七三八）七月に、長屋王の恩顧を受けた者に斬殺されている。その際、『続日本紀』は、「東人は長屋王の事を誣告《ぶこく》せし人なり」と記しており、「長屋王の変」が陰謀だったことは、後に公式に認められたことになる。しかし「左道（邪道の意。具体的には呪詛の類か）を学びて」云々が虚偽にすぎないことは、事件当時から見当がついていただろう。

そして、長屋王抹殺を主導したのが、藤原氏であることは、不比等《ふひと》の女所生の安宿王《あすかべおう》らが助命されていることからも明らかである。発端は、神亀五年九月、聖武《しょうむ》夫人藤原

長屋王木簡（奈良文化財研究所蔵）

光明子《こうみようし》所生の皇子（某王。「基王」とも）がわずか二歳で夭逝したことであった。前年閏九月末の生まれで、その年の十一月には皇太子に立てられていた。そのような嬰児を皇太子にするのは、全く前例の無いことである。聖武の子には他に、光明子所生の阿倍《あべ》内親王（養老二年〈七一八〉生）と、県犬養唐《あがたのいぬかいのもろこし》の女、広刀自《ひろとじ》夫人の腹に安積《あさか》親王（神亀五年生）がいる。皇太子薨去に危機感を抱いた藤原氏は、光明子を皇后位に就けて、阿倍内親王立太子（安積親王の立太子阻止）を企み、反対しそうな長屋王を排除したのだと考えられる。

血統の良さも原因に

また近年は、長屋王自身の血筋も問題だったと言われている。長屋王は、持統《じとう》朝の太政大臣、皇太子格であった高市《たけち》皇子の長子、母は元明《げんめい》天皇の同母姉御名部《みなべ》皇女で、長屋親王とも呼ばれていた（長屋王邸出土木簡）。かつ室吉備内親王は元正《げんしよう》太上天皇の同母妹である。長屋王本人、あるいは吉備内親王腹の男子は、皇位継承資格者として有力な貴種と見られただろう、というのである（新古典大系『続日本紀』二補注）。

政変の終息

政変は、連座者七人を流刑に処して、一週間ほどで終息した。三月四日に大量の叙位があり、小野老が従五位下から上へと昇叙されている。老が、都まで往復して「咲く花のにほふがごとく今盛りなり」と歌ったのは、それと関係しようか（林田正男「小野朝臣老論」『万葉集筑紫歌群の研究』）。密告の直後には、大宰大弐多治比県守《たじひのあがたもり》や弾正尹大伴道足《みちたり》が権参議に加えられた。

旅人の政治的敗北

大宰府の官人が特に疎外されているわけではなく、大伴氏が連座したわけでもない。旅人と長屋王との関係の詳細も明らかでない。しかし藤原氏勢力の伸長を、旅人が望むはずはないだろう。藤原四子は、このたび末弟麻呂《まろ》も従三位に昇叙して全員が公卿となり、神亀元年に旅人とともに正三位中納言であった武智麻呂《むちまろ》は大納言になり、旅人は抜き去られた。そもそも旅人にとって、クーデターに際して、遠い九州で局外者として置かれること自体が、政治的敗北であろう。軍事にはまだ大きな影響力を持っていた大伴氏の氏上が遠い大宰府に居ることが、あるいは政変を起こす好機と捉えられたのかもしれない。

藤浪の盛り

いずれにしろ都を思いますか、と問われて、そこにはもう帰れないかもしれない、と旅人が嘆くのに、この政変が影響していることは確実と思われる。そして四綱の「藤浪の花は盛りになりにけり」が、いたく旅人を刺激したと推測する説（原田貞義「筑紫の雅宴（一）」『読み歌の成立』など）にも、十分な蓋然性があろう。四綱の意図の有無を問わず、この情勢下では、「藤浪の盛り」は、藤原氏の隆盛を旅人に思わせずにはいない。旅人の子、家持《やかもち》は、橘《たちばなの》奈良麻呂《ならまろ》による、藤原仲麻呂《なかまろ》政権転覆計画が露見した直後（天平宝字元年〈七五七〉七月）、「咲く花はうつろふ時あり。あしひきの山菅の根し長くはありけり」（巻二十・四四八四）と歌っている。それは、「橘」氏・「藤」原氏といった、時めいては没落してゆく新興氏族に対して、伝統ある我が大伴氏の根強さを密かに誇ったものであろう（芳賀紀雄「時の花」『萬葉集における中国文学の受容』）。その先蹤《せんしょう》が、この四綱の歌にあったと考えたい。

吉野を偲ぶ

旅人は四綱の問いに答えた後、さらに四首の歌を続けている。「長屋王の変」を背景に置くことで、次の歌も理解し易くなるだろう。

我が命も常にあらぬか　昔見し象《きさ》の小川を　行きて見むため（三三二）

（私の命は変わらずにあってくれないか。昔見た象の小川を行って見るために）

「昔見し象の小川」は、先に見た（第一の三）神亀元年の吉野讃歌を自ら襲った表現である。吉野を「見る」ことは、朝廷の一体性を損なうような行いを永久にしないという誓いを確認することであった。その秩序が再び破られた今、もう一度、天武《てんむ》の遺詔を確かめ直す機会が得られることを望むのである。

聖武の正統性の問題

神亀元年の歌との対応には、この五年間への旅人の失望が込められているだろう。そもそも藤原不比等の女宮子を母とする聖武には、――例えば長屋王に比較しても――正統性に問題があった（吉川真司『聖武天皇と仏都平城京』）。二代の女帝を挟み、天智による「不改常典」を事あるごとに持ち出していたのも、即位にあたって繰り返し吉野に行幸し、吉野讃歌でそれを荘厳したのも、むしろそうした弱点を糊塗《こと》する意味があったと思われる。

藤原氏系の皇子を推すジレンマ

旅人はそれに加担する側に居た。大伴氏は、後に聖武によって、「「海行かば水漬く屍《かばね》、山行かば草むす屍、王《おおきみ》の辺にこそ死なめ、のどには死なじ」と云い来る人ども」（天平二十一年四月詔。家持はこれに感激して「陸奥国に金を出だす詔書を賀《ほ》く歌」〈巻十八・四〇九四〜七〉を作っている）と持ち上げられたように、皇室の藩屏《はんぺい》を自認し、その方針を絶対視していた。壬申の乱の活躍によって中興することを得たのであれば、そうした行動が理にも適っていたのだろう。しかし藤原氏が外戚となる皇子の即位を推進することは、大伴氏にとっては本来ジレンマだった。嬰児立太子・長屋王排除という、聖武即位実現後の経緯は、藤原氏が皇位を左右するという、旅人には最悪の事態へと進んだのである。

もはや無力の旅人

しかし「昔見し象の小川を今日見ればいよよ清けくなりにけるかも」という神亀元年の歌が、個人的な感想にすぎなかったのと同様、命永らえてそこにもう一度行きたいという願いも、旅人の感傷以上の意義を持たない。大宰府の旅人は無力であり、天武・持

古りにし里

統朝の盛時を偲ぶ以外にできることは無かったのである。

その懐旧のモチーフが、次の二首では、より表面に出て来ている。

浅茅原 つばらつばらに 物思へば 古りにし里し 思ほゆるかも （三三三）

（〈浅茅原〉つくづくと物思いをしていると、古びてしまったあの里が思われるなあ）

忘れ草 我が紐に付く 香具山の 古りにし里を 忘れむがため （三三四）

（忘れ草を自分の服の紐に付ける。香具山の麓の古びてしまった里を忘れるために）

繰り返される「古りにし里」は、三三四歌によれば香具山の麓にあった。旅人が生まれて間もなく、都は近江大津宮に遷ったが（天智称制六年〈六六七〉三月）、壬申の乱の結果、飛鳥浄《あすかきよ》御《み》原宮《はらのみや》に戻り（天武元年〈六七二〉）、その後藤原宮への移動はあったものの、和銅三年（七一〇）三月の平城遷都まで四十年近く、都は香具山の近くにあり、旅人はそこで過ごしたのである。

古く寂れた故郷

「古りにし里」の原文は、三三三歌では「故郷」、三三四歌は「故去之里」である。「故郷」は、フルサトとも訓読される。漢語「故郷」は、今言うフルサト、すなわち生まれ育った土地を指す。しかし芳賀紀雄氏は、『万葉集』の題詞における「故郷」、歌中のフルサトは、別の意味を持つ場合があったと指摘している（「望郷」前掲書）。例えば巻

香　具　山

八所収の「故郷の豊浦《とゆら》の寺の尼の私房にして宴する歌三首」の「故郷」は、第一首

明日香川 行き回《み》る岡の 秋萩は 今日降る雨に散りか過ぎなむ（一五五七）

（明日香川が行き巡る岡の秋萩は、今日降る雨に散ってなくなってしまうだろうか）

から窺えるように、旧都飛鳥を指しており、第二首

鶉鳴く古りにし里（古郷）の 秋萩を 思ふ人どち相見つるかも（一五五八）

（鶉の鳴く古びた里の秋萩を、思い合う者同士、いっしょに見たことだよ）

のごとく、古び寂れたイメージを背負わされている。それは「故郷」を訓読した際、形状言フルが本来持つ「古い」の意味に規定され

たからだと芳賀氏は言う。

故郷への執着

そのうえで、芳賀氏は、旅人の三三三・三三四歌について、その「古りにし里」は確かに飛鳥・藤原の地を指すけれども、単に「古京」の意にすぎなかったとはとうてい考えられず、生まれ育った場所、漢語「故郷」の意を介在させなければ、そこへの執着は理解できないと説く。

飛鳥・藤原の旧都を指すか

確かに大伴氏の地盤は飛鳥・藤原京の辺りにあり、壬申の乱の時、吹負《ふけい》らはそこを死守して功を挙げたのだった。そこが旅人の生まれ故郷だというのは間違いではないだろう。しかし「古りにし里」、古びてしまった里、という表現は、かつては新しかったということを含意する。それは生まれ故郷というよりは、昔、新たに建設され、繁栄した都としての飛鳥・藤原京を指すのではなかったか。

芳賀氏自身が指摘するように、旅人に関連する歌の題詞には、平城京を指すものがある（巻三・四五一、巻五・八四七。後述）。旅人にとって、そこは「元居た場所」であって、生まれ故郷ではない。そしてそれらと、先に見たフリニシサト・フルサトとしての飛鳥・藤原京とで共通するのは、そこが都である（あった）場所だということである。

故郷の無い上代貴族

漢語「故郷」は、単に生まれた場所というだけでなく、父祖伝来の根拠地であり、都で志を得なければ帰るべき土地でもある。上代日本の貴族は、ついにそうした場所を持ち得ず、帰るべき場所は天皇の居る中心、都以外には無かった、というのが芳賀氏の見通しで、それは正しいだろうと考える。そして、彼らには「故郷」は、「元居た場所」というレベルでしか受容されなかった。その点では旅人もまた同じだったと思われるのである。

都への独特な感情

しかし「故郷」をフルサト・フリニシサトと訓読して、かつての都、飛鳥・藤原京をそう呼ぶことには、漢語「故郷」と異なる独特の感情を窺うことができよう。そうした用法は、先の豊浦寺の尼たちの歌をはじめ、『万葉集』にかなりの広がりを持っている。

藤原京の放棄

藤原京は、「新益京」すなわち飛鳥の都の拡張として、天武朝に計画され、持統八年（六九四）十二月に遷都された。大和三山を宮の守り神に、永久に使用されるべく建設された（「藤原宮御井の歌」巻一・五二～三など）にもかかわらず、わずか十六年で放棄されて平城京に取って代わられる。それは正方形の都城の中心に王宮を置くという構造が、中国古代の経典『周礼』に基づいたもので、大宝律令の施行（大宝元年〈七〇一〉）とともに、遣唐使が送られ（同二年六月）、中国との直接交渉が始まると、国家の儀容として相応しくないと考えられたためであるという（小沢毅『日本古代宮都構造の研究』）。

北端中央部に王宮を置く、唐長安城のプランに学んだ平城京に比べれば、藤原京は旧式に見えたであろう。独自の理想を追求しながら、中途で打ち捨てられて、ますます古びてゆく都が、憐れみと愛着とをもってフルサト・フリニシサトと呼ばれたのである。実際には、旧都の基本的な機能は維持されていて、全くの廃墟になったわけではない（舘野和己「宮都の廃絶とその後」『都城制研究』六）。しかしそれを荒れ果てたように歌って、愛惜し、鎮魂するのが、和歌の発想である（柿本人麻呂「近江の荒れたる都に過《よき》る時に作る歌」巻一・二九～三一、山部赤人「神岳《かむおか》に登る歌」巻三・三二四～五、田辺福麻呂《たなべのさきまろ》「寧楽《なら》故郷を悲しぶる歌」巻六・一〇四七～九）。

寂れる旧都への愛着

無論、世代によって相違はある。例えば、旅人の若い妹、坂上郎女《さかのうえのいらつめ》（大宝初年頃の生まれか）は、「元興寺の里を詠む」として、

故郷（古郷）の飛鳥はあれど あをによし奈良の飛鳥を見らくし良しも（巻六・九九二）

（フルサトの飛鳥寺はともあれ、〈あをによし〉奈良の飛鳥寺〈元興寺〉を見るのは心地良いな）

対照的な妹坂上郎女

と言い、飛鳥・藤原京付近に残る大伴氏の荘園（跡見荘・竹田荘）に出向く時には、娘（坂上大嬢）に対して、

……かくばかりもとなし恋ひば 故郷（古郷）にこの月ごろも ありかつましじ

（これほど無闇に恋しく思っていたら、フルサトに何ヵ月も居られそうにないよ）（巻四・七二三）

などと言い放って、ほとんど愛着を示していない。

忘れたいと歌うほどの悲しみ

四十代半ばまでを飛鳥・藤原で過ごした旅人はそうでなかった。しかもそこが都だった時代は、超越的な天皇の支配のもと、少なくとも表面的には朝廷の一体性が保たれ、大伴氏も壬申の乱の功績を讃えられて、最も栄誉ある立場にあったのである。しかし時間的にも空間的にも遠く離れた現在、すべてが一変してしまった。飛鳥・藤原はすでに浅茅《あさじ》の生い茂る「古りにし里」であり、天武・持統朝の盛時は回復しようもない。そして旅人自らも老いて、盛りは戻って来ないのである。つくづくと物を思えば自然にそこが偲ばれ（三三三）、そこを思えば悲しみに耐えないから、忘れ草（原文「萱草」は、『和名抄』に「一名忘憂草」とある）を服の紐に付けてでも忘れたいと歌うのである（三三四）。

吉野への帰還を夢見て

我が行きは 久にはあらじ 夢《いめ》のわだ 瀬にはならずて 淵にしありこそ（三三五）

（私の赴任も、もう長くはあるまい。吉野の夢のわだよ、瀬にはならず、淵のままであっておくれ）

旅人の想念の彷徨は、再び吉野に戻って鎮まる。「夢のわだ」は、象《きさ》の小川が吉野川に合流する地点の深みである。芳賀紀雄氏によれば、その名は、戦国楚の宋玉「高唐賦」「神女賦」（ともに『文選』巻十九）に見える「雲夢《うんぼう》の沢《たく》」に類似し、吉野の仙境化と不離の関係にあるという（「詩と歌の接点―大伴旅人の表記・表現をめぐって―」前掲書）。そうした幻想的な場所への帰還を夢見ることは、「我が行きは久にはあらじ」という推測とともに、前四首の悲痛に対して、いささかの安息をもたらしている。しかし「瀬にはならずて淵にしありこそ」という願望は、聖地吉野でさえ、平城京や自己の現況のように一変しているのかもしれないという危惧の存在を示す。そして帰任はもう遠くないだろう、というのは、「長屋王の変」の処理もあらかた終わった今、すでに自分の出る幕も無いという諦念と表裏するだろう。

「盛り」と対比した旅人の立場

以上五首の最初の一首が小野老・大伴四綱の歌に引き出されたのは、見た通りであるが、その後の四首も緊密に結び付いていて、同じ座に披露されたと見て誤りない。下僚たちの平城京の「今」の「盛り」「藤浪の花の盛り」は、旅人には色褪せた過去の栄光と我が身の老残をこそ思わせ、問われた平城京については、戻れないかもしれない、という危惧のみを表明したまま、再び口にされることが無い。

主人の旅人が宴を重い空気に

暗い内面ばかりを吐露する勝手が許されたのは、無論、旅人が超越した身分を持つ、その場の主人だからである。四綱の問いに、予期せぬ返答を返す点は、妻の弔問の際、石上堅魚《いそのかみのかつお》のほととぎす詠に、ほととぎすになって和した（第二の二）のに似る。

その後に、沙弥満誓《まんぜい》（造筑紫観世音寺別当）の「綿を詠む歌」

しらぬひ 筑紫の綿は 身に付けて いまだは着ねど 暖けく見ゆ（巻三・三三六）

（〈しらぬひ〉筑紫の綿は、身に付けて寝たことはまだ無いが、暖かそうに見える）

という、寝具の綿に筑紫の女との共寝を匂わせたような歌や、憶良の「宴を罷《まか》る歌」

憶良らは 今は罷らむ 子泣くらむ それその母も 我を待つらむぞ（三三七）

（憶良めは、これで失礼します。子供が泣いているでしょう。それに、その母親も私を待っておるでしょうよ）

のごとく、年老いてなお幼児を抱え、その世話を妻に強制される恐妻家を演じつつ宴を辞する、といった剽軽な歌が続くのは、旅人の歌々によって重くなった一座の空気を換えようとしたのかもしれない。

二　酒を讃むる歌

旅人の和歌は、最初の吉野讃歌（第一の三）がごく短い長歌だったのを除いて、他はすべて短歌であり、それもほとんどが、一首ないし二首のまとまりで終わっている。前節に見た「帥大伴卿の歌五首」などは多い方なのである。その中で、巻三に収められた「大宰帥大伴卿、酒を讃むる歌十三首」は、群を抜いて大規模である。そして題材の奇抜さ、表現の特殊性において、『万葉集』中に他に例を見ない。旅人ならではの代表作と言って間違いないだろう。

歌群の特徴

この歌群は「酒を讃美する」という題名からして楽しそうであり、ユーモラスな表現も随所に見える。収載されている場所は、かの「帥大伴卿の歌五首」を含む、大宰府官人たちの宴の歌らしき作品群の後である。そのために、十三首は、宴において官人たちに披露された余興の歌とされたり、酔いにまかせて皆で飲んでいる酒を讃えようとする歌とされたりすることもある。しかし「大宰帥大伴卿」と、あらためて旅人を呼んでいるのには、直前の宴の歌とは区別しようとする編纂者の意図が見て取れる。そして仔細に見れば、それぞれの歌は、より内省的であり、また十三首が相俟って、歌い手の深い苦悩を伝えているように思われるのである。以下、それぞれの歌を読み解いてゆこう。

第一首

験《しるし》無き 物を思はずは 一杯《ひとつき》の 濁れる酒を 飲むべくあるらし（三三八）

（甲斐の無い物思いをするよりは、一杯の濁り酒を飲むべきであるらしい）

第一首からして、きわめて独特の表現である。「…ズハ〜」という文型は、例えば「虎穴に入らずんば虎児を得ず」などと言うように（後世はズ〈ン〉バと濁るが、上代ではズハと清音であった）、「もし…しないならば〜だろう」という仮定を表わすが、上代では、それとは別に、「…するよりは〜する方がよい」といった文脈を作る用法があった（「特殊語法」）。例えば、

我妹子《わぎもこ》に 恋ひつつあらずは 秋萩の 咲きて散りぬる 花にあらましを

（巻二・一二〇、弓削皇子）

（我が愛しい人を恋しく思い続けるよりは、秋萩の咲いて散ってしまった花であればよかったのに）

といった恋歌に多い表現である。逢えない人に恋しく思う辛さよりは、むしろ散りはてた花になって、この世から居なくなってしまう方を選ぶ。ズハの後には、この例のように、極端に望ましくない行動が述べられるのが普通である。

「特殊語法」の例外

この三三八歌は、「特殊語法」の例と見られる。にもかかわらず、「験無き物思い」をするのは、辛い状況には違いないが、「一杯の濁れる酒を飲む」ことは、極端に望ましくない行動とは言えない。しかもこの文型には珍しく、「飲む」に当為を表わす助動詞ベシが付き、さらに推定の助動詞ラシが付いている。この歌の表現は、「特殊語法」の

中でも例外的なのである。

酒を飲むのは…

そこでこの歌は、「無益な物思いをしているならば、酒を飲むのが良い」といった単純な仮定を表わすとする見方もある。しかし小柳智一氏によれば、「特殊語法」でも、仮定は成り立っているという。つまり一二〇歌で言えば、「恋しく思わないでいられるならば、散る花になりたい」という仮定である。普通の仮定が、「虎穴に入る」→「虎児を得る」と、文に現われる順と事態の順が一致するのに対して、「特殊語法」では、「花になる」→「恋しく思わないでいられる」と、文に現われる順と事態の順が逆であるのが異なるだけだ、と小柳氏は言うのである（「「ずは」の語法―仮定条件句―」『萬葉』一八九）。

これに倣うならば、この第一首は、「甲斐の無い物思いをせずにいられるならば、一杯の濁酒を飲むべきであるらしい」となり、「酒を飲む」→「物思いをせずにいられる」という逆順が確かに成り立っている。つまり例外的ではあっても、「特殊語法」の範疇から外れるわけではないのである。だとすれば、「一杯の濁酒を飲む」ことは、やはり望ましいことではないと考えるべきなのだろう。

酒を飲んで忘れたい

「験無き物思い」とは、おそらく我にとって人生の重大事であり、本来忘るべからざる事柄である。しかしそれを「験無き」ことと見切った以上、むしろ酒の力を借りて忘れてしまった方がましだ、と思い至ったということではあるまいか。酒に酔うことは、理性を失い、言わば別の自分になってしまうことである。それをあえて為すべきである、と内省して判断した、というのが、「飲むべくあるらし」という表現と思われる。

「一杯の濁れる酒」は、いかにも飲み始めに相応しい表現である。以下に続く歌々は、「我」が酒に酔ってゆく過程を描いてゆくのだろう。

第二首

酒の名を 聖《ひじり》と負《おほ》せし古《いにしへ》の 大き聖の 言《こと》の宜《よろ》しさ（三三九）

（酒の名を「聖」と付けた、いにしえの大聖人の言葉の何とすばらしいことよ）

酒を聖人と讃える

この「酒を讃むる歌十三首」の著しい特徴として、漢籍や仏典に典拠を持つことが挙げられる。この歌は、三国魏の徐邈《じょばく》という人の逸話に基づく。魏の太祖曹操が禁酒令を出したが、徐邈はそれを破って泥酔し、とがめた同僚に「聖人にあたった」と答えた。その報告を受けた曹操は激怒し、罰しようとしたが、「酒飲みたちは、隠語で清酒を『聖人』、濁酒を『賢人』と呼んでいます。徐邈はふだんは慎み深い性格で、たまたま酔って放言しただけです」と弁護してくれる人があって、事無きを得たという話である（『北堂書鈔』）。

ただし、この話と旅人の歌との間に、ずれがあることにも注意したい。旅人は、酒を

「聖人」と名づけた人を大聖人と言うのだが、もとの話で酒を「聖人」と呼んだのは、市井の酒飲みにすぎない。それを大聖人と持ち上げるのは、一種のユーモアである。

そうした諧謔《かいぎやく》が発せられるのは、酒によって陽気になったからであろう。そして「聖人」という呼び名がすばらしいというのは、酒によって自分が救われたからだと思われる。人を救う超越した宗教者・有徳者こそ、「聖人」と呼ぶに相応しい。「験無き物思い」の苦しみから逃れて、まずは、その救済者である酒を「聖人」と「讃」えたのである。

第三首

古の 七の賢《さか》しき 人たちも 欲《ほ》りせしものは 酒にしあるらし（三四〇）

（いにしえの七人の賢人たちも、欲したものは酒であるらしい）

遠い昔の七人の賢人と言えば、いわゆる「竹林の七賢」、すなわち阮籍《げんせき》・山濤《さんとう》・嵆《けい》康《こう》・向秀《しようしゆう》・劉伶《りゆうれい》・阮咸《げんかん》・王戎《おうじゆう》らを指すに違いない。彼ら魏・晋の頃の隠士たちは竹林の中に遊んで、酒を飲み、老荘思想的な哲学談義、「清談」に耽った。しかし儒教的な礼教に従わない彼らの奔放な振る舞いは、賢というよりむしろ愚のごとくである。例えば劉伶は日頃から酒浸りで、時には家の中に全裸で過ごし、訪ねてきた者に、「自分は天地を家とし、家を衣服・褌と心得ている。君はなぜ人の褌の中に入ってくるのか」と言い放ったという。また阮籍は母の喪にあっても酒を止めず、葬るに際して二斗の大酒を飲み、一声号泣して人事不省に陥った（いずれも『世説新語』）。

そうした奇行を、旅人は、彼らが酒を欲した結果だと歌っている。実際、魏・晋は陰謀の渦巻く動乱の時代で、官に背を向けて山野に遊び、酒に浸るのは知識人の処世でもあった。それ以上に、力ずくの理不尽がまかり通る乱世では、「賢」なればこそ、酒の力を借りて韜《とう》晦《かい》しなければ耐えられなかったのでもあろう。「人たちも」とあることからすれば、旅人は、そうした「七賢」たちも自分と同様に、酒を必要とした心弱い者として、彼らに共感を寄せたものと思われる。

竹林七賢図
（部分，伝狩野元信筆，東京国立博物館蔵，
出典：ColBase〈https://colbase.nich.go.jp/〉）

賢《さか》しみと物言ふよりは酒飲みて

酔《ゑ》ひ泣きするし優りたるらし（三四一）

（利口ぶって物を言っているより、酒を飲んで泣き上戸になった方が優っているらしい）

前の歌に続いて「賢」であることに言い及んでいる。振り返ってみれば、第一首で意を決して飲んだ「濁れる酒」は、第二首の基づく逸話によれば「賢人」に当たるはずである。にもかかわらず、旅人は酒を「聖人」と呼んだ。それは救済者こそ「聖人」に他ならないからではあるが、そこに「賢人」の限界をも見ているのではあるまいか。第三首の「七の賢しき人たち」は、自分のように酒によってその「賢さ」を投げ捨てないではいられないのであった。

酒による精神の浄化

この第四首は、そのような「賢」、言い換えれば理性の放棄を歌っている。酔いが深まれば、愉快でばかりではいられない。やがて「験無き物思い」が蘇ってくる。その時、酒によって理性の箍《たが》がはずされていれば、悲しみが嗚咽として噴出してしまう。「酔ひ泣き」は、人前ですれば「丈夫に非ず」（『続日本後紀』承和十年〈八四三〉三月、文室朝臣秋津卒伝）とされるほどの恥である。しかしそれでも、理性を保ったまま、ぶつぶつと物を言っているよりは優ると言うのである。泣いて感情を吐き出せば、精神の浄化ができる。それも酒の功徳の一つなのであろう。

第五首

言はむすべ せむすべ知らず 極まりて 貴きものは 酒にしあるらし（三四二）

（言いようも無く、しようも無く、このうえなく貴いものは酒であるらしい）

この第五首になると、もう手放しの酒礼賛である。知的なものがいっさい失われ、ひたすら酒に溺れ切ったさまが歌われている。「酒を讃むる歌」十三首が、どのような構成を持っているかにはさまざまな説があり、「賢しら」や「酔ひ泣き」が二首を挟んで現われる（第四・七・十・十三首）のを柱に見立てた連作説も有力である。しかし筆者は、「賢」なるもの、理性を、酒によって溶解させてきた過程の一つの行き止まりとして、この第五首に切れ目を置きたい。

第六首

なかなかに 人とあらずは 酒壺に なりにてしかも 酒に染みなむ（三四三）

（なまじっか人でいるより、酒壺になってしまいたい。酒に染まってしまおう）

第六首を新たなスタートと見るのは、この歌が冒頭の歌と同じ特殊語法のズハを用いていることにも拠る。そして、第五首までに酒以外の物が何も出て来なかったのに対して、ここの「酒壺」を初めに、さまざまな物が登場してくる。前半の酒による酩酊が理性と対比されているのに対して、後半の物は、人として生きることを象徴したり、またそれと比較されたりする。今の場合、人間生活と、酒壺になることとの比較である。

酒壺になりたい

酒壺になる、というのは、やはり中国の逸話に基づく。三国時代、呉に鄭泉《ていせん》という酒飲みが居て、臨終の際に遺言して、「自分が死んだら、窯の側に埋めてくれ。数百年経って土と化し、酒壺に作られれば本望だ」と言ったという（『北堂書鈔』など）。ただし、ここでも原話とのずれに目を惹かれる。鄭泉は単なる酒好きで、どうせ死ぬなら、来世はもっと酒浸りになれる酒壺になりたいと言っているにすぎない。しかし旅人は、今の人間生活よりも、酒壺になることを選ぶと歌うのである。それは端的に、人としての生き難さの表現に他ならない。

第七首

あな醜《みにく》 賢しらをすと 酒飲まぬ 人をよく見ば 猿にかも似る（三四四）

（ああ醜い。利口ぶって酒を飲まない人をよく見たら、猿に似ているのではないか）

十三首中随一の異彩を放つのが、この第七首である。「賢しらをすと酒飲まぬ人」、猿に似ているという人が誰なのか、そのモデル探しも行われた。しかし、それを特定の人と考えるべきではあるまい。酔いを深めた我は、すでに人としての生を、酒壺以下と見做したのであった。そのような目から見れば、唾棄すべき人の世の日常に、素面《しらふ》で小賢しく働く者は皆、人のようで人でない、猿同然に見えるのだろう。それは視座を変えれば、別の見え方にもなるということである。素面の側からすれば、猿に似ているのは明らかに酔客の方である。この歌は、単に酔っ払いの暴言であることを超えて、世の中全体を逆さまに表わし出すようなところがある。

第八首

価無《あたひ》き 宝といふとも 一杯《ひとつき》の 濁れる酒に あにまさめやも（三四五）

（値が付けられないほどの宝であっても、一杯の濁った酒にどうして優ろうか）

第八首の「価無き宝」は、『法華経』（五百弟子受記品）の、以下のような喩え話に出て来る「無価宝珠《むげほうじゅ》」の翻訳語である。「ある貧しい男が金持ちの友人の家に遊びに行き、酒を飲んで寝入ってしまった。友人は所用があり、男の服の裏に、値段を付けられないほど高価な珠を土産として縫い付け、出かけてしまう。起きた男は気づかずに友人の家を出、そのまま他郷に行き、わずかな収入で満足していた。その後、友人に逢うと、『なぜあの珠を売って豊かな生活をしないのだ。気付かなかったのか？』と言われた」。これは五百羅漢が過去世で大乗の縁を結びながら、それを悟り得ず、現世で仏の方便によってついに悟りを得ることの比喩で、「無価宝珠」は、全ての衆生に備わる仏性を指す。それに気づけば、極楽往生が可能なのである。

現在の苦しみを救う酒

「価無き宝」は、来世の安楽を保証してくれるありがたい物である。しかるにこの歌は、それでも一杯の濁酒に及ばないという。それは、いくら来世で救ってくれても、今現在の苦しみを救うのには役立たないからであろう。当座に陽気にさせ、あるいは「酔ひ泣き」させて、苦悩を消去してくれる酒に優ることはないのである。

第九首

夜光る 玉といふとも 酒飲みて 心を遣るに あに及《し》かめやも （三四六）

（夜光る玉と言ったって、酒を飲んで心をすっきりさせるのに、どうして及ぼうか）

第九首は、前の第八首と同工異曲と言ってよい。「夜光る玉」は、「夜光珠」「夜光之璧」などとして漢籍に頻出する。よく知られているのは、随公が瀕死の蛇を助けたところ、夜、その蛇が光る玉を咥《くわ》えて来て報恩したという『史記』（鄒《すう》陽伝）の注に引かれた逸話である。その話は、夜も自光する宝珠の不可思議な力の源を示している。しかし、歌はそれでも酒を飲んで憂いを追い遣るのには及ばないという。酒は、人を心の奥底から変えてしまう魔術的な力を持つと捉えられているのである。

第十首

世間の 遊びの道に 冷《すず》しきは 酔ひ泣きするに あるべかるらし （三四七）

（この世の中の遊びの道の中でも爽やかなのは、泣き上戸になることであるらしい）

「遊び」とは、日常の桎梏から離れ、心を解放することであろう。君子がその時、友とするのは、琴・詩・酒である。しかし「酒は静かに飲むべかりけり」（若山牧水）。「酔ひ泣き」するようなみっともない飲み方が推奨されるはずはない。だが、この歌は、遊びの中でも爽やかなのは「酔ひ泣き」だという。先の第四首同様、酔いに任せて泣くことで、悲哀が発散・浄化されるのを称揚するのだろう。この歌にも「酒飲まぬ人をよく見ば猿にかも似る」（第七首）と同様の転倒が見られる。価値の転倒という点では、酒を宝玉の上に置く前二首にも通じるだろう。ただし第三句の「冷しきは」については、「冷者」という漢字本文には諸本異同無いものの、スズシを爽やかの意に用いた例が奈良時代までに他に見えないため、「怜」の誤りとしてタノシキハとする説、「洽」の誤りとしてカナヘルハとする説など、諸説あって定まらない。ここでは仮に原文を尊重する説に従った。

第十一首

この世にし楽しくあらば 来む世には 虫に鳥にも 我はなりなむ（三四八）

（この世で楽しく居られたならば、来世には虫にでも鳥にでも私はなってしまおう）

この第十一首は、酒に関する語彙を欠く。それは、ここまでですでに、歌が飲酒にまつわることは自明だからであろう。この歌の基づくところは、第八首に続いて仏典である。『大智度論』（龍樹著の『大品般若経』注釈）に、「不飲酒戒《ふおんじゅかい》」を説明して曰く、戒を破って飲酒すればもろもろの善功徳を失って畜生道に落ち、怒りが多ければ毒虫に、愚かならばやはり虫や鳥に生まれ変わるという（井村哲夫「大宰帥大伴卿讃酒歌十三首」『赤ら小船　万葉作家作品論』)。しかし歌は第八首同様、著しく反仏教的である。この現在において、苦悩から救われるのならば、来世などどうでもいいと歌うのである。人間生活の息苦しさ、辛さに比べれば、虫や鳥の方がよほど自由で楽しげに見える、ということも含むのであろう。人間の身を捨てても、と願望する点では、酒壺になりたいと歌う第六首にも通ずる。

第十二首

生ける人つひにも死ぬるものにあればこの世なる間《ま》は楽しくをあらな (三四九)

(生きている人は最後には死ぬものだから、この世に居る間は楽しくありたいよ)

第十二首も、前歌に続いて、酒に関わる語彙を欠く歌である。そして露わに仏教的観念を採り入れている点でも前歌と共通する。上句全体が「生者必滅」という仏教語の翻訳なのである。同時に反仏教的であるのも、前歌と等しい。仏説は、この世には限りがあるのだから、殺生を止め、飲酒を断ち、功徳を積んで、来世に備えよと教える。しかしこの歌は、今生に限りがあるからこそ、その間楽しくありたいと歌う。それは享楽主義、刹那主義と言えば言えるであろう。しかし「酒を讃むる歌」において「楽しく」とは、酒に酔って憂いを忘れている状態に相違あるまい。ならば今生に終わりがあるならば、それまでずっと酔っていたいということであって、来世を犠牲にしてでもそうしな

第十三首

ければならないのは、畢竟、今生が素面で生きるに耐えないからなのである。並の享楽主義とはむしろ反対に、現世への深い絶望がこの歌の裏面に存すると思われる。

黙居《もだ》りて 賢しらするは 酒飲みて 酔ひ泣きするに なほ及かずけり（三五〇）

（黙って利口ぶるのは、酒を飲んで泣き上戸になるのに、やはり及ばないのだった）

冒頭の第一首が、いかにも皮切りらしい歌であったのに相応じて、最終第十三首はやはり締めくくりに相応しい。ここまで、特に第五首までの前半には、助動詞ラシで歌い収める作が多かった。ラシは、何かの根拠から一つの推測を加える場合に用いるのが普通である。しかしこれらの歌々に、根拠らしい根拠は示されていない。おそらくそれは、自己を内省して、その実感を根拠とするのであろう。そしてこの最後の歌は、飲み進め、歌い進めて、最終的に下した結論が、ナホ〜ケリという文型で表わされている。

それは無論、ここまで歌ってきたことの反復である。行儀よく理性を保っているよりも、どんなにみっともなくても、酒を飲んでおいおいと泣き、心を浄化する方が良い。それは世の中の常識とは正反対である。しかしその世の中に何の希望も見出せなかった時、酔中の彼岸からこの世を見、この世の全ての価値を転倒させてしまうことに、最後の慰めを感じているのではないだろうか。

「験無き物思い」をいやす酒

以上見て来たように、「酒を讃むる歌十三首」は、「験無き物思い」に苛まれる者が、酒の力を借りて思考の低回から脱出し、高揚や、「酔ひ泣き」による浄化を得てゆく過程を描き取った連作である。そこでは、現世的な価値観が破壊され、アナーキーに思われるほどのニヒリズムが存在する（伊藤益「無常と撥無」『危機の神話か神話の危機か　古代文芸の思想』）。

独酌の歌は旅人の周辺のみ

これらは、大宰府の官人たちに披露されたかもしれないが、宴会で酒を飲みながら歌われるものではなかっただろう。少なくとも、歌の中で、この酒は独酌の設定のはずである。独酌の歌は、『万葉集』の中ではきわめて稀で、ほとんど旅人の周辺にのみ見られる。

君がため 醸《か》みし待ち酒 安の野に ひとりや飲まむ 友なしにして（巻四・五五五）

（あなたのために醸した、とっておきの酒を、安の野で一人で飲まなければならないのか。友とする者も無くて）

梅の花 夢に語らく みやびたる 花と我思ふ 酒に浮かべこそ（巻五・八五二）

（梅の花が夢に出て来て語るには、雅びな花だと自負しています。どうぞ酒に浮かべて下さいと）

五五五歌は、「大宰帥大伴卿、大弐丹比県守《たじひのあがたもり》卿の民部卿に遷任するに贈る歌」。長屋王の変の際、大弐だった丹比県守が帰京していて、そのまま都で参議・民部卿となり、大宰府に帰って来なくなったのに対して贈った歌である。せっかく君のために酒を準備していたのに、独りで飲むことになるのか、という嘆きを歌っている。一方、八五二歌は、「後に追和する梅の歌四首」の最後の一首で、孤独に梅花と向き合うことを歌うそれまでの三首と相俟って、その酒が独酌とわかる。作者名を欠くが、「追和」の対象は旅人主催の「梅花の宴」の歌々で、この四首も旅人が関係していないとは考え難い（第四の三に後述）。

独酌の詩は豊富

李白の「月下独酌」を挙げるまでもなく、和歌と対照的に、漢詩には独酌の詩が豊富にある。例えば陶淵明の「飲酒」二十首は、そのうち二首が『文選』に採られており（巻三十、ただし題は「雑詩二首」）、旅人にも知られていた蓋然性が高い。以下にも見るように、その酒の多くは独酌である。

漢籍の影響

「酒を讃むる歌」に漢籍の知識に基づく表現が多いことは、それを初めとする旅人の独酌の歌に漢籍が強く影響したことを示唆しよう。つとに契沖『代匠記』は、「讃酒歌」の題に対して、「竹林の七賢」の一人、劉伶の「酒徳頌」（『芸文類聚』酒）を挙げている。

旅人独自の表現

しかし、だからと言って、旅人の表現が、漢詩の真似とか、隠士気取りとかと決め付けるわけには行かない。すでに見たように、旅人は漢詩文や仏典の表現を自在に加工し、自らの表現に取り込んでいる。自由に酒を楽しむ「大人先生」に、「貴介公子」や「搢紳処士」が歯噛みをしながら礼法を説くが、いっこうに相手にされないという筋の老荘思想的な「酒徳頌」は無論のこと、独酌の詩も必ずしも「酒を讃むる歌」には似ていない。例えば、『文選』に採られた陶淵明の「飲酒」第七首は、以下の通りである。

秋菊有佳色　裛露掇其英　秋菊には佳色有り　露に裛《まと》える其の英を掇《ひろ》う
汎此忘憂物　遠我遺世情　此の忘憂の物に汎《うか》ぶるに　我が世を遺《わす》るるの情は遠し
一觴雖独進　杯尽壺自傾　一觴するに独り進むと雖も　杯は尽きて壺も自ら傾く
日入群動息　帰鳥趨林鳴　日入りて群動は息み　帰鳥は林に趨《おもむ》きて鳴く
嘯傲東軒下　聊復得此生　東軒の下に嘯傲《しょうごう》して　聊《いささ》か復た此の生を得たり

（秋になって菊の花は美しい。露の置くその花を取る。この憂いを忘れるもの、酒に浮かべると、世俗を忘れる気持はさらに遥かになる。自分一人で杯を含むのであるが、杯は重ね尽くして、酒壺も次第に傾けて注ぐようになる。夕陽が沈んで諸の動きは止まり、鳥も林に帰りながら鳴いている。東の軒のところで気楽に口笛を吹いていると、何か本当の人生を得たという気がする）

菊を浮かべて一人酒を飲み、「聊か復た此の生を得たり」と感ずる。孤独を味わいながら自適するのであって、間違っても「酔ひ泣き」を称揚したりはしない。「我が世を遺るるの情は遠し」、俗世間を厭い離れる気持はあっても、自然に囲まれた人間生活に対しての肯定的な感情は揺るがない。

そうした余裕ある漢詩の「独酌」の境地に比べるならば、「酒を讃むる歌」から窺われる心情は、著しく切迫している。旅人は、中国の詩文に触発されながら、それとは大きく異なる作品を創り出したと評価してよいだろう。

旅人の切迫した心情

苦悩の消去と引き換えに理性を失ってゆく者を歌に造形することは、理性を保っていなければできないはずである。作者としての旅人は、きわめて理性的で冷静なのであろう。しかし大宰府での旅人が、妻を失い、政治的地歩をも失ったことを知る我々は、「験無き物思い」に責められ、酒を飲んでは「酔ひ泣き」する人物が、旅人の自画像であると思わないではいられないのである（以上、詳しくは拙稿「「大宰帥大伴卿讃酒歌十三首」試論」『萬葉集研究』三六）。

三「龍の馬」の贈答歌

「龍の馬」の贈答歌

話は、『万葉集』巻五に戻る。憶良の「嘉摩三部作」の後に、次のような贈答が載せられている。

伏して来書を辱《かたじけ》なみし、具《つぶさ》に芳旨を承りぬ。忽ちに漢を隔つる恋を成し、また梁を抱く意を傷ましむ。ただ羨《ねが》わくは、去留恙《つつみ》なく、遂に披雲を待たまくのみ。

（かたじけなくもお手紙を頂戴し、お気持、十分に承知しました。にわかに天の川を隔てた七夕の二星のような恋しさを感じ、また、人を待って橋脚にしがみついたまま溺れ死んだ尾生のように心を痛めています。ただ願うことは、互いに無事で、いつか雲が披けるように再びお目にかかることだけです）

歌詞両首大宰帥大伴卿

龍《たつ》の馬《ま》も　今も得てしか　あをによし　奈良の都に　行きて来むため　（八〇六）

（龍のような速い馬を今すぐ得たいものだ。〈あをによし〉奈良の都まで往復するために）

現《うつつ》には　逢ふよしもなし　ぬばたまの　夜の夢にを　継ぎて見えこそ　（八〇七）

（現実には逢う方法もない。〈ぬばたまの〉夜の夢にね、続けて現われて下さい）

答うる歌二首

龍の馬を 我は求めむ あをによし 奈良の都に 来む人のたに（八〇八）

（龍のような馬を私は探しましょう。〈あをによし〉奈良の都に来るという人のために）

直《ただ》に逢はず あらくも多く しきたへの 枕去らずて 夢にし見えむ（八〇九）

（直に逢わない日々が積もりましたから、〈しきたへの〉枕のあたりを離れず、夢に現われましょう）

詳細不明の贈答歌

前に置かれた漢文は、明らかに書簡である。しかし日付も宛先も差出人も書いていない。日付に関しては、巻五が日付順の配列であることによって、「嘉摩三部作」撰定の神亀五年（七二八）七月二十一日以降、次の藤原房前《ふじわらのふささき》宛の旅人書簡の日付、天平元年（七二九）十月七日までのいずれかと推測されるのみである。「歌詞両首」の作者は題の注記に「大宰帥大伴卿」すなわち旅人とわかるが、「答うる歌」の方は奈良の都に居る人という以上のことはいっさい不明である。

書簡文の筆者は

それどころか、書簡文が、旅人が書いたものなのか、それとも相手の方なのかについても説が分かれている。旅人の歌に接しているのだから、旅人を筆者と見るのが自然と思えるが、相手の書簡と「答うる歌」の間に、旅人の二首を挿入した形と見る説も『古義』以来、多数の支持者を得ているのである。この書簡文は、冒頭から「伏して来書を辱なみし」と返書であることが明らかであり、確かに「答うる歌」に添えられたものと見た方が自然だという面も存する。

旅人に歌を贈った女性

相手は、男性であろうか、女性であろうか。旅人の女性相手の相聞歌《そうもんか》はほとんど無い。旅人宛に歌を贈った女性としては、丹生女王《にうのおおきみ》が知られる。系統未詳で、天平十一年正月に従四位下から従四位上に進み、天平勝宝二年（七五〇）八月に正四位上を授けられている。石田王が亡くなった時に挽歌《ばんか》（巻三・四二〇〜二）を作った「丹生王」と同一人物かとも言われる。石田王も系統不詳であるが、同じく石田王の挽歌（四二三）を作った山前王《やまさきおう》が養老七年（七二三）十二月に没しているので、丹生王の作もそれ以前である。歌の内容からすると、丹生王は石田王の妻であったと見られる。

丹生女王が旅人に贈ったのは、次のような歌である。

天雲の そくへの極み 遠けども 心し行けば 恋ふるものかも（巻四・五五三）

（天の雲が遠ざかってゆく最果てのように遠いけれども、心がそこに赴くので、恋しくなるのでしょうか）

古人《ふるひと》の たまへしめたる 吉備の酒 病まばすべなし 貫簀《ぬきす》賜《たば》らむ（五五四）

（昔の人が飲ませて下さる吉備の酒ですが、悪酔いしたら困ります。貫簀もいただきましょう）

題詞に「大宰帥大伴卿に贈る歌」とあり、表現からも京から大宰府に送ったものとわかる。第二首によれば、旅人が行きがけに吉備（岡山地方）で名産の酒を女王に贈ったらしい。それで悪酔いしたら困るので、竹を編んで作った簀も下さい、とねだったもの。天平十年、『筑後国正税帳』（『大日本古文書』二）に御貫簀を貢上する工人七人云々の記事が見えるので、貫簀は筑紫の名産だったと推測される（『私注』）。酒と貫簀の関係には諸説あるが、貫簀は敷物で、悪酔いした時にその上で寝るとひんやりして気持がいいという説に従う（新古典大系）。「古人」も、昔馴染みの人とも「ご老人」（『全注』巻四）とも解されるが、いずれにしろジョークである。

丹生女王と旅人

旅人と丹生女王が旧知の仲（以上）であったことは、次の歌からもわかる。

丹生女王、大宰帥大伴卿に贈る歌一首

高円《たかまと》の 秋野の上の 瞿麦《なでしこ》が花 うら若み 人のかざしし 瞿麦が花（巻八・一六一〇）

（高円の秋の野のほとりの瞿麦の花よ。まだ若いうちに人が挿頭にした瞿麦の花よ）

五七七・五七七という旋頭歌形式で瞿麦の花を歌った一首であるが、おそらく譬喩歌（男女の仲を景物に譬える歌）的発想に基づいており、咲いたばかりのうちに折られ、髪に挿された瞿麦の花とは自分のことで、昔の自分と旅人との恋を回想しているのだろう。

以上のような次第で、「龍の馬」の贈答歌も、丹生女王との間に交わされたと見る説がある（『私注』）。しかしユーモアや譬喩歌的発想を交え、技巧的な丹生女王の「終わった恋」の歌と、「龍の馬」の「答うる歌二首」とではかなり差異があることも事実である。

丹生女王作との差異

旅人の持ち出した「龍の馬」は、「龍馬」の翻訳語である。それは八尺以上の馬（『文選』巻十六・江淹「別賦」の李善注に「周礼に曰く、馬八尺已上を龍と為す」）とされてきたが、翼のある馬、ペガサスを指す（『芸文類聚』祥瑞部・馬に「瑞応図に曰く……龍馬は仁馬なり。河水の精なり。高八尺五寸、長頸にして骼上に翼有り」）とする方が相応しいかもしれない（新古典大系）。空を駆ける馬でなくては、大宰府から都までの往復は難しい。そうした漢籍に基づく奇想天外な想像は、「酒を讃むる歌」（前節）にも見えるように、旅人作歌を特徴づけるものである。

旅人の奇想天外な発想に対し…

ところが、それに対する「答うる歌」は、自分が龍馬を探しましょう、奈良に来るという人、あなたのために、と歌うのみで、ほとんど鸚鵡返しのようである。贈答歌の場合、答歌は、贈歌の言葉を用いて歌うのが普通であるが、その際、贈歌の趣旨に対して、反撥したり、はぐらかしたりするのが一種の作法のようになっている。例えば、旅人の両親の求婚の歌が、ほとんど言い合いのようになっているのは、第一の二で見た通りで

素直すぎる「答うる歌」

ある。その点で、この「答うる歌」の素直すぎる応対は、かえって異例なのである。

夢で逢えたら

もう一首は、夢の歌である。夢の歌には、強く相手を思っていると、相手が夢に出て来る、という発想と、強く思っていると相手の夢に出られる、という発想とがある（菊川恵三「相聞表現としての「夢」」『美夫君志』六二）。今の場合は後者で、相手に私のことを思って、夢に出て来てほしいという。第一首の「龍の馬」など所詮空想で、現実には逢う方法も無い。それならせめて夢で逢えたら、と歌うのである。

贈歌に同調するばかり

これに対しても、「答うる歌」は、本当に逢えない日々が積み重なりましたから、あなたの枕の辺りを去ることなく、毎夜、あなたの夢に現われましょう、と贈歌に同調するのみである。通常の相聞歌ならば、「そちらこそ私の夢に現われて下さい」とか、「他に逢う方法を見つけて下さい」とか、相手の言や現状を認めない方向で歌うところである。少なくとも、丹生女王の歌い方とは大いに異なることは了解されよう。

隔たりを七夕に譬えて

書簡文はどうであろうか。冒頭は、書儀（書簡の文例集）に則った返書の定型と見られる。その次の「隔漢の恋」とは、「天漢」（天の川）を隔て、年一回の逢瀬のみ許された、牽牛・織女二星の宿命づけられた恋の思いを言う。大宰府と都に隔てられた二人の間をそれに譬えるのである。ちなみに、大宰府の旅人邸では、天平元年七月七日、二年七月八日に宴が開かれて、憶良が七夕歌を歌っている（巻八・一五二〇～六）。それらは、やはり七夕の二星に、都から隔絶された自分たちを託していると見られる（拙稿「後期万葉歌人の七夕歌」『大伴家持「歌日誌」論考』）。

再会を信じる

「隔漢の恋」と対となるのは、「梁を抱く意」であるが、これは『荘子』盗跖《とうせき》篇に載る尾生《びせい》という男の話を典拠にしている。尾生は、女性と橋の下で逢う約束をしたが、女性は来ない。そのうちに川が増水してきたが、尾生は約束を守ってそこを去らず、ついに橋脚を抱いたまま溺れ死んだという。馬鹿正直と評する他ないが、魏の嵆康《けいこう》は「琴賦」（『文選』巻十八）で、「信」なる者の代表として肯定的に取り上げている。ここも同じで、どんなに辛かろうと、ひたすら再会を待ちわびていることを言う。

離れ離れの二人

結びの「去留」は、去ることと留まることで、生死や事の成り行きの意も持つが、ここは新編古典全集に『遊仙窟』の「恨むる所は、別るることは易く、会うことは難く、去留乖《そむ》き隔たらむことを」を挙げて、「片方は去り、片方は残り、二人が離ればなれになること」と注するのに従いたい。『遊仙窟』は、唐の張文成の作になる小説で、輸入されて日本で大いに行われた。憶良の「沈痾自哀文」に引用される、「日本琴の歌」（次節）や「松浦河に遊ぶ」（第四の四）の下敷きにされていると見られる。「恨むる所は」の一節は、主人公張郎とヒロイン十娘が一夜をともにした翌朝、別れを惜しむ名場面に出る。ここは、別れの場面ではないけれども、大宰府と京に分断された二人を、去った者と留まった者とするのであろう。

また「披雲」は、雲を披いて青天を見る意であるが、転じて間にある障害を取り除くことの比喩となる。特に機会を得て人に逢うことに用いる例が多く、新編古典全集には書儀語の一つで、貴人にまみえることを言うと注する。

贈答の相手はいったい

ここまで見てきても、謎は深まりこそすれ、解ける感触が得られない。書簡に踏まえる七夕伝説も、尾生の話も男女の仲の事柄であり、歌も枕を歌ったりするから、相手は女性のようでもあるが、新古典大系は、漢文の書簡を書くので相手は男性と推測されるという。「漢詩文では君子や友人を恋人に譬え、男同士で相聞のような贈答をすることがある」と言うのである。書いたのが旅人であっても、相手が理解できなければ意味が無いので、女性に漢文の読み書きができないとすれば相手は男性である。

男性同士を男女の間柄のように

男性が、親しい同性の友人との仲を、男女の間柄のように歌うことは和歌にもある。例えば、家持は、越中守時代、病気をして、下僚で同族の池主から、

我が背子に 恋ひすべながり 葦垣の 外《ほか》に嘆かふ 我し悲しも （巻十七・三九七五）

（我が愛しい方が恋しくて仕方なく、葦垣の外側で嘆き続けている自分は悲しいことよ）

という歌をもらい、

葦垣の 外にも君が 寄り立たし 恋ひけれこそば 夢に見えけれ （三九七七）

（葦垣の外側で貴方様が寄り立って恋しく思って下さったので、夢に見えたのですね）

と答えている。互いに女性を演じ合うのである。しかしそれは相手が男性でもありうる、ということで、必ず男性と決まったわけではない。『万葉集』に実例こそ無いけれども、奈良時代の女性に漢文書簡の読み書きができなかったという確証もまた無いのである。

書簡で待っているのは

書簡の書き手が旅人か相手か、という問題もやはり難しい。新古典大系は、尾生は待ち人の到来を望みながら死んだので、それになぞらえられる書き手も待つ側の京人と考えられ、「披雲を待つ」も、雲を披いて大宰府から旅人が帰京するのを待つ意となると言う。しかし旅人とて、帰任の日を待つ身であり、「披雲」も必ずしも遠く旅する人にばかり言うわけではない。旅人が、晴れて対面する日を待つと言ったものとしても、必ずしも不自然ではないだろう。むしろ旅人の書簡が略されて、相手の書簡だけが残される方が、不自然と言えば不自然である。

旅人による創作か

確かなのは、贈答としては、人間関係を表わすような大切な要素が多く欠落していることである。そしてそれはおそらく意図的なトリミングであろうし、それをしたのはおそらく旅人の側であろう。ならば、これは実際の贈答を元にしていたとしても、旅人による一種の創作と言えるのではあるまいか。

書簡と歌すべてを旅人の創作とする見方もある（土田知雄「大伴旅人・京人贈答歌私考」『文学・語学』一二、村山出『大伴旅人・山上憶良』）。六朝の艶詩を集めた『玉台新詠』に、贈答詩の双方をともに一人で作る例があるのに旅人が倣ったとするのである。

一人で贈答を仮構する和歌の例

和歌でも、贈答を一人が仮構したと思しき例がある。

柿本朝臣人麻呂《かきのもとのあそみひとまろ》が歌四首

み熊野の 浦の浜木綿《はまゆふ》 百重《ももへ》なす 心は思へど 直《ただ》に逢はぬかも（巻四・四九六）

（み熊野の浦の浜木綿のように、百重にも心では思っているが、直に逢えないことよ）

古に ありけむ人も 我がごとか 妹に恋ひつつ 寝ねかてずけむ（四九七）

（遠い昔に居た人も、私のように愛しい人を恋しがりながら寝られなかったのだろうか）

今のみの わざにはあらず 古の 人そまさりて 音《ね》にさへ泣きし（四九八）

（今だけのことではありません。昔の人はなお勝って、声を出して泣きまでしたのです）

百重にも 来しかぬかもと 思へかも 君が使ひの 見れど飽かざらむ（四九九）

（百重にも来てもらいたいと思うからか、貴方の使いは見ても見飽きません）

「柿本人麻呂が歌」とありながら、前二首が男の歌、後二首が、離れたところに居る女の歌になっている。対応関係を見ると、男の第一首（四九六）と女の第二首（四九九）とが、「百重」という語を共有し、「直に逢はぬ」（男）、「君が使ひ」（女）という発想上の共通性を持つ。また男の第二首（四九七）と女の第一首（四九八）とは、「古の人」をめぐる問答になっている。

人麻呂による創作の登場

柿本人麻呂より前の「初期万葉」の贈答歌が一首ずつの対応しかしないのに対して、これは複数の歌同士が対応する構成体となっている。渡瀬昌忠氏は、それを、歌を文字に記して作る段階に至って実現した、人麻呂による創作と見て、このように内側・外側の歌同士が応じ合う形式を「波紋型対応」と命名した（「柿本人麻呂における贈答歌」『渡瀬昌忠著作集』八）。一方、「龍の馬」の贈答は、贈歌・答歌の第一首、第二首同士がそれぞれ対応する。こうした対応の仕方を、渡瀬氏は「流下型対応」と呼んでいる。これまた書簡に付属しているのだから、無論、書記の産物である。『万葉集』の歌の歴史の中では、この「龍の馬」の贈答が、「流下型対応」の初例となる。渡瀬氏は、「流下型対応」を、奈良時代に入って現われた新しい形式と位置づけたのであった。

旅人と亡妻との贈答

そうした新たな形式が旅人の創作であるとするのは魅力的な仮説である。土田・村山氏は、贈答の相手は、本来なら都に留まったはずの亡き妻であり、旅人は仮想的に望郷と、亡妻への思慕の念とを述べたのだとする。さらに稲岡耕二氏は、書簡は憶良に対するもので、前半は「日本挽歌」への答礼、後半は亡妻への慕情を述べたとしている（『人物叢書　山上憶良』）。その憶良に対する返書に、仮構した妻との贈答を添えたと見るのである。仮構と見れば、答歌が鸚鵡返しになっていることも、そのためと理解できることになろう。

使用字母の違い

ただし、以前の稲岡氏の調査によって、贈歌は旅人の使用する万葉仮名で書かれているが、答歌は異なることが知られている（『萬葉表記論』）。稲岡氏は、答歌にはわざと自分の常用の仮名とは異なる字母を用いたのだとするが、せっかく明らかにされた各歌人固有の文字遣いを自ら崩すようで、同意には躊躇される。露木悟義氏は、その使用字母の相違を強調して旅人創作説を批判し、答歌の作者は、次の日本琴《やまとごと》をめぐる贈答の相手、藤原房前《ふささき》であろうとする（「龍の馬の贈答歌」『セミナー万葉の歌人と作品』四）。長屋王の変の後、旅人の意思を知るために房前から送られたのが「来書」であり、旅人の書簡と贈歌が送られ、房前から答歌が帰ってきたとするのである。

帰京の困難が背景に

次節に見るように、琴の贈答歌から窺われる旅人と房前の関係は、「夢にし見えむ」といった親しさとはほど遠い。琴の贈答歌では明記されている房前の名が、ここでは削られているのも説明が付かないだろう。露木説は受け入れ難い。しかし旅人の帰京を困難にさせているのが長屋王の変だとすれば、それがこの贈答の背景にある蓋然性は高いように思われる。

一族の誰かとの贈答か

もし実際の贈答をもとに作られたのだとすれば、それは「凶問に答うる歌」と同様、都に残る大伴一族の誰かとの贈答と考えておくのが穏やかではないか。そこでも「凶問」を差し出した「両君」などは明らかにされていなかった（第二の三）。政界の激変で、旅人の早期帰京が絶望的になる中、よく知った者同士で再会の困難を嘆きつつ、「去留」の無事を祈る贈答だったと想像するのである。

四　日本琴の贈答

日本琴の贈答

「凶問に答うる歌」「龍の馬の贈答歌」に続く、旅人の三つ目の書簡体作品は、藤原房前との間に交わされた、日本琴《やまとごと》をめぐる贈答である。

大伴淡等、謹状す。

　梧桐《あおぎり》の日本琴一面対馬の結石山《ゆいし》の孫枝《ひこえ》なり

この琴、夢に娘子《おとめ》に化《な》りて曰く、「余、根を遙島の高き巒《みね》に託《つ》け、幹を九陽の休《うるわ》しき光に晞《さら》しつ。長く煙霞を帯《めぐ》らして、山川の阿《くま》に逍遙し、遠く風波を望みて、雁木《がんぼく》の間に出入す。ただ百年の後に空しく溝壑《こうがく》に朽ちなむことのみを恐る。偶《たまさか》に良き匠に遭い、削りて小琴に為《つく》られぬ。質麁《あら》く音少なきことを顧みず、恒に君子の左琴を希う」という。すなわち歌いて曰く

（この琴が夢に娘子に化身して申しますには、「私は、遥か遠くの島の高い山に根を張り、多くの日光を幹に受けて育ちました。長く煙霞をまとい、山川の隅々を散歩し、遠く風や波を望み見ながら、有用とも無用ともつかない状態で居りました。ただ百年経って、空しく溝で朽ちてゆくことのみを恐れていたのです。運よく良い匠に出会い、削って小さい琴に作られました。自分の生まれつきが悪く、音が小さいことも顧みず、立派な君子の側に置かれる琴になりたいといつも思っています」と。そこで歌って言うには）

いかにあらむ 日の時にかも 音《こゑ》知らむ 人の膝の上《へ》 我が枕かむ（巻五・八一〇）

（いったいいつになったら、琴の音がわかる人の膝を、私は枕にできるのでしょうか）

僕、詩詠に報えて曰く

（そこで、私はその琴の娘子の歌に答えて歌いました）

言問はぬ 木にはありとも うるはしき 君が手馴《たな》れの 琴にしあるべし（八一一）

（物言わぬ木ではあっても、立派な方の愛用の琴になるに違いあるまい）

琴娘子答えて曰く「敬みて徳音を奉わりぬ。幸甚幸甚」という。片時《しまらく》ありて覚《おどろ》き、即ち夢の言に感《かま》け、慨然に止黙《もだ》あること得ず。故に、公の使に付けて、聊《いささ》かに進御《たてまつ》らくのみ。謹状す。不具。

（琴の娘子が答えて言うには、「嬉しいお言葉を頂戴しました。ありがたい、ありがたい」と。しばらくして目が覚め、夢の中の琴の言葉に感動して、溜息をつき、そのまま黙っておられなくなりました。そこで、公務でそちらに向かう使者に託して、そちらに進呈いたします。謹んで申し上げましたが、意を尽くしません）

天平元年十月七日に、使に付けて進上《たてまつ》る。

謹通　中衛高明閤下　謹空

藤原房前

房前は、天武十年（六八一）の生まれ。『日本史広辞典』によれば、「不比等の次男。母は蘇我連子の女娼子。北家の祖。七〇五年（慶雲二）従五位下に叙され、しばしば巡察使に任じて諸国の政情を視察。七一五年（霊亀元）従四位下に昇り、七一七年（養老元）朝政への参議を許される。元明太上天皇の危篤に際し内臣として元正天皇の輔弼にあたり、また授刀督・中衛大将として武力を掌握した。七三七年（天平九）天然痘により没し、正一位左大臣、さらに太政大臣と追贈される」。旅人の書簡は、天平元年（七二九）十月七日付で、その時、房前は正三位中務卿（『公卿補任』によれば同年九月、民部卿を兼任）であった。

中衛府大将も務めていたか

しかし書簡の奥で、旅人は房前を「中衛高明閤下」と呼んでいる（「高明」は尊称。「閤下」は「閣下」に同じ）。これは、房前が、前年の神亀五年（七二八）七月に新設された中衛府（『続日本紀』には八月甲午のこととするが、この年八月に甲午の日は無い。『類聚三代格』所収の中衛府設置の勅は七月二十一日付）の大将であったことに拠るもので、『公卿補任』には天平二年十月一日の任命とあるが、それ以前、おそらく中衛府設置の時から任官していたと見られる。中衛府は、授刀舎人寮《たちはきのとねりりよう》を拡大強化したもので、後には右近衛府となる。令制の五衛府に比べて官位相当が高く、地方豪族が武力の中心となった。藤原氏との関係が深く、その政権の武力基盤的性格を持ったと言われる（『日本史広辞典』）。

対馬産の梧桐の日本琴

さて、その房前に、旅人は管内の対馬に産する梧桐の日本琴を贈った。「結石山」は対馬の北端に近いところにあり、今もその名で呼ばれている。『体源抄』（豊原統秋著の音

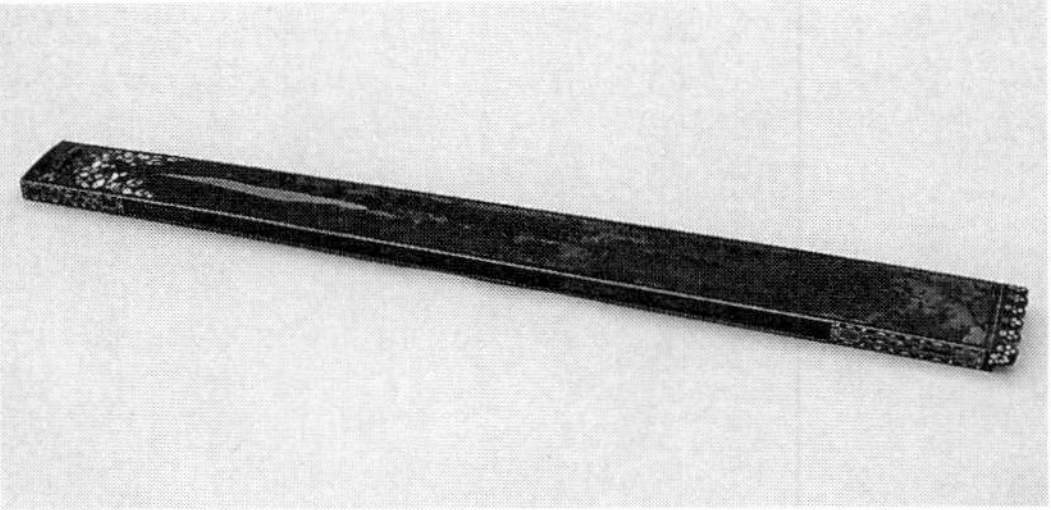

檜　和　琴（正倉院宝物，宮内庁正倉院事務所蔵）

楽書、永正九年〈一五一二〉成立）に、「箏のこうの木、旧記に云、塩風にふかれたる日あたりの孫枝をもちいるべきなり。糸は山城国の糸をもちいるなり。伊勢国美濃などもよし。甲は対馬国桐第一也」とある。「孫枝」は、桐の木をいったん台切りして、その後に大きく育つ新株を指す。そうすると枝下の長い良材ができるのだと言う。最上の梧桐で作った日本琴であることを旅人は書き添えているのである。

旅人は、その琴が娘子に変身して夢に出て来たと語る。この夢幻譚には、さまざまな漢籍が下敷きにされている。まず挙げるべきは、嵇康《けいこう》の「琴賦」（『文選』巻十八）であろう。「竹林の七賢」（第三の二参照）の一人、嵇康は、刑死するに臨んで琴を求めて弾いたと伝えられるほどに琴を愛したが（『晋書』嵇康伝）、「琴賦」には材料の椅梧（桐）に始まり、その音、曲、弾く時の心持に至るまで、言葉を尽くして琴のことを述べ立てている。その中に「椅梧の生ずる所、峻嶽の崇岡に託す」とか、「日月の休光を吸う」「旦に幹を九陽に晞す」などとあるのは、書箇の語る、対馬で梧桐が育った様子の表現の基となっていよう。

自由に暮らす梧桐

ただし「琴賦」は、「衆器の中、琴徳最も優なり」と讃えるけれども、それを擬人化する趣向は見えない。それは他の詩文に拠って述べられる。「山川の阿に逍遙し」は、潘岳《はんがく》の「秋興賦」（『文選』巻十三）の末尾部分に同じ表現がある。潘岳は、秋を迎え、自覚した老いをその季節に託しながら、結論として、山や川のほとりを遊び歩いて人生を気ままに過ごそうと決意する。梧桐も対馬で、同じように自由に暮らしていたのである。

役に立ちたい梧桐

次の「雁木の間に出入す」は、『荘子』山木篇に基づく。荘子が山を歩いていると、枝葉の茂った立派な木がある。ところが木こりが通りかかっても見向きもしない。訳を尋ねると、役に立たない木だという。一方、その晩、宿泊先で、宿の主人が、鳴く雁と鳴かない雁のどちらをつぶすか、と問われて、鳴かない方をつぶせと命じた。弟子が荘子に、「木は役立たずで延命し、雁は役立たずで落命しました。先生はどちらを選ばれますか」と尋ねた。すると荘子は、「自分は有用と無用の中間に居たい」と答えたという。これに従えば、梧桐も、有用も無用も無い、自由な境地に居たと言っていることになろう。

ただし、これには異説もある。新古典大系は、娘子は続けて、百年の後、空しく溝で朽ちてゆくことを恐れていた、と述べるので、自らは有用であり、伐られて役に立ちたいというのが梧桐の心で、荘子の保身の教えは相応しくないと言う。雁は、桐に宿るべき鳳（「鳳は梧桐に非ずんば棲まず」『初学記』鳳所引「毛詩疏」）に似て非なる鳥、木は桐に及ばない無用の木で、そうした凡俗の間に立ち交わらねばならない不遇を嘆く言葉と解するのである。

自由な状態を指すか

新古典大系が「その未だ時に遇わざるに当たりて、憂いは溝壑に填《お》かるるに在り」（晋・左思「詠史詩」第七首、『文選』巻二十一。「不遇だった時は、貧苦のあまり死んで谷間に捨て置かれるようになるかと憂えた」の意）を挙げるように、梧桐も用いられずに朽ちてゆくことを恐れていたのは確かである。しかし「山川の阿に逍遙し」との対句関係を考えるならば、やはり「雁木の間」は自由で安楽な状態を言っていると見る方が穏やかだろう。

荘子の教え

そもそも荘子は、「材と不材の間」では、しょせん累を免れないと述べている。続けて、それに優るのは「誉れ無く、訾《そし》り無く、一龍一蛇、時と倶に化して、肯《あえ》て専ら為すこと無し」、人の評価などは超越して、天に昇る龍になったり、地を這う蛇になったり、時とともに変化して、何か一つに固執しないことだと言う。

儒教的に有用な生

しかし、そのような道教的に融通無碍な境地にはなかなか達せられるものではない。

それを模索するうちに限りある命が尽きたら、無為なままに終わることになる。ならば安楽な立場を捨ててでも、儒教的に有用な生を遂げたいと考えるのは、自然なことではあるまいか。潘岳とて、自分は野人でありながら宮廷で窮屈な思いをしていると言い、老荘的な自由を志向するのであるが、それは官途に恵まれない鬱憤と表裏するのであって、決して儒教的な立志の価値観と無縁ではないのである。

「出入」という表現からも、それが支持されよう。小島憲之氏は、『遊仙窟』で張郎が十娘に自己紹介する場面に、「隠れたるにも非ず遁れたるにも非ず、鵬鷃《ほうあん》の間に逍遥す。吏にも非ず俗にも非ず、是非の境に出入す」（隠者でもなく、遁世者でもなく、巨大なおおとりと小さなみそさざいの中間をさまよっています。官吏ともつかず、俗人ともつかず、善悪を超越することもできない無知の人間です）とあるのと、琴の娘子の言葉とが類似することを指摘している（「遊仙窟の投げた影」『上代日本文学と中国文学』中）。「逍遥」「出入」の対は、これに拠ったものと見てよいだろう。『遊仙窟』のこの場面で、「出入」は、「是非」に囚われて、どっちつかずの自己を卑下する言葉なのである。

夢に琴の娘子が出て来るプロットは、老荘的である。『遊仙窟』には十娘を夢に見るシーンがある。それは遡れば、楚王が夢に神女を見て枕席をともにし、別れ際に神女が

「巫山の南の陽台の下、自分はいつも朝には雲となり、夕には雨となっています」と言い残したという、宋玉の「高唐賦」「神女賦」(『文選』巻十九)の語る伝説に行き着くだろう。また『荘子』人間世篇には、櫟《くぬぎ》の神木を役に立たない木と言い捨てた大工の夢に櫟が現われ、人の役に立たないことこそ、自分のためには大いに有用なのだと言ったという話がある。「雁木」の話と明らかに共通するモチーフである。これらは皆、旅人の脳裏にあって、そのエッセンスが琴の娘子の夢幻譚になったと考えられる。

琴の霊性

なお今は中国の琴でなく、日本琴であるが、例えば『古事記』では、仲哀《ちゅうあい》天皇や建《たけし》内宿禰《うちのすくね》がそれを弾いて神の託宣を乞うていて、やはり日本でも琴は特別な霊器という観念があったらしい。『万葉集』に、「倭琴を詠む」と題して、

琴取れば 嘆き先立つ けだしくも 琴の下樋《したび》に 妻や隠《こも》れる (巻七・一一二九)

(琴を手に取るとまず溜息が出る。もしかしたら琴の胴には妻が籠っているのか)

などとあるのも、やはり琴の音に霊的なものを聴き取っているのであろう。琴が娘子に化身するという趣向は、そうした発想をも踏まえていると考えられようか。

贈答に込めた意味

しかし典拠を踏まえつつ琴に生への深い思索を語らせる旅人は、それを単に琴を贈る際の余興とは考えていなかったであろう。琴は嵆康にその高徳を讃えられていたわけだ

が、「風俗通」（『初学記』琴所引）に「琴は楽の統なり。君子常に御する所にして、身より離さず」とあって、君子たる者、常に携帯すべきものであった。まさに琴自身が「君子の左琴を希う」と言う通りである。無論、それは贈る相手、房前を「君子」と認める意味を持つ。同時に、「いかにあらむ日の時にかも」（いったいいつになったら）と琴に焦れったがられる旅人自身は、それを持つに相応しからぬ凡俗と卑下していることになろう。

ただしそれは書簡における謙遜であって、旅人が房前に対して「君子の交わり」を求めていることもまた明らかであろう。娘子の歌の「音知らむ人」は、有名な「知音」の故事に基づく。中国春秋時代、琴の名人伯牙は、親友鍾《しょう》子《し》期《き》が亡くなると、もはや自分の琴の音を理解できる者は居ないと言って、琴の絃を切って、二度と弾かなかったという（『呂氏春秋』など。『芸文類聚』『初学記』にもあり）。それは、旅人にとって、房前こそが自らの「知音」だというメッセージとなるはずである。

桐を詠じて自己を託す作品

池田三枝子氏（「「大伴淡等謹状」—その政治性と文芸性—」『上代文学』七二）は、桐を詠じて、そこに自己を託した作品として、晋の司馬《しば》彪《ひょう》の「山濤《さんとう》に贈る」詩（『文選』巻二十四）を挙げている。

苕苕たる椅桐の樹、南岳に寄生す。上は青雲霓《げい》を凌ぎ、下は千仞《じん》の谷に臨む。身を処すること孤かつ危なり。何に於いてか余が足を託せん。昔は朝陽に植《た》ち、枝を傾けて鸞鷟を俟《ま》てり。今は世用を絶ち、倥傯として迫束せらる。班匠も我を顧みず、牙曠も我を録せず。焉《いずく》んぞ琴瑟を成すを得ん。何に由りてか妙曲を揚げん。…

〈高く伸びた椅桐の樹が南岳〈衡山〉にやどり生えている。上は青雲にかかる虹を超え、下は深い谷に臨む。このように孤独に危ないところに身を置いて、どこに根を託したらよいのか。昔は朝の陽の当たる所で育ち、枝を傾けて鳳凰が来るのを待っていた。今は世に用いられることも絶えて、苦しみながら縛られている。公輸班・匠石のような名工も私に見向きもせず、伯牙や楽曠のような名手も私に振り返らない。これではどうして琴や瑟を作れようか。どうやって妙なる曲を奏でられようか。…〉

山濤も「竹林の七賢」の中に数えられるが、隠者ではなく、吏部侍郎として人事を司っていた。司馬彪は王族でありながら用いられず、山濤にその不遇を訴え、末尾に「冀《こい》願《ねが》わくは神龍の来りて、光を揚げて以て燭されんことを」〈私の願いは、神龍が来て、光を掲げて、私の才を照らし出してくれることです〉と懇願するのである。

房前に中央復帰を求める

猟官運動めいたこの詩も、比喩の卓抜さによって、『文選』に載せられるほどに評価された。池田氏も言うように、旅人の書簡文との相似は明らかで、旅人がこれをも踏まえたことは確実であろう。つまり、旅人は、司馬彪ほど露骨ではないにしても、房前を自らの「知音」とし、琴に託して自らの志を述べたものと考えられる。

梧桐は旅人

遥かな島で、有用とも無用ともつかず、安楽に暮らしながらも、このまま寿命が尽きて無為なままに捨てられることを恐れている者。それは、都から遠く離れた筑紫でたなざらしにされている旅人が、房前に対して描いてみせた自画像なのである。そして対馬の梧桐が運よく「良き匠」に出会って琴に作られ、今また「音知らむ人」の膝の上に行こうとしているごとく、自分も「知音」の力を借りて、都で活躍の場を得たいということが、暗に述べられていると推察されるのである。

房前の返信

それに房前はどう答えたか。

跪《ひざまず》きて芳音を承り、嘉懽交《こもごも》深し。乃ち龍門の恩、また蓬身の上に厚きことを知りぬ。恋望の殊念は、常の心の百倍なり。謹みて白雲の什に和《こた》え、野鄙の歌を奏す。房前謹状。

（跪いてお言葉を頂戴し、ありがたくまた嬉しく存じます。それにつけても、高徳の貴方様のお気持が、このつまらない身の上に厚いことを知りました。特別に遠く慕わしく思う心は、いつもの百倍にも思われます。謹んで、白雲に乗ってやってきたお歌に答え、拙い歌を申し上げます。房前謹上）

言問はぬ 木にもありとも 我が背子が 手馴れの御琴《みこと》 地《つち》に置かめやも （八一二）

（物言わぬ木ではあっても、大事な方のご愛用のお琴を地面に置いたりしましょうか）

十一月八日に、還る使いの大監に付く。

謹通　尊門　記室

十一月八日付、筑紫に戻る大宰大監（大伴百代か）に託された返信である。「龍門」は、いわゆる「登龍門」で、黄河上流の、そこを鯉が上り切れば龍になると言われる急流で、転じて優れた人物が選ばれる場所を言う（『後漢書』李膺伝）。同時に龍門は良い桐の産地で、名工に琴を作らせるという（枚乗「七発」『文選』巻三十四）。房前は両方の意を兼ねて用いたと推測される。また「白雲の什」（「什」は詩篇の意）も、西王母が天子に対して歌った「白雲謡」（『穆天子伝』）の意と、白雲を隔てた遠い大宰府からの詠という意味を掛けたものと思われる。

非の打ちどころのない応対

文章はあくまで丁寧である。位階は正三位で同格とはいえ、十六歳年上の旅人に対してで、かつ贈り物の返礼であるから当然ではあろう。述べたように文章に工夫も凝らしている。歌は、旅人が琴の娘子に述べたという「言問はぬ木にはありとも」を、ほぼそのまま、位置も変えずに受け継ぎつつ、「うるはしき君が手馴れの琴」を「我が背子が手馴れの御琴」に置き換えている。私でなく、貴方様のご愛用の御琴でしょう、と言うのである。旅人こそ、琴を常に座の左に置く君子だと言うのである。非の打ちどころの無い応対と言ってよいだろう。

房前の高い教養

房前は、『懐風藻』に詩三首を残す漢詩人である。ちなみに父不比等は五首、弟宇合は六首、末弟麻呂は五首が載せられている。兄武智麻呂は、詩は残していないが、『藤氏家伝』によれば、慶雲三年（七〇六）、大学頭となり、「屢しば学官に入り、儒生を聚集し、詩書を吟詠し、礼易を披玩」したと伝えられる。藤原氏は、漢詩文を一族の風としたのである。旅人が多くの漢詩文のエッセンスを集めた文とともに、君子の持ち物たる琴を贈ったのも、その意義を了解しうる房前の教養を前提にしてのことである。

旅人の趣向を無視

しかし房前は、旅人の用意した趣向の中心、琴の化身の娘子には、全く触れていない。「土に置かめやも」は、大切にします、の意ではあろうが、楽器を地面に置くことなど最初からありえないことである。好意的に見れば、ずっと膝の上に置いておきます、とも解せようが、悪く取ればずっとお蔵入りの意にもなりかねない。ともあれ女性を扱う態度ではない。立派な方の膝を枕にしたい――倭琴は膝の上に置いて弾くものだった。座って琴を膝の上に置いて弾く人の埴輪がある――という濃厚な媚態を、房前は言わば無視したのである。それは、その媚態が、旅人が自身に向けたものであることを理解したからであろう。房前は、この趣向に込められているのが、中央政界への復帰の願いであることを了解したうえで、その手引きの懇願を、座興として取り合わなかったということになる。それは慇懃無礼のようにも見え、立場が上の者が下の者に与える惻隠の情のようにも見える。

都に帰るために

こうした書簡と贈り物をして、かような返礼を受け取ることは、旅人にとって屈辱であったろうか。しかし長屋王の変を経て、新たな権力者になった藤原氏に、膝を屈してでも友好関係を取り結び、他意の無いことを示して都に帰ることが、大伴氏の氏上として必要だったはずである。

自身の不遇を共有する相手か

房前は、長屋王の変で表だった動きをしていない。また変の後、武智麻呂が大納言になり、麻呂が従三位になったような昇進もしていない。これによって、房前が兄弟たちと対立し、冷遇されていたと見る説もある（増尾伸一郎「〈君が手馴れの琴〉考—長屋王の変前後の文人貴族と嵆康」『万葉歌人と中国思想』など）。不遇感を共有し合う者として、旅人が房前を選んだと考えるのである。しかし中衛府という最も格の高い軍の大将であり続けている房前が、権力を失っていたとは思われない。むしろ中枢にあって、隠然として諸事を操る存在であっただろう。表だっていなかったことが、旅人が誼《よしみ》を通じる条件となったのかもしれない。見てきたように、旅人の秘かなメッセージは、遥島に朽ち果てるよりは、都で用いられることであり、それを告げるのは、自身の帰任を実現する力のある者でなくてはならなかった。

帰任の実現

翌天平二年、旅人が大納言となって帰任するにあたっては、房前の力も働いていたと想像する。少なくとも黙認はあった。長男家持は、房前の次男、八束《やつか》（真楯）と親しかったらしい（巻六・一〇四〇など）。また後年、房前の言葉をもとに三形《みかたの》沙弥《さみ》の作った歌を伝え聞いて、「歌日誌」に収載してもいる（巻十九・四二二七〜八）。それは父親と房前との間に、微妙な腹の探り合い、あるいは心の交流があったことが背景にあるのではあるまいか。

第四　集団詠の展開

一　「梅花の歌序」

和歌創作の主体

　これまで見て来た巻五の作品は、いずれも漢文を前に置き、その後に和歌を並べるという構成を取っていた。その漢文は、序と銘打つものもあり、書簡体になっているものもあり、和歌との関係はさまざまである。ただし共通しているのは、いずれも創作の主体となっているのは大伴旅人《おおとものたびと》なり山上憶良《やまのうえのおくら》なりの個人であることである。

集団詠の登場

　ところが、巻五も中盤になると、集団の詠作と見るべきものが、この形式を持って現われてくることになる。時期で言えば、天平二年（七三〇）に入って間もなくである。

　梅花の歌三十二首并せて序

天平二年正月十三日に、帥老の宅に萃《あつ》まりて、宴会を申《の》ぶ。時に、初春の令月にして、気淑く風和《な》ぐ。梅は鏡前の粉を披き、蘭は珮後の香を薫らす。しかのみにあら

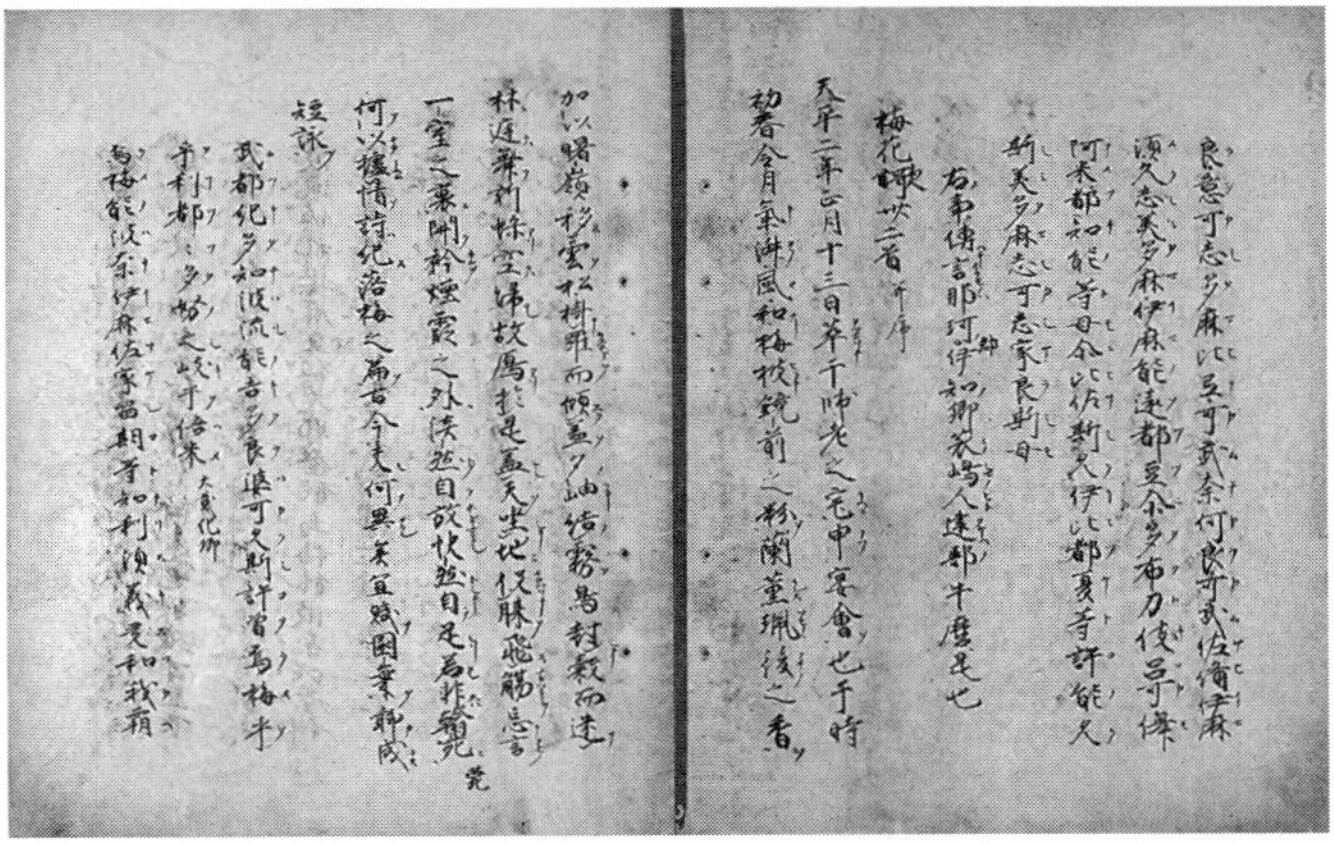

「梅花の歌」（西本願寺本『万葉集』巻五，石川武美記念図書館蔵）

ず、曙の嶺に雲移り、松は羅《うすもの》を掛けて蓋《きぬがさ》を傾く、夕の岫《くき》に霧結び、鳥は縠《うすもの》に封《と》じられて林に迷ふ。庭に新蝶舞い、空には故雁帰る。ここに天を蓋にし地を坐《しきい》にし、膝を促《ちかづ》け觴《さかずき》を飛ばす。言を一室の裏に忘れ、衿を煙霞の外に開く。淡然に自ら放し、快然に自ら足りぬ。もし翰苑にあらずは、何を以てか情を攄《の》べむ。詩に落梅の篇を紀《しる》す。古と今と夫《そ》れ何か異ならむ。園梅を賦して、聊《いささ》かに短詠を成すべし。

（天平二年正月十三日に、帥老邸に集まって宴会を開く。この時、初春の良き月にあたり、大気は清らかで風は穏やかである。梅花の白さは鏡の前に白粉《おしろい》を開いたようであり、蘭は帯飾りの後ろにつけた匂い袋のように香っている。それだけではない。曙の峰には雲がかかり、松はベールを掛けて衣笠をさしかけたよう、夕方の山の頂には霧がたちこめて、鳥が薄絹の中に閉じ込められたように林の中で迷っている。庭には今年生まれた蝶が舞い、空では去年来た雁が帰ってゆく。ここで我々は、天を衣笠とし、地を敷物にして、互いに膝を近づけ、杯をやりとりする。一部屋の中では言葉を交わさなくても気持が通じ合い、外の大自然に向かって襟をくつろげる。あっさりと気持を開放させ、愉快になっておのおの満ち足りた気分になる。さて、文章でなくては、どうしてこの気持が表現できようか。詩には「落梅の篇」が記されている。その昔も今も何に変わりがあろう。この庭の梅を題として少しの間、短歌を詠じることにしよう）

集団詠の「序」

この漢文は、明確に「序」と題されている。和歌に漢文の序を付すことは、山上憶良の「嘉摩三部作」に見られたが（第二の五）、こうした集団詠の「序」は、中国詩のそれに遡る。その祖となるのは、東晋・王羲之《おうぎし》（三二一〜七九）の「蘭亭序《らんていじょ》」である。王羲之の書家としての代表作でもあって、あまねく知られた文章であった（訓読・口語訳は興膳宏『六朝詩人伝』による）。

「蘭亭序」

永和九年、歳は癸丑に在り。暮春の初め、会稽《かいけい》山陰の蘭亭に会す。禊事を修むるなり。群賢畢《ことごと》く至り、少長咸《み》な集まる。此の地に崇山峻嶺、茂林修竹あり。又た清流激湍有りて左右に映帯す。引きて以て流觴《りゅうしょう》の曲水と為し、其の次《ついで》に列坐す。糸竹管絃の盛りなる無しと雖も、一觴一詠、亦以て幽情を暢叙《ちょうじょ》するに足れり。是の日や、天朗らかに気清く、恵風和暢す。仰ぎて宇宙の大なるを観じ、俯して品類の盛りなるを察す。目を遊ばしめ懐を騁《は》する、以て視聴の娯《たのしみ》を極むるに足れり。信《まこと》に楽しむべきなり。……

（永和九年〈三五三〉、癸丑の歳、暮春の初め、会稽郡山陰の蘭亭に会したのは、禊《みそぎ》を行うためである。もろもろの賢人才子がみな至り、老いも若きもことごとく集まった。この地は高くけわしい山並みと、高く茂った森や竹林が豊かで、また清らかな早瀬が、あたりに照りはえている。その流れを引いて、杯を浮かべるための曲水とし、ずらりとその傍らに座を並べた。音楽の賑わいは無くとも、一杯の酒と一首の詩は、私たちの内なる思いを存分に晴らしてくれる。この日、空は晴れやかに澄みわたり、そよ吹く風は穏やかで、私たちは広大な宇宙を振り仰ぎ、万物の繁栄を見降ろしては、目と心とを気ままに巡らせて、感覚の楽しみを心行くまで味わうことができた。全く何というこの楽しさ…）

時と場所、その場の状況などを述べてゆく構成は「梅花の歌序」と基本的に一致している。のみならず、「言を一室の裏に忘る」は「蘭亭序」の「言を一室の内に悟る」のもじりだし、「快然として自ら足る」などは、「蘭亭序」の文言をそのまま用いている。

「梅花の歌序」が「蘭亭序」を参照し、準拠枠としていることは明らかである。

初唐の詩序からの影響

ただし「梅花の歌序」が参照するのは、「蘭亭序」だけではない。中国では「蘭亭序」を模範として、宴詩に序を付する例は数多い。「初唐四傑」と言われた詩人の一人、王《おう》勃《ぼつ》（六四七〜七五）の別集は日本に渡来していたことが正倉院宝物の中にあることによって明らかで、特にその詩序はよく知られている。その中には、「於是」（ここに）、「于時」（時に）、「加以」（しかのみにあらず）といった接続詞を用いて骨組を作っている作があり、それらの接続詞は「蘭亭序」に見えない。構成の面では、そうした初唐の詩序に倣っていると考えられる（小島憲之「天平期に於ける萬葉集の詩文」『上代日本文学と中国文学』中）。また四字句・六字句を中心に、ほぼ全てを対句で構成する駢文になっている点も、「蘭亭序」とは異なる。平仄に対する配慮が行き届いている点と併せて、初唐の詩序に似る（興膳宏「遊宴詩序の演変」『萬葉集研究』二八）。

さまざまな中国の古典から

そして表現の細部は、さまざまな中国の古典によって彩られている。新しい年号の元となったとされる「初春の令月にして、気淑く風和ぐ」が、後漢・張衡「帰田賦」（『文選』巻十五）の「是に於いて仲春の令月、時和し気清む」に基づくことは『代匠記』にすでに指摘がある。「天を蓋にし地を坐にし」も、『淮南子《えなんじ》』原道訓の「天を以て蓋と為し、地を以て輿《こし》とす」や、西晋・劉伶「酒徳頌《しょう》」（『文選』巻四十七）の「天を幕とし地を席とす」といった先蹤がある。また「膝を促け觴を飛ばす」には『抱朴子《ほうぼくし》』（外篇・疾謬《しつびゅう》）の「膝を促くる狭坐にして、觴杯を咫尺《しせき》に交わす」が指摘される。

老荘思想の現われ

とは言え、これらはただ闇雲に引用されているのではなく、一定の方向性を持つものが選ばれている。それは老荘思想ないし隠逸ということである。『淮南子』は前漢の淮《わい》南《なん》王劉安の撰で、さまざまな思想を取り込んでいるが、基本にあるのは老荘思想である。『抱朴子』（晋・葛洪《かっこう》撰）も神仙術を集大成したもので、道教の基本文献である。劉伶が老荘思想を語る「清談」に耽った「竹林の七賢」の一人であることは前に触れた（第三の二）。「帰田賦」は、張衡が、都に出て来てから、長く世のために働きたいと思っていたが、「河の清まむことを俟《ま》てども未だ期あらず」、世の濁りはいっこうに清むことなく、活躍の機会も無いので、官を捨てて故郷に帰ろうとする意志を述べた文章である。後の陶淵明に繋がる隠逸の文学である。

隠逸の志向

そもそも王羲之らの「蘭亭の会」が、隠逸を志向したものであった。『晋書』に拠れば、羲之は高潔な人柄で、見識もあったが、中央で重い官に任じようとすると常に辞退して就かなかった。日頃から仙薬を服して長生の養生法を実践し、都での生活を嫌って会稽に隠遁したのである。そこで開かれた詩宴に招かれたのも、羲之と同様の知識人であり、清談家たちであった。すでに述べたように、六朝は乱世であって、隠逸は知識人の基本的なポーズであるとともに、処世術でもあったのである。

理想郷をめざして

そうした中国の老荘的隠逸的な文章の上に書かれた「梅花の歌序」もまた、同様の方向を持つ。「衿を煙霞の外に開く」などは、それをよく表わす文言である。「煙霞」は、靄や朝（夕）焼け雲（「霞」と和語カスミとでは指すものが異なる）の意で、藤原房前《ふじわらのふささき》宛書簡文（第三の四）にも出てきたが、それは大自然の象徴的な存在である。それに向かって衿を開くとは、天然自然と帰一することで、実際には大宰府《だざいふ》の帥邸の庭に居るのであっても、その場は俗世を離れた一種の理想境と見なされているのであった。

梅を主題に

さてこの宴は、その場に咲く梅を主題として詠うことを趣向にしている。序には二カ所で梅について触れている。「梅は鏡前の粉を披き」は、梅の花の白さ（当時の梅は全て白梅である）を、女性の用いる白粉に譬えたもの。この比喩は、「楼上の落粉と争い、機中の織素を奪う」（楼閣の上で散る白粉と競い合い、織機の布の白さを奪ってきたかのよう。梁簡文帝「梅花賦」『芸文類聚』梅）など、中国でしばしば用いられた。こうした物を題材として詠むこと（詠物）は、特に六朝の後半から発達し、詩人たちが競い合って表現を凝らした。簡文帝の賦に、梅花を擬人化しつつ、「争」とか「奪」など、わざと乱暴な語を用いるのもその一つで、和歌もまたそうした表現を取り込んでいる（本章三）。

もう一ヵ所は、末尾近くに「詩に落梅の篇を紀す」とあるところである。この「詩」字については、広瀬本などに「請」とあるのに拠って、「請う、落梅の篇を紀せ」（どうぞ落梅の歌を作って下さい）とする説も有力である。この序の形式上のもととなった王勃の詩序では、末尾に作詩を呼び掛ける文言が置かれるのが普通で、その中に「請〜」という形を取る作品も多いからである（小島憲之前掲論文）。しかし「梅花の歌序」は、末尾に「園梅を賦して、聊かに短詠を成すべし」とあって、作歌の呼びかけで終わっている。「請う〜」と読んだのでは、それと全く重なってしまい、しかもその間にある「古と今と夫れ何か異ならむ」の一文が宙に浮いてしまう。ここは、やはり『注釈』が小島説を挙げながらも、「紀」字を採って、「昔、支那の古詩にも落梅の篇が記されてゐるので、今の日本にも梅花の歌があつてもよい、「古今それ何ぞ異ならむ」といふ事になるのではなからうか」とする判断に従いたい。

「落梅の篇」にあたるもの

その「落梅の篇」とは何を指すかが次の問題である。契沖『代匠記』精撰本は『毛詩』（『詩経』）の「摽有梅《ひょうゆうばい》」（国風・召南）を指すかとする。「詩」と言えば、中国ではまず

『毛詩』の諸篇を指すので、もっともではある。しかし「摽有梅」が詠うのは、梅の実であるから、「落梅の篇」と呼ぶにはやや難がある。

契沖は、初稿本では「古楽府」の「念ふ、爾《ここ》に零落して風飇《ふうひょう》を逐《お》えるを。徒《いたずら》に霜華有りて霜実無し」を挙げる。「楽府」は中国の歌謡で、契沖の挙げたのは「梅花落」の一節、作者は宋の鮑照《ほうしょう》である。「梅花落」は歌曲の名であり、もとは「漢の横吹曲《おうすいきょく》」(笛を用いる軍楽の一種)だった(北宋・郭茂倩《かくもせん》撰『楽府詩集』による)。それに合せて、六朝から初唐にかけて、鮑照の他にも何人もの詩人が歌詞を新作しているが、いずれも梅花を詠う内容になっている。『芸文類聚』などに収められた作は必ずしも多くなく、すべてが伝来していたかどうかは定かでない。また厳密に言えば楽府は「詩」とは異なるので、「詩に落梅の篇を紀す」には該当しないとして、『芸文類聚』梅に収められた詩などを推す論者もいる。しかしただ咲く梅ではなく、「落梅」と特定しているのにもっとも相応しいのは、やはり「梅花落」なのではなかろうか。

梅の詠われ方

「梅花落」の梅の詠われ方はさまざまである。契沖の挙げた鮑照の「梅花落」は、春、真っ先に咲く梅花を他の木々が嘆いて、君はなぜそのように寒い中で花を付けられるのか、と問うと、梅が、自分は強い風が吹いたら散ってしまう。霜のような白い花は付けても、霜の寒さに耐える力は無いのだ、と答えるという問答になっている。こうした形式は珍しいけれども、梅が寒いうちに咲き、白い花が霜や雪を思わせる、という発想は、多くの「梅花落」の中に見える。特に北方の辺地に咲く梅を詠う作が多いのに注意される（辰巳正明「落梅の篇─楽府「梅花落」と大宰府梅花の宴─」『万葉集と中国文学』）。

胡地春来ること少《まれ》にして　三年、落梅に驚く
偏《ひとえ》に粉蝶の散ずるかと疑い　乍《いささ》かに雪花の開くに似たり
憐れぶべし、香気の歇《つ》くるを　惜しむべし、風の相い摧《くだ》くを
金鐃且《しば》らくは韻《ひび》くこと莫かれ　玉笛もて徘徊せむことを幸《ねが》う（隋・江総「梅花落」）

（この辺境には春が来るのは稀で、三年目で初めて梅が散るのに気づいた。まるで白い蝶が飛び去るのかと思われ、また急に雪の花が咲いたように見える。香気が尽きてしまうのは残念だし、風が花を砕くのも惜しまれる。戦の銅鑼よ、しばらく響かないでおくれ。玉の笛を吹きながら、この辺りを散歩したいのだ）

梅嶺に花初めて発《ひら》くれども　天山に雪未だ開けず
雪処に花満つるかと疑い　花辺は雪の回《めぐ》るに似たり
風に因りて舞袖《ぶしゅう》に入り　粉に雑《まじ》りて妝台《しょうだい》に向かう

匈奴《きようど》幾万里そ　春至るも来たるを知らず〈初唐・盧照隣《ろしようりん》「梅花落」〉

（梅で有名な山に花が咲き始めたけれども、天山の雪はまだ消えない。雪のある所はまるで梅花でいっぱいのように思われ、花のあたりは雪が舞い散るように見える。〈故郷では〉梅の花びらが風に散って舞の衣装の袖に入り、白粉といっしょに化粧台に向かっていた。ここは匈奴の土地、幾万里来たことだろう。暦では春になっても、春が来たとわからない）

辺境で見る梅

「梅花の歌序」は、「古と今と夫れ何か異ならむ」と述べる。梅に対する時、過去の詩人たちと同じ気持になるだろう、と言うのである。その時、念頭に置かれているのは、主として、挙げたような辺境で見る梅の詩ではなかったか。

見ぬ世の人々との交感

そしてそのように、見ぬ世の人々との交感を思うことは、こうした序の伝統となっていた。「蘭亭序」は末尾に次のように述べる。

毎《つね》に昔人興感の由を見るに、一契を合するが若《ごと》し。未だ嘗《かつ》て文に臨みて嗟悼《さとう》せずんばあらざるも、之を懐《おも》いに喩すること能わず。…後の今を視るは、亦た猶《な》お今の昔を視るがごとし。悲しきかな。故に時人を列叙して、其の述ぶる所を録す、世殊なり事異なると雖も、懐いを興す所以は、其の致一なり。後の覧《み》む者、亦た将に斯《こ》の文に感有らんとす。

（昔の人が感動した由来を見るたびに、人の心は割符を合せたように一つだと思う。文を読んで悼み嘆かずにいられないが、その理由は自分でも納得のゆく説明ができない。…後の人が今を見るのは、今私たちが、昔の人を見るのと同じようなものだろう。悲しいことだ。だから今ここに集う人たちを列挙して、その作品を記録する。世が移り、事が変わっても、感動する由来は一つである。だからこれを後に見る人もまた、きっとこれらの作品に感動を催すだろう）

まさに「古と今と夫れ何か異ならむ」と同じことを、王羲之も述べているのである。それを襲う初唐の王勃らの詩序にもまた、過去（「蘭亭序」の文言を引くことが多い）を思い、将来を思う表現がたびたび見える。そのようにして創られてきた詩文の伝統に、「梅花の歌序」もまた連なろうとする。

二 「梅花の歌三十二首」

梅はもともと外来種で、庭木あるいは果樹として輸入されてきたものと思われる。ウメという名前自体、「梅」字の字音（現代中国語でもmeiと発音する）から来ている。『万葉集』では、歌詞には仏典語以外の字音語は用いないのが原則であるから、それを詠むのは特別なことである。実際、「梅花の歌三十二首」より確実に先に詠まれた梅の歌は『万葉集』には見られない。一方、『懐風藻《かいふうそう》』には、大友《おおとも》皇子の子（母方では額田王の孫に当たる）葛野王《かどのおう》（天智八年〈六六九〉—慶雲二年〈七〇六〉）の詩に「素梅、素靨《そよう》を開く」（白梅が白いえくぼを開く）などとあり、詩の重要な素材として早くから用いられている。早春、寒い中に咲く梅は、志の高い花として珍重されたのである。

梅花の宴の先進性

したがって、「梅花の宴」を開いて、和歌を詠うのは、とびきりハイカラで、ハイブリッドで、実験的な催しだったということになる。それは大宰府管轄下の総力を結集して行われた。三十二首は、一人一首ずつで、主人である帥旅人以下、三十二人が参加したのである。

漢文序の作者

実は、前節に見た漢文序は、誰が書いたのか、はっきりしていない。宴の主催者旅人を「帥老」と呼んでいるのに注目されるが、「老」は自らへりくだっている卑称とも、他から呼ぶ尊称とも取れるという（古澤未知男『漢詩文引用より見た万葉集の研究』）。卑称ならもちろん旅人、尊称ならば憶良と考えるのが最も蓋然性が高いだろう。「蘭亭序」は主催者王羲之の著作であるが、王勃の序などは宴会のために頼まれて書いたものが多い。両説は現在でも対立して解決しない。しかし筆者は、この場合は必ずしもどちらかに決める必要は無いのではないかと考える。そもそも旅人が書けば必ず憶良が助言したであろうし、憶良が書いたとしても旅人の意向を無視して書くわけがない。

大宰府の長として宴を開く

より大切なのは、旅人を「帥」という官名で表わすのが、彼が大宰府という組織の長として宴会を開いていることを示すことであろう。先に大宰府管轄下の総力を結集して行われた、と言ったのは、この宴会が必ずしも私的な集まりではないということでもある。言わばこの序は、大宰府を代表して述べられた、半ば公文書なのである。その点で、「梅花の歌序」は、「蘭亭序」や王勃の詩序とは大いに異なると言わねばならない。

歌の配列

その公的性格は、歌の配列に如実に表われている。最高位の旅人こそ先頭ではないが、最初は大弐（主席次官）、次いで少弐（次席次官）二人、九州各国の守三人、造観世音寺別当という順で、ここまでが五位以上の官人（別当は、俗名笠麻呂《かさのまろ》、四位の官人だった）で、賓客という扱いである。その後に迎える側の主人旅人の歌が置かれ、次からは六位以下の官人たちが位階順に並べられる。同じ位階では大宰府の官人が先、国衙の官人が後が原則である。

身分秩序を呼び名に反映

呼び名も格によって分けられている。最初は「大弐紀卿」（本来「卿」は三位以上を呼ぶ称であるが、従四位上の紀男人《きのおひと》を正客として重んじるためか「卿」と呼んでいる）、五位の五人は「筑前守山上大夫」のように官＋姓＋「大夫」の形式、造観世音寺別当（法名満誓《まんせい》）は「笠沙弥」、旅人は「主人」である。そして六位以下は、大宰大監大伴宿禰《すくね》百代《ももよ》であれば「大監伴氏百代」のように、官＋中国風に一字に略された姓＋「氏」＋名という形式を原則とする。脱俗的な序の内容とは裏腹に、官界の身分秩序が厳然として守られているのであった。

しかし無論、それぞれの歌は堅苦しいものではない。各自趣向を凝らして、楽しげな宴を演出している。大弐紀男人は次のように詠う。

正月《むつき》立ち 春の来らば かくしこそ 梅を招《を》きつつ 楽しき終へめ（巻五・八一五）

（正月になり春がやってきたら、いつもこのように梅を招いて楽しみを尽くしましょう）

歌の骨格は、正月に歌う宮廷儀礼歌の類型に拠っている。

新《あら》たしき 年の始めに かくしこそ 供《つか》へ奉《まつ》らめ 万代《よろづよ》までに（『続日本紀』天平十四年正月）

新たしき 年の初めに かくしこそ 千歳《ちとせ》をかねて 楽しき終へめ（『琴歌譜』）

一方、「梅を招きつつ」は、梅こそが賓客だ、と見立てる擬人法である。前節に挙げた鮑照の詩に見えるように、この種の擬人法は、詩文に倣ったものであろう（芳賀紀雄「萬葉集における花鳥の擬人化―詠物詩との関連をめぐって―」『萬葉集における中国文学の受容』）。男人は憶良らとともに、即位前の聖武天皇の侍講を務めた教養人であった（『続日本紀』養老五年正月）。三十二首の歌が、今の配列すなわち位階順で詠われたのかどうかは定かでない。しかしこの男人の歌は、先導として相応しいもののように思われる。後の方には明らかな模倣作も並んでいる。

男人の模倣作

年のはに 春の来らば かくしこそ 梅をかざして 楽しく飲まめ（八三三、大令史〈小〉野氏宿奈麻呂）

（毎年春が到来したら、まさにこのように梅を髪に挿して、楽しく酒を飲もう）

擬人法は、次のような表現も生む。

世間《よのなか》は 恋繁しゑや かくしあらば 梅の花にも ならましものを（八一九、豊後守大伴大夫）

（人の世は何と恋の思いに悩むことか。こんなことなら、梅の花にでもなろうものを）

「大伴大夫」は大伴三依《みより》か。恋の苦しさに、人間にならざるものになってしまいたい、というのは、先にも見た恋歌の類型である（第三の二）。

梅と対になる景物の歌

梅と対になる景物を取り込む歌も見える。

梅の花 咲きたる園の 青柳は 縵《かづら》にすべく なりにけらずや（八一七、少弐粟田大夫〈必登《ひと》？〉）

（梅の花が咲いている庭の青柳は、髪飾りにするほどに芽吹いたではないか）

柳も漢詩の景物として一般的であるのみならず、「楊柳は條青くして楼上に軽く、梅花は色白くして雪中に明し」(隋・江総「梅花落」『芸文類聚』梅。前節に挙げたのとは別の作)など、青と白という色彩で梅と対を為す。僧侶である満誓は、同じ対を用いて

青柳 梅との花を 折りかざし 飲みての後は 散りぬともよし (八二一)

(青柳と梅の花とを折って髪に挿し、皆で楽しく飲んだ後は、散ってしまってもよい)

などとわざと乱暴に詠い捨てている(柳は三十二首中四首に詠われる)。

梅と鶯の歌

もちろん、梅に鶯も付きもので、動植物の対を為す(同じく七首)。

春されば 木末《こぬれ》隠りて 鶯そ 鳴きて去ぬなる 梅が下枝《しづえ》に (八二七、少典山〈口〉氏若麻呂)

(春になったので、梢に隠れながら鶯が鳴いて伝ってゆくようだ。梅の下枝に)

これも『芸文類聚』に載る江総の「梅花落」に「梅花の隠処、嬌鶯《きょうおう》を隠す」があり、八二七の「木末隠りて」などは、直接の関係も考えられそうである。「梅花落」の影響の強さを思わせる一例である。

憶良の歌

見て来たような歌々は、いずれも梅やその他の春の景物を詠って、宴を盛り上げる作品である。その中で、憶良の作はきわめて異色である。

春されば まづ咲くやどの 梅の花 ひとり見つつや 春日暮らさむ (八一八)

（春になると最初に咲く庭の梅の花を、一人で見ながら春の日を暮らすのだろうか）

ヤは疑問・反語の助詞と説明されるので、反語として「一人見ながら春の日を暮らしたりしようか、いやそんなことはせず、皆で楽しく暮すのだ」と解する向きも以前はあった。確かに宴に出ている状況で、一人春の日を暮らすことを述べるのは変と言えば変である。しかしこれは木下正俊氏のいわゆる「「斯くや嘆かむ」という語法」（『萬葉集研究』七）、すなわち文中に係助詞ヤを置き、文末を推量のムで結ぶ形を、自己を主語として用いて、現状あるいはこれから起こることが望ましくないのに、自分ではどうにもできない不本意を表現する類型に属する。次のような歌が典型的な例となる。

不本意を表現する例

荒たへの 布衣《ぬのきぬ》をだに 着せかてに かくや嘆かむ せむすべをなみ（巻五・九〇一、憶良）

（粗末な服さえ満足に子供に着せてやれないまま、こんな風に嘆いていることだろうか。何の手立ても無くて）

これは『万葉集』に広範に見える形で、八一八歌のみを例外にするわけには行かない。憶良は確かに、集団の場で、孤独に梅を見る歌を作ったのである。それが何を意味するかは、後に明らかにされるようになっている（次節）。

旅人の歌

さて、「主人」旅人の歌は、どのようなものであったか。

我が園に 梅の花散る ひさかたの 天《あめ》より雪の 流れ来るかも（八二二）

（我が家の庭に梅の花が散る。あれは〈ひさかたの〉天から雪が流れて来るのだろうか）

梅の花を雪に見立てる歌である。梅花と雪とを白さや形で類比することは、漢詩文、特に楽府「梅花落」ではむしろ常套に属する。前節に挙げた江総の「乍かに雪花の開くに似たり」や、盧照隣の「雪処に花満つるかと疑い、花辺は雪の回るに似たり」に見る通りである。後の下級官人たちの

春の野に 霧立ち渡り 降る雪と 人の見るまで 梅の花散る

（八三九、筑前目田〈辺？〉氏真上）

（春の野に霧が立ち込めたように降る雪と人が見まがうまでに梅の花が散っている）

妹が家に 雪かも降ると 見るまでに ここだも紛《まが》ふ 梅の花かも（八四四、小野氏国堅）

（愛しい子の家に雪が降るのかと見えるほど、こんなに散り紛う梅の花よ）

なども それに追随するのであろう。

天空に思いをはせる

しかし旅人の歌は、そうした模倣作とは一見して異なる印象がある。それは、八三九歌や八四四歌のように、見立てであることをはっきりさせていないことに因るのだろう。これらで散るのが梅であって雪ではないことが明確であるのに対して、旅人の歌は、こ

の梅は、本当は天から流れてきた雪なのではないか、という疑問が投げ出されたままになっている。あたかも想像が、現実の庭から天空へと誘われ出てゆくようである。「梅花落」も「似」「疑」といった表現で見立てをはっきりさせていることからすれば、これは旅人独自の造型と言ってよい。

梅と雪を類比する詩

旅人が『懐風藻』に残す唯一の詩にも、梅と雪の類比が見られる。

五言　初春、宴に侍す

寛政情既遠　迪古道惟新
穆穆四門客　済済三徳人
梅雪乱残岸　煙霞接早春
共遊聖主沢　同賀撃壌仁

寛政の情既に遠く　迪古《てきこ》の道惟《こ》れ新たし
穆穆《ぼくぼく》、四門の客　済済、三徳の人
梅雪、残岸に乱れ　煙霞、早春に接《つらら》く
共に遊ぶ聖主の沢　同《とも》に賀《ほ》く撃壌の仁

（政を寛大になさる天子の御心は遠い昔から変わらず、上古の正しい道を踏みたまうご政道は今や新たである。梅の雪が、雪の崩れた岸に乱れ散り、春の靄《もや》が初春の空に接して連なる。皆がともにここで遊ぶのは聖なる天皇の恵みのおかげであり、堯帝の世に、老人が土を叩きながら「天子など関係ないさ」と歌ったようなご仁政をいっしょに慶賀するのだ）

初春、天皇による賜宴に出席しての作である。「梅雪乱残岸」は地上の景で、上空に春のもやがかかる景と対を為している。ただしその意味は必ずしもはっきりしていない。「梅雪」は中国の例では、梅と雪、あるいは梅にかかる雪の意であるが、旅人より前に伝来可能な作の中に例が見えない。「残岸」も同様で、一句は「梅の花にかかる雪は崩れた岸（残はそこなわれる意。岸は水際の崖）に乱れ散り」（古典大系『懐風藻』頭注）などと解されているが、なぜこれが初春のめでたい景なのかもよくわからない。一案として、「梅雪」を梅である雪、「残岸」を岸を覆っていた雪が解けて崩れかけているのだと解しておく。

馴染みのある発想

ともあれ、旅人にとって、梅と雪とを類比的に表現するのは馴染みの発想だった。年次不詳ながら、大宰帥時代に次のような「梅の歌」を作ってもいる。

我が岡に盛りに咲ける梅の花残れる雪をまがへつるかも（巻八・一六四〇）

（家近くの岡に盛んに咲いている梅の花を、残雪と見間違えたことよ）

こちらは、梅花と雪との類似を錯視として歌い、冬と春とのあわいの季節感を巧みに表現している。「梅花の歌」の「雪の流れ来る」は、雪が続けざまに降って来ることを表す漢語「流雪」の翻訳語とも言われる。このように詩文の表現を消化しつつ、「梅花落」の趣を和歌に相応しく詠ったと評せよう。

大伴百代の歌

なお、旅人歌の次に並ぶ、大監（大）伴氏百代の歌は、以下の通り。

梅の花散らくはいづくしかすがにこの城《き》の山に雪は降りつつ（八二三）

（梅の花が散るというのはどこのことでしょう。そう言いながら、この城の山〈大野山〉には雪が降り続いているではありませんか）

これではまるで、梅の花など無いかのようである。なぜこのように詠ったのかには諸説ある。この天平二年（七三〇）正月十三日は陽暦二月八日で、実際に梅が落花していたかどうかは定かでない。大宰府では雪が降っていた可能性も無いではない。しかしだからといって、一座で詠っている梅は虚構でしかない、と暴き立てたと見るのにはやはり無理があろう。これは旅人の歌の趣向を受けているのではあるまいか。つまり梅が散るように見えるのは、本当は雪ではないか、という旅人の歌に、いや梅の花など本当にあるのですか、雪が降っているようにしか見えませんが、と興に乗ってみせたと考えるのである。

三 「員外故郷を思う歌」と「後に追和する梅の歌」

梅を楽しむ以外の目的

「梅花の歌三十二首」の大半は、宴を盛り上げるような楽しげな歌々である。ところが主催者のブレインたる憶良は、宴に背を向けて一人梅に向かい合う歌を創り、主催者旅人も、その場から天空に思いを馳せるような歌を為している。それは、この宴が、必ずしも皆で梅を見て楽しみ、それを歌にすることだけを目的にしていたのではないことを意味するだろう。

員外故郷を思う歌

それを端的に表わすのが、三十二首の後に付けられた二つの歌群である。

員外故郷を思う歌両首

我が盛り　いたくくたちぬ　雲に飛ぶ　薬食《は》むとも　またをちめやも（八四七）

（我が人生は盛りをずいぶん過ぎてしまった。雲の浮かぶ空に飛べるような仙薬を飲んでも、その盛りがまた戻ってくることなど、ありはしない）

雲に飛ぶ　薬食むよは　都見ば　いやしき我が身　またをちぬべし（八四八）

（雲に飛ぶ仙薬を飲むよりは、都を一目見たら、このなさけない我が身もまた若返るに違いない）

平城京を思う

「員外」は員数の外ということで、三十二人の中に入れなかった者の意とも、「つまらない歌」という謙辞とも言われる。ただし先の「梅花の歌」との関連だけは疑えない。「故郷を思う」と題にあるが、この「故郷」は平城京である（第三の一）。そして内容は、老いの嘆きを含んでいる。つまりこの二首を合せると、巻三の旅人の歌、

我が盛り　またをちめやも　ほとほとに　奈良の都を　見ずかなりなむ（三三一）

によく似るのである。

故郷を思う歌の作者

しかしこの二首は無記名で、「梅花の歌序」と同じく、作者には旅人説と憶良説とがある。「雲に飛ぶ薬」は神仙思想に基づくので、「夜光玉」（三四六）、「龍馬」（八〇六）といった想像上の物を詠ってきた旅人に相応しいと言える。これまでにも見たように、旅人は、同じような詠い方を繰り返すことを厭わない。三三一歌と重なっていても構わないのである。しかし一方、憶良も「惑える情を反さしむる歌」（巻五・八〇〇〜二）では、仙術を学んで昇天しようとする男を描いている。憶良は仙術には否定的であるが、今の二首も、仙薬は結局、効果の薄いものとして扱われているので同じとも言える。都への渇望を直截に詠う点では、むしろ憶良の作風に近いとも見られよう。

旅人と憶良の意思

結局、作者を確定することは難しい。そして無記名になっているのは、やはり旅人・憶良の両方が関わっていたからではなかろうか。嘆老と都への思いは、二人に共通していたはずである。同時に、後者は梅花の宴に出席していた三十二人にも共有されたであろう。下級官人たちの歌の中に、

梅の花　折りかざしつつ　諸人《もろひと》の　遊ぶを見れば　都しぞ思ふ（八四三、土師氏御道）

（梅の花を折って髪に挿しながら、皆が遊んでいるのを見ると、都が思われる）

があった。彼らは皆、都から九州に下ってきた者たちで、梅花を愛でる風流な宴に都を懐かしんでいたのである。主催者側の二人は、一座の人々に潜在する都恋しさを、「員外」の者に託して表現してみせたのだろう。

もう一つの歌群についても、同じことが言える。

後に追和する梅の歌

後に追和する梅の歌四首

残りたる 雪に交じれる 梅の花 早くな散りそ 雪は消ぬとも（八四九）

（残雪に入り交じっている梅の花よ、早くは散ってくれるな。雪は消えてしまっても）

雪の色を 奪ひて咲ける 梅の花 今盛りなり 見む人もがも（八五〇）

（雪の色を奪ったように白く咲いている梅の花は、今が盛りだ。見てくれる人がほしい）

我がやどに 盛りに咲ける 梅の花 散るべくなりぬ 見む人もがも（八五一）

（うちの庭に盛りに咲いている梅の花は、散りそうになった。見てくれる人がほしい）

梅の花 夢に語らく みやびたる 花と我思ふ 酒に浮かべこそ 一に云ふ「いたづらに 我を散らすな 酒に浮かべこそ」（八五二）

（梅の花が夢に出て来て言うには、「典雅な花と自認しています。酒に浮かべて下さいな」。異伝では、

追　和

「空しく私を散らさないで。酒に浮かべて下さいな」）

「追和」は、先行する作品に対して、時を隔てて和することで、漢詩にもあるが確実な例は『万葉集』より後に下る（芳賀紀雄「萬葉集における「報」と「和」の問題」『萬葉集における中国文学の受容』）。『万葉集』では、憶良が、刑死した有間《ありま》皇子を悼む歌に追和した（巻二・一四五）のが最初と見られ、他はすべて巻五と巻十七以降に限られる。つまり憶良とその周辺に発し、家持《やかもち》に受け継がれた形式なのである。

ただし「時を隔てて和する」と言っても、作品に設定される時点は、必ずしももとの作品のそれより後でなくてもよい。この四首の持つ時間は、「梅花の歌三十二首」と並行的である。

歌い手の孤独と梅

第一首は、残雪に交じる梅に、雪は消えても花は散ってくれるなと呼びかける。雪と花とを類比させるのは、旅人の八二二歌に等しい。それは第二首の「雪の色を奪ひて咲ける梅の花」に引き継がれる。「色を奪う」という表現が、「機中の織素を奪う」（梁簡文帝「梅花賦」）といった句法に示唆を得ていることは、すでに述べた（本章一）。「見む人もがも」は、第三首にも繰り返される。それとともに、第二首では「今盛りなり」と述べられた梅花が、第三首では「盛りに咲ける」のが「散るべくなりぬ」と表わされる。その二首の間で、時間が経過しているのである。その間、「見む人もがも」という願いが変わらずにあるとすれば、それは歌い手がずっと孤独だったということを意味しよう。第一首で「早くな散りそ」と詠うのも、梅が唯一向かい合ってくれる相手だからである。その梅は、第四首では、夢に出て来て自分を酒に浮かべて下さい、と言う。ともに見てくれる人もいないまま、独酌しているうちにうたたねをし、梅が夢に出て来て相手をしてくれた、という趣向であろう。

物が化身して夢に出て来るという発想は、旅人が房前に贈った琴の歌に等しく、それと無関係とは考えにくい。しかし孤独に梅に向かい合う状況は、憶良がすでに詠っているのであった。

宴に隠れた孤独感の表出

そして宴に参加しない「員外」の者は、そのような状況下に居たのである。いや参加した者たちも、宴が終われば、同じように孤独なのであろう。繰り返して言えば、彼らは皆、本拠である都を遠く離れて赴任してきた者たちなのであり、風流な宴はその慰めであった。「後に追和する梅の歌四首」もまた、宴に潜在する孤独感を浮上させたものである。

そもそも彼らが「詩に落梅の篇を紀す」と仰いだ「梅花落」は、先に見たように、辺境の雪に交じる梅を詠うことが多いのであり、梅は衆花に先んじて独り咲くがゆえに高潔さを愛でられるのでもあった。「園梅を賦す」ことに託される情は、宴の楽しい気分だけではない。その裏面の孤独や望郷の念をも詠ってこそ十全となる。

宴の情趣

王羲之「蘭亭序」は、その日が穏やかで楽しむべきと述べた後、「其の之《ゆ》く所既に倦《う》み、情、事に随いて遷るに及んで、感慨、之に係る。向《さき》の欣ぶ所は俛仰の間に已《すで》に陳跡と為《な》り、猶お之を以て懐いを興さざる能わず」（快さがやがて倦怠に変り、心情が事物に従って移ろえば、感慨もそれにつれて色褪せてゆく。かつての楽しかったことどもは、ほんの束の間に、過去の古びたものになって、人に感慨を催させずにはおかない）と述べる。そうした宴をも支配する無常感が、前述の故人や将来の人への思いに繋がってゆくのである。楽しさが移ろってゆく淋しさまでも含めて、宴の情趣なのであった。

都をしのぐ精神性

「梅花の歌三十二首」が、二つの暗い心情を描いた歌群を付随させるのは、そうした「蘭亭序」の視野の広さに倣っているように思われる。それは都の風流に、限り無く恋慕する心情を基礎にしている。しかし実際には都でも、当時、ここまで高度な精神性を以て開かれた詩歌の催しは例が無い。

四　「松浦河に遊ぶ」

「梅花の歌三十二首」に続く大宰府の集団詠は、「松浦河《まつらがわ》に遊ぶ」歌群である。やはり漢文序を伴っている。

松浦河に遊ぶ序

余、暫《たまさか》に松浦の県に往きて逍遥し、聊かに玉島の潭《ふち》に臨みて遊覧するに、忽ちに魚を釣る女子等に値《あ》いぬ。花の容《かお》双びなく、光りたる儀《すがた》匹《たぐい》なし。柳の葉を眉の中に開き、桃の花を頬の上に発く。意気雲を凌ぎ、風流世に絶えたり。僕問いて曰く、「誰が郷誰が家の児らそ。けだし神仙ならむか」という。娘等皆笑み答えて曰く、「児等は漁夫の舎《いえ》の児、草の庵の微《いや》しき者なり。郷もなく家もなし、何ぞ称《あ》げ云うに足らむ。ただ性、水に便《かな》い、また心、山を楽しぶ。あるときには洛浦《らくほ》に臨みて徒に玉魚を羨《ねが》い、あるときには巫峡《ふきょう》に臥して空しく煙霞を望む。今邂逅《たまさか》に貴客に相遇《あ》いぬ。感応に勝《あ》えず、輙《すなわ》ち欵曲《かんきょく》を陳《の》ぶ。今より後に豈《あに》偕老にあらざるべけむ」という。下官対《こた》えて曰く、「唯々《おお》。敬《つつし》みて芳命を奉《うけたま》わらむ」といふ。時に、日は山

の西に落ち、驪馬《りば》去なむとす。遂に懐抱を申《の》べ、因りて詠歌を贈りて曰く

(私はたまたま松浦の地に行って散歩し、ちょっと玉島川の淵に臨んで遊覧したところ、思いがけなく魚を釣る娘子たちに出会った。花のように美しい顔は並ぶ者なく、輝くような容姿は比類が無い。柳の葉のような眉、桃の花のように血色の良い頬。気品は雲を凌がんばかり、風流なことは、この世にありえないほどだ。私は「どこのどなた様ですか。もしや仙女では」と尋ねてみた。すると娘子たちが笑って答えるには、「私たちはただの漁師の娘。どこのどなたでもなく、名乗るに足りない者です。ただ生まれつき水に親しみ、心に山を楽しんでいます。ある時は洛水のほとりに臨んで何となく魚を得ることを願い、また巫峡で横になっては、空しく靄を眺めています。今思いがけず、あなた様のように高貴な方と出会えて、感激に堪えず、もう心の隅々まで打

松　浦　河（犬養孝『万葉の旅』より）

ち明けたいと思います。これからずっと共白髪になるまでご一緒に」という。私は「おお、お言葉に従いましょう」と答えた。ところが時はもう日が西の山に沈み、黒馬は帰ろうとする。とうとう心の中を歌にして、娘子たちに贈ったのは次のようなものである)

美しい娘との邂逅

同じ序と言っても、「梅花の歌序」とは全く趣を異にする。松浦河（玉島川。現在の佐賀県東松浦郡を流れる）で美しい娘子たちと恋に落ちる夢幻譚である。あまりにも美しいので、仙女ですか、と尋ねると、ただの漁師の娘です、と答えるが、ただ者とは思われない。山や川を愛する、というのは、『論語』の「知者楽水、仁者楽山」を踏まえる（第一の三）。「洛浦」は、魏の曹植が女神宓妃《ふくひ》と出会ったと述べる場所（「洛神賦」『文選』巻十九）。また「巫峡」は、楚の懐王が夢で一婦人を見、懇《ねんご》ろになったが、その女性は「自分は巫山の南、高丘の険しいところに居り、朝は雲となり、夕方には雨となっています」と言って去って行ったという（楚・宋玉「高唐賦」同）。玉島の女たちは、やはり仙女なのだった。

『遊仙窟』の影響

「洛神賦」や「高唐賦」も、短い逢瀬とその後の別れを語った作品だが、「松浦河に遊ぶ」の枠組になっているのは、やはり『遊仙窟』である（第三の四）。「柳の葉を」云々の仙女たちの描写は、女性たちの美貌を讃えた「眉間に月出でて夜を争うかと疑い、頬上に花開きて春と闘うに似たり」や「翠柳眉の色を開き、紅桃瞼《かお》の新たなるを乱る」とい

序と歌のずれ

った『遊仙窟』の詩句に倣ったと見てよいだろう。

ただし交わされる歌は、以上の序とはややずれがある。

あさりする 海人《あま》の子どもと 人は言へど 見るに知らえぬ うま人の子と（八五三）

（漁をする海人の子たちとあなた方は言いますが、見ればわかります。高貴な娘御だと）

玉島の この川上に 家はあれど 君をやさしみ 顕はさずありき（八五四、「答うる詩」）

（玉島のこの川上に私たちの家はありますが、貴方が立派すぎて申せませんでした）

娘子たちの素姓を尋ねるのは、序の中盤あたりの話で、別れ際に交わす会話とは思われない。さらにおかしな事には、次に「蓬客等の更に贈る歌三首」が置かれている。序では女性の側はもともと「女子等」「娘等」とあって複数居ることが明らかであるが、「余」「僕」「下官」などと自称する男の側は一人の趣であった。急に仲間が増えるのである。

松浦川 川の瀬光り 鮎釣ると 立たせる妹が 裳《も》の裾濡れぬ（八五五）

（松浦川の川瀬が光るほどに、鮎を釣るとてお立ちになるあなたの裳の裾が濡れています）

松浦なる 玉島川に 鮎釣ると 立たせる児らが 家道知らずも（八五六）

（松浦にある玉島川で鮎を釣るとてお立ちになるあなたたちの家道はどちらでしょうか）

遠つ人 松浦の川に 若鮎《わかゆ》釣る 妹が手本《たもと》を 我こそまかめ（八五七）

（遠くにいる人を待つ、という松浦の川で若鮎を釣るあなたの袖は、私が枕にしましょう）

歌の内容は、やはり別れ際には相応しくない。三首いずれも「鮎釣る」という言葉を繰り返している。娘子がすでに「川上に家はあれど」と明かしているにもかかわらず、第二首ではまた「家道知らずも」と話を蒸し返している。

「娘等の更に報うる歌三首」は、「蓬客等」に答えているはずだが、これまたよく打ち合っていない。

歌同士もかみ合わない

若鮎釣る 松浦の川の 川なみの なみにし思はば 我恋ひめやも（八五八）

（若鮎を釣る松浦の川の川並ではないが、並々に思うのなら、私はこんなに恋に悩みましょうか）

春されば 我家《わぎへ》の里の 川門《かはと》には 鮎子さ走る 君待ちがてに（八五九）

（春になると我が家の里の川門では、鮎の子が走り回っています。貴方を待ちかねて）

松浦川 七瀬の淀は 淀むとも 我は淀まず 君をし待たむ（八六〇）

（松浦川の多くの淀は淀んでいますが、私は気を緩めず、ひたすら貴方をお待ちしましょう）

唱和の基本は、相手の言葉を取り込んで、それを転換して切り返すことである（第三の三）。ところが、例えば最初の八五八歌は、「蓬客」最後の一首の「若鮎釣る」を取り込んでいるかのようであるが、内容的にはほとんど対応していない。中の一首同士は、娘子たちの家について、最後の一首同士は「我こそ」「君をし」で対応しているように見えるが、言葉のうえでの共通性が見られない。序と歌、歌同士の関係とも、非常に緩いのである。

娘子のモデル

歌が盛んに鮎を釣ることを述べるのは、この娘子にモデルがあるためである。『古事記』『日本書紀』『肥前国風土記』に共通する記事として、神功《じんぐう》皇后の故事に因んで女性が釣りをすることが見えている。『日本書紀』(巻九)によれば次の通り。

神功皇后の故事

(仲哀天皇九年)夏四月の壬寅の朔甲辰に、北《きたのかた》、火前國の松浦県に到りて、玉島里の小河の側に進食《みおし》す。是に、皇后、針を勾《ま》げて鉤《ち》を為り、粒《いいぼ》を取りて餌にして、裳の縷《いと》を抽取《と》りて緡《つりいと》にして、河の中の石の上に登りて、鉤を投げて祈《うけ》いて曰わく、「朕、西《にしのかた》、財の国を求めむと欲す。若《も》し事を成すこと有らば、河の魚鉤を飲《く》え」とのたまう。因りて竿を挙げて、乃ち細鱗魚《あゆ》を獲《え》つ。時に皇后の曰わく、「希見《めずら》しき物なり」とのたまふ。故、時人、其の処を号《なづ》けて、梅豆邏《めづら》国と曰う。今、松浦と謂うは訛《よこなま》れるなり。是を以て、其の国の女人、四月の上旬に当る毎に、鉤を以て河中に投げて、年魚を捕ること、今に絶えず。唯し男夫《おのこ》のみは釣ると雖も、魚を獲ること能わず。

（仲哀天皇九年夏四月の壬寅の朔甲辰〈三日〉に、北方の肥前の国の松浦県に到着されて、玉島の里の小川のほとりで、食事をされた。この時、皇后は縫い針を曲げて釣針とし、飯粒を取って餌にし、裳の糸を抜き取って釣糸にし、川の中の石の上に登って、針を投げ、祈誓をして、「朕は西方に財の国を求めようと思う。もし成功するならば、川の魚よ、釣針を飲め」とおっしゃった。そこで竿を上げてみるとたちまち鮎が釣れた。その時、皇后が「珍しい物である」とおっしゃった。そこで当時の人々は、その地を名づけて「めづらの国」と言った。今、松浦《まつら》と言うのは、訛ったのである。これに因んで、その国の女性は、四月の上旬になるたびに、針を川の中に投げて鮎を釣ることが現在まで続いている。しかし男は釣っても魚を得ることができない）

仙女との恋を仮構

新羅征討のために九州に下った時、神功皇后が、征討が成功するならばこの針に魚が食いつくだろう、と予言し（ウケヒという一種の占）、縫い針を釣針に、裳の糸を釣糸に、飯粒を餌にして釣をしたところ、鮎が釣れ、征討も成功した。それを記念して、今でも土地の女が四月上旬に針を投げて鮎を釣る。男が釣っても釣れないのだという。

「松浦河に遊ぶ」は、この行事で釣をする女性を仙女に見立てて、それとの恋を仮構する趣向だったと考えられる。そしてその契機となったのは、当地に行く機会があったからだと見られよう。それを証明するごとく、この歌群の後には、当地に行けなくなった者の歌が付けられているのである。

松浦に行けなかった者の追和

後の人の追和する詩三首帥老

松浦川 川の瀬速み 紅《くれなゐ》の 裳の裾濡れて 鮎か釣るらむ（八六一）

（松浦川の瀬が速いので、真っ赤な裳の裾を濡らして鮎を釣っているのだろうか）

人皆の 見らむ松浦の 玉島を 見ずてや我は 恋ひつつ居らむ（八六二）

（人々皆が見ている松浦の玉島を、見ないで私は恋しく思っていなければならないのか）

松浦川 玉島の浦に 若鮎釣る 妹らを見らむ 人のともしさ（八六三）

（松浦川の玉島の浦で若鮎を釣る娘子を見ているのだろう、その人たちの羨ましいこと）

「梅花の歌」に対するのと同じ「追和」である。「追和」と言っても、時点の設定が後ではなく、同時並行的であるのも「後に追和する梅の歌」に等しい。三首いずれにも、現在推量の助動詞ラムが用いられている。今ごろはこうだろう、と思いやる表現である。

蓬客等の歌と対応

しかし一方、この「追和」の三首が、「蓬客等」の三首とぴったり対応していることにも気づかれる。第一首は、「蓬客」第一首の「裳の裾濡れぬ」に対して、それを鮮やかな赤裳と描き、濡れたのは川の瀬が速いからだろうと推測する。第二首は「玉島」、第三首は「若鮎釣る妹」という語を共通させている。「娘等の更に報ふる歌」よりもよほど明確に「和」しているのである。もっとも、「蓬客等」の三首を聞かなければ、そうした対応はできないわけで、これはやはり「追和」に他ならない。歌の設定する時点とは矛盾を来しているとも言えよう。まあ所詮虚構であるから、そのような矛盾はあっても構わないのであろう（この歌群の語り手と時間とに関しては、身﨑壽氏に論がある。「語り手と時間と—松浦河歌群を例として」『萬葉集研究』二六）。

旅人作の追和

「蓬客等」の歌との対応は、「後に追和する梅の歌」が、「梅花の歌三十二首」のどれかにはっきりと和しているのではないのとは対照的である。また「梅花の歌三十二首」がそれぞれ作者名を持ち、「後に追和する梅の歌」が匿名なのとは逆に、「松浦河に遊ぶ」では、松浦の男女は名を欠き、「後の人の追和する詩」には作者名「帥老」がある。「後人」は旅人だと言うのである。

旅人は松浦に行ったはず

明明白白に作者名が記されているのだから、「後の人の追和する詩」には作者問題は無いかというと、実はこれも問題なのである。「後人」は、松浦には行かなかった人なのであった。しかし旅人こそ、松浦に行った人として相応しい。国の長官（守）には、管内を巡行・視察する義務がある。戸令に、「凡《およ》そ国の守は、年毎に一たび属郡に巡り

薩摩の瀬戸（阿久根市商工観光課提供）

行きて、風俗を観、百年を問い、囚徒《しゅず》を録し、冤枉《えんおう》を理《おさ》め、詳らかに政刑《しょうぎょう》の得失を察、百姓の患《うれ》い苦しぶ所を知り、敦くは五教を喩《さと》し、農功を勧め務めしめよ」云々とある。年一回巡行して、役人の綱紀を正し、老人に故事を尋ね、罪人の数を確かめ、裁判の不正を正して、政治・刑罰の良い点・悪い点を視察する。民衆の困っているところを知るとともに、儒教倫理を教え、農耕に努めさせる。これは国守の仕事だが、職員令に大宰帥《だざいのそち》の職務として「百姓を字養せむこと、農桑を勧め課《おお》せむこと、所部を糺《ただ》し察《み》むこと」などとあるので、やはり視察が任務だったとわかる。旅人は、「薩摩の瀬戸」（現在の鹿児島県阿久根市と長島との間の海峡）まで行って、「吉野離宮を遥かに思いて作る歌」

隼人《はやひと》の 瀬戸の巌《いはほ》も 鮎走る 吉野の瀧に なほ及かずけり（巻六・九六〇）

（「隼人の瀬戸」の巌も、鮎の走る吉野の激流にはやはり及ばないなあ）

を残しているが、これもやはり巡行中の作であろう。

追和の作者は憶良か

一方、憶良は筑前守であるから、肥前国松浦は管轄外である。そこに行けなかった「後人」に相応しいのは憶良の方なのである。現に、憶良は松浦に行った人々を羨む歌を後に作っている（八六八〜七〇、本章六）。加えて、「後人の追和する詩」に用いられた万葉仮名には、憶良独自の字母が散見する（稲岡耕二『萬葉表記論』。第二の六参照）。

さまざまな解釈の可能性

この錯綜したあり方について、稲岡耕二氏（『人物叢書　山上憶良』）は、実際の作者は旅人で、憶良の立場に立ち、憶良独自の用字を模して作ったうえで、憶良をからかったものと捉えている。それも一つの解し方であろう。しかし表記の真似ということまで考えなくても、例えば、歌を作ったのは旅人で表記したのが憶良であったとか、憶良が自分のような立場の者を仮構して作ったうえで、その作者を旅人に擬したとか、さまざまな解釈の可能性が残っていると考える。

旅人と憶良による設定

ともあれ、「後人の追和する詩」もまた、旅人・憶良双方の統一した意思が背景にあったと見てよさそうである。注意したいのは、この三首が「蓬客等」の三首にきっちり対応することで、歌群を締めくくっていることである。それまでの序と歌、あるいは歌同士の関係はまことに緩いものであった。それは「行事のロマン化」という大枠は決まっていても、歌の創作自体は各自の自由に任されていたからであろう。七夕歌が、一年に一度の逢瀬を宿命づけられた天上世界の男女、という設定の他は、渡河の方法とか連絡の手段とかが一首一首の想像に任されていたのと同じである。その自由さは、催しを楽しく盛り上げるとともに、全体としては散漫にさせがちである。それを主催者たちは、序と締めの歌によって枠を作ることで（おそらく序は、皆の歌の後で書かれたのであろう）、一つの作品にまとめあげたのだと考えられよう。「参加できなかった者」の羨望でまとめることは、その催しの価値をも強調することになるはずである。

五　吉田宜の書簡と和する歌

一対の作品歌群

見て来たように、「梅花の歌」と「松浦河に遊ぶ」は、相違点と共通点とをともに多く含む一対の作品であった。「梅花の歌」は、大宰府管内の多くの官人を動員し、梅という舶来の花を、詠物詩や「梅花落」に倣って詠わせる。一方、「松浦河に遊ぶ」は、巡行先を舞台にして、匿名の比較的少人数によって、地方に伝わる行事を風流化する。ともに全体が漢詩文に裏打ちされていて、序と「追和」で括ることで自由な詠作に統一した枠組を与える。

都への対抗意識

それは、すでに一つの文学運動と言ってよいのではなかろうか。そしてそれが旅人・憶良という大宰府の首脳によって企画されているのは、それが都に対抗する意義を持っていたことを窺わせるのではあるまいか。二つの作品は、ともに大宰府ならではのものであった。「梅花の歌」は、「梅花落」に倣い、都を望む情を動力にして、辺境に風雅を現出させる。一方「松浦河に遊ぶ」は、辺境のそのまた辺境のような松浦を仙境に仕立て、絶世の美女をそこに立たせている。言わば、辺境にあることを逆手に取って、そこに最先端の文芸を成り立たせたのである。

大宰府から文化を創出

大宰府は、ただの辺境ではない。都を遠く離れてはいるが、一方で大陸や半島の進んだ文化の玄関口でもある。旅人や憶良といった漢籍の教養ある人物がそこに配置されているのにも、そうした意味があったかもしれない。そこでは、大陸や半島の言葉を聞くこともあったであろう。その土地で、日本語の文芸である和歌で、中国風の雅を実現することは、東アジアの辺境の地の言葉でも、ここまでできるということの証明にもなったはずである。漢詩文の普遍性を受け継ぎつつ、日本固有の文化を創ることと言っても良い。同時に、和歌に拠るということは、藤原四子の支配する都への対抗軸にもなる。第三の四に触れたように、彼らはみな漢詩人であり、和歌の作品はわずかなのであった。旅人は、長屋王《ながやおう》の変で局外に置かれた政治的敗北を、漢文と和歌のハイブリッドという新たな文芸という文化戦略で取り返そうとしているのではあるまいか。

政治的敗北を文化戦略で返す

当然、それは都に伝えられなければ、大宰府管内の自己満足に終わる。どれだけの範囲に送られたのかはわからないが、少なくともその一人、吉田宜《よしだのよろし》から来た返書ならびに和した歌が巻五に載せられている。吉田宜は、もと百済の僧、恵俊と言い、医術に優れていたため、文武四年（七〇〇）八月、還俗し、吉宜の姓名および務広肆（従七位下相当）を賜る。神亀元年（七二八）五月に従五位上で姓《かばね》吉田連《むらじ》を賜り、天平二年（七三〇）三月、弟子を取ってその業を習わすと『続日本紀』にある。その後、図書頭（天平五年十二月）、正五位下で典薬頭（天平十年閏七月）を歴任。『懐風藻』には「正五位下図書頭吉田連宜、年七十」とあり、長屋王宅で新羅使を送別する詩、および吉野宮に従駕する詩の二首を載せている。『藤氏家伝』によれば、方術（占や呪術）にも長けていたという。海外文化の知

吉田宜からの返事

識についてては朝廷でも指折りで、新たな文芸の理解者としてはうってつけであろう。

宜《よろし》い啓《まお》す。伏して四月六日の賜書を奉《うけたま》わる。跪《ひざまず》きて封函を開き、拝みて芳藻を読む。心神の開け朗かなること、泰初が月を懐《いだ》くに似、鄙懐の除《き》え袪《さ》ること、楽広が天を披くがごとし。辺城に羈旅し、古旧を懐いて志を傷ましめ、年矢《ねんし》停まらず、平生を憶《おも》いて涙を落とすがごときに至りては、ただし達人は排《ならび》に安みし、君子は悶え無し。伏して冀《こいねが》わくは、朝に翟《きぎし》を懐《なつ》けし化を宣べ、暮に放亀の術を存《とど》め、張・趙を百代に架け、松・喬を千齢に追いたまわむことを。兼《さら》に垂示を奉わるに、梅苑の芳席に、群英藻を摛《の》べ、松浦の玉潭に、仙媛の答えを贈りたるは、杏壇各言の作に類い、衡皐税駕《こうこうぜいが》の篇に疑《に》たり。耽読吟諷し、感謝歓怡す。宜の主に恋うる誠は、犬馬に遼《こ》え、徳を仰ぐ心は、心葵藿《きかく》に同じ。而《しか》れども碧海地を分ち、白雲天を隔つ。徒らに傾延を積み、いかにしてか労緒を慰めむ。孟秋節に膺《あた》る。伏して願わくは、万祐日に新たならむことを。今相撲部領使に因《よ》せ、謹みて片紙を付く。宜、謹みて啓す、不次。

（宜、申し上げます。四月六日のお便り拝受しました。跪いて状箱を開き、お手紙を拝読しますと、心が、泰初が月を懐に入れたように朗らかに晴れ、わだかまりの消えるさまは、楽広が雲を払って天を仰いだようにさわやかです。辺境をさすらえば昔を思って挫折を感じ、時が瞬く間に過ぎれば若い頃を偲んで涙を流すものですが、達人である貴方はあるがままを受け入れ、君子として煩悶なさいません。願わくは、朝には雉までが人になついた魯恭のような善政を敷き、夕方には放たれた亀のように自由になる術をお使いになって、張敞や趙広漢同様の名声を百代の後まで伝えられんこととともに、赤松子や王子喬のような千年の齢に及ばれんことを。また同封してお示し下さったものを拝見しますと、梅花の宴で俊秀の方々が歌を披露され、松浦の玉島川で仙女と贈答なさった由。前者は孔子の講壇で師弟がそれぞれ志を述べた故事に、後者は曹植の「洛神賦」で、杜衡《かんあおい》の沢に馬を停めて女神に逢ったのに似ています。読みふけり、口ずさんで、まことに有り難く嬉しく思いました。私、宜が貴方様を恋しく思うのは、主人を慕う犬や馬に勝り、御徳を仰ぎみる気持は、向日葵《ひまわり》が太陽の方に向くのと同じです。しかし青い海が地を隔て、白い雲が空を隔てています。空しく首を長くしてお待ちし、思い悩む気持を抑えかねています。今日は七月七日の節句に当たります。どうか日々ご多幸でありますよう。今、相撲の部領使に託して、謹んで乱筆を差し上げます。宜、謹啓、不次）

旅人宛ての書簡

宛名は書かれておらず、『私注』のように憶良とする説もあるが、「誠は犬馬を逾え」云々からして、宜よりも身分の高い旅人と見て間違いないだろう。四月六日に旅人から宜宛に、書簡とともに「梅花の歌」「松浦河に遊ぶ」両篇が贈られた。「松浦河に遊ぶ」

には日付が無いが、序に「柳葉」「桃花」が現われ、歌にも「春されば」（八五九）、「若鮎」（八五七など）云々とあるので舞台は晩春だったと見てよい。それを制作して間もなく送ったことになろう。宜の返書は七月七日付。この節日には宮中で相撲を観るのが習わしで、各地から力士が部領使に引率されて集められた。その帰りの使いに託して送ったのである。

宜の文章の技巧

宜の文章は、さすがに典故を多用し、凝らされている。魏の泰初は「朗々として日月の懐に入るが如し」（『世説新語』）、晋の楽広は「雲霧を開きて青天を睹《み》るが如し」（『晋書』）と評された。宜は、文章のみならず書き手の人柄をも讃えているのであろう。魯恭は『後漢書』にその仁政が記されている。張敞・趙広漢は、ともに優れた地方官として有名だった（『漢書』）。赤松子・王子喬は『列仙伝』などに見える名高い仙人。

達人の旅人を賞讃

「辺城に羈旅し」以下の文脈は、従来、旅人が自らの書簡に、大宰府暮らしの不自由や亡妻の嘆きをも綴ったのに触れ、それを慰めたのだと考えられてきた。しかし谷口孝介氏は、「至若〜」は、それに導かれる語句が主題となり、それに述語が付く文脈を作るのが通例であるとして、「辺城に羈旅し」から「涙を落とす」までは、そうなりがちな一般論を述べ、それにもかかわらず旅人は「達人」「君子」であるがゆえに、自然に任せて煩悶しない、の意と解すべきだという（「吉田宜の書簡と歌」『セミナー万葉の歌人と作品』四）。従うべき見解であろう。「安排」は、『荘子』大宗師篇の「排に安んじて化に去けば、乃ち寥たる天一に入る」（すべてを推移のままに任せて安んじ、無限の変化のままに従ってゆけば、やがて自然のままで差別無く、すべてが一つである静寂な世界に入ることができる）に基づく。「放亀の術」も、谷口氏に従って、『荘子』秋水篇に、荘子が泥亀のように自由に生きることを選ぶと述べるのに関わると見ておく。

旅人の作品の意を汲む

谷口氏によれば、「志を傷ましめ」（傷志）も、「傷心」などとは異なり、不遇感を表わすのだという。ならば宜は、旅人が、大宰府下向によって感じた不遇感を克服して、「梅花の歌」や「松浦河に遊ぶ」といった風流に向かっていると理解していることになろう。それは、これらの作品の持つ政治的な意味を正確に汲んでいると考えられる。

宜は、旅人と「梅花の歌」の作者たちを孔子とその弟子たちに、松浦の娘子たちとの出会いを「洛神賦」に譬えた。「杏壇」は、孔子の講壇を、後に杏を植えたことからそのように称し、「各言」は、孔子が弟子たちに「盍《いずくんぞ》各爾が志を言わざる」（どうしておのおの、自分たちの志を述べないのか）と促した言葉（『論語』公冶長篇）に基づく。また「衡皐税駕」は、曹植「洛神賦」の冒頭に「駕を衡皐に税《と》き、駟を芝田に秣《まぐさか》う」（車を衡の沢に停め、馬に芝草の畑で草を食わせる）とあるのに基づく。「洛神賦」は前節に見たように、「松浦河に遊ぶ」の有力な粉本であり、情賦と言えども『文選』に載る歴とした作品であった。

自身の不遇を託す作品の系譜

荻原千鶴氏は、谷口氏の文脈理解を受け、「松浦河に遊ぶ」序に、『楚辞』文学の系譜を見出している（「大伴旅人考―〈遊於松浦河〉〈龍の馬〉と『楚辞』―」『萬葉集研究』三七）。例えば「洛浦に臨みて徒に玉魚を羨い」には、後漢・張衡「思玄賦」（『文選』巻十五）の「太華の玉女を載せ、洛浦の宓妃を召す（西王母は、太華山の玉女を車に載せて呼び寄せ、洛水の神女宓妃を召した）」や、同じ張衡の「帰田賦」（同）の「徒に川に臨みて以て魚を羨う（むなしく川を前にして魚を手に入れたいと願うだけだ）」が踏まえられている。これらは張衡が、政治的な不遇から、想像の世界に遊び、また故郷に帰ることを願う作品である。「宓妃」は洛水の女神で、曹植「洛神賦」のヒロインでもあるが、源流は『楚辞』の「離騒」や「遠遊」にある。ともに世に容れられず、憂愁の内に流離した屈原の作で、幻想はその憂いを払う手段であった。張衡や曹植の賦は、それを受け継ぐことに自身の不遇を託したのである。

旅人の統率による所産

「松浦河に遊ぶ」が、『遊仙窟』的な装いの下に、不遇感・流離感を秘めているという荻原氏の見方は蓋然性が高いと考える。それは先に見た宜の評価にも窺われよう。ただし荻原氏が、歌も含めて全てを旅人の所産とするのにはやはり無理があると思われる。

特に「蓬客等」や「娘等」の歌はやはり重複が多く、また歌として平凡と言わざるを得ない。その緩いあり方は、「梅花の歌三十二首」の多様性と同じく、自由に任された集団の詠作であることを示すのだろう。むしろ不遇感や流離感が、トップに統率された集団詠の中に込められることに、これら二篇の特徴を見るべきではないだろうか。

宜は、書簡の後に四首の歌を添えている。「天平二年七月十日」と末尾にあり、書簡とは三日のずれがある。相撲部領使に託す際に加えたという体なのであろう。

　　諸人の梅花の歌に和え奉る一首

後れ居て 長恋せずは み園生《そのふ》の 梅の花にも ならましものを（八六四）

（残されて長々と恋しく思っているよりは、お庭の梅の花にでもなれたらよいのに）

　　松浦の仙媛の歌に和うる一首

君を待つ 松浦の浦の 娘子らは 常世の国の あま娘子かも（八六五）

（貴方を待つ、松浦の浦の娘子たちは、常世の国の海人〈天〉娘子でしょうか）

　　君を思うこと未だ尽きず、重ねて題する歌二首

はろはろに 思ほゆるかも 白雲の 千重に隔てる 筑紫の国は（八六六）

（遥か遠く偲ばれます。白雲の千重にも隔てている筑紫の国のことは）

君が行き日長《け》くなりぬ 奈良路なる 山斎《しま》の木立も 神さびにけり（八六七）
（貴方のご不在も長くなりました。奈良のお宅の庭の木立も茂って神々しくなりました）

旅人の作品に追和

まず「梅花の歌」「松浦河に遊ぶ」それぞれに一首ずつ和し、「君を思うこと未だ尽きず」作る歌二首が加えられている。ならば和する歌も、「君を思」って作られていることになろう。八六四歌の「み園生」は、旅人邸の庭を指す。ズハ〜マシは例の「特殊語法」で、こんなに長く貴方のお帰りを恋しく待つことになるならば、人であるのを止め、お庭の梅になってでもお近くに居たい、と言うのである。八六五歌のアマには、「海人」「天」の両説があり、どちらとも決め難い。あるいは両者が掛けられているのかもしれない。いずれにしろ「常世の国」は、時間の進行がこの世とは異なる世界であるから、そこの娘子たちが待つと述べることで、旅人の長生を予祝するのであろう。「松浦河に遊ぶ」では「帥老」は、松浦に行けなかった「追和」の役回りであったが、宜は、娘子が待つのが旅人であることを前提とする。同時にその「待つ」娘子には、自分を重ね合わせてもいるはずである。

書簡と和歌の一体性

八六六歌の「白雲の千重に隔てる」は、いわゆる「国見的望郷歌・恋歌」（土橋寛『古代歌謡と儀礼の研究』）の類型に特徴的な表現である。雲によって隔てられて見えない筑紫を、

「はろはろに」心を馳せて思い描いている。最後の八六七歌の「君が行き日長くなりぬ」は、『古事記』の衣通王《そとおりのおおきみ》（軽大郎女《かるのおおいらつめ》）の歌（記八八。『万葉集』巻二・八五歌は異伝歌で、仁徳天皇の磐姫《いわのひめ》皇后の歌と伝える）に見える。谷口氏によれば、この二首は空間と時間との対比になっており、それが「白雲天を隔つ」「徒らに傾延を積み」という書簡の表現に応じている。さらに「君の近くにいたい」という八六四歌と「君を待つ」という八六五歌の対や、書簡における地方官としての活躍を願う表現と、旅人の長生を祈る表現との対もそれに連なるという。書簡と和する歌との一体性を示すものとして、重要な指摘と言えよう。

集団詠の効果

「追和」で締められた二つの歌群は、都の教養人によって、さらなる「追和」を得た。運動としての集団詠が効果を挙げているのである。特に「梅花の歌」の方は、詠物歌のはしりとして、後々まで大きな影響を与えた。旅人の子、家持や書持《ふみもち》は、繰り返しこの催しを想起し、追和している（巻十七・三九〇一～六、巻十九・四一七四）。

六　「憶良誠惶頓首謹啓」の歌

憶良個人からも応答

「運動」としての集団詠は、次々と新たな創作を呼び起こしてゆく。吉田宜の書簡と和歌は都の側からの応答であったが、大宰府でもそれが為される。先にも触れた、山上憶良個人の名を立てた次の書簡と歌である。

憶良、誠惶頓首、謹啓す。

憶良聞く、方岳諸侯と都督刺史とは、並《とも》に典法に依りて、部下を巡行し、その風俗を察ると。意内に端多く、口外に出だすこと難し。謹みて三首の鄙歌を以て、五蔵の欝結を写《のぞ》かむと欲《おも》う。その歌に曰く、

（憶良、かしこまり申し上げます。憶良めが聞きますには、諸州をお治めの長官殿・次官殿は、ともに法に従って管内を巡り、風俗を御覧になるとのこと。言いたいことが山ほどありますが、口に出すのは憚られます。謹んで三首の出来の悪い歌で、腹蔵を吐き出したいと存じます。その歌とは）

松浦県《まつらがた》 佐用姫《さよひめ》の児が 領巾《ひれ》振りし 山の名のみや 聞きつつ居《を》らむ（八六八）

（松浦県の佐用姫が領巾を振った山の名を聞いているだけでいなくてはならないのか）

足日女《たらしひめ》 神の尊の 魚《な》釣らすと み立たしせりし 石を誰《たれ》見き 一に云ふ「鮎釣ると」（八六九）

（神功皇后様が魚を釣られるとて〈鮎を釣るとて〉お立ちになった石を誰が見たのか）

百日しも 行かぬ松浦道《まつらぢ》 今日行きて 明日は来なむを 何か障《さや》れる（八七〇）

（百日かけて往くほど遠くもない松浦への道、今日行って明日には帰れように、いったい何が障害なの

か）

松浦への羨望

「松浦河に遊ぶ」の「後人の追和する詩」と同じく、松浦に行けなかった者の立場で歌われている。ただし「後人」が「帥老」で（実は憶良の作かもしれないのは前述の通り）、上品に松浦の光景を思い描き、羨望を述べるのに対して、憶良はいささか喧嘩腰である。わざわざ「誠惶頓首、謹啓」と大げさな書き出しを用いる。「方岳諸侯」は、中国・周代に、王が四方の山を巡って諸侯を召見したことに基づき、「都督」は魏晋、「刺史」は漢以来の官名で、いずれも地方官を表わす。これも意図的に勿体《もったい》をつけて、相手を呼ぶのであろう。

「典法に依りて、部下を巡行し、その風俗を察る」は、第四の四に述べたように、戸令に巡行を国守の業務と定めていることを言う。憶良自身も、筑前国嘉摩郡で三篇の歌を「撰定」しているが、それも巡行中の作として良いだろう。特に第一作「惑《まど》える情を反さしむる歌」（巻五・八〇〇～一）は、家族を捨てて逃亡し、修行の真似ごとをする自称「倍俗先生」を説諭し、仕事に戻るように言い聞かせる体の歌であった。まさに「風俗を観」「五教を喩し、農功を勧め務めしめよ」という戸令の文言通りである。それにひきかえ、あなたがたは何なのだ、というのが「意内に端多く、口外に出だすこと難し」

であろう。『全注』巻五（井村哲夫）の言葉を借りれば「それにつけても、その巡察の成果が、松浦仙媛との艶福譚であったとはねえ、他に見るものはなかったのかねえ」と言いたいところだが、上司のこととて、ちょっと口にはできません、代わりに下手くそな歌で鬱憤晴らしをします、と言うのである。

ユーモアを含む追和

無論、それは本気で怒っているのではなく、真面目を装って、「松浦河に遊ぶ」の趣向を揶揄するのである。それもまた一つの「追和」の形と捉えるべきだろう。しかし、憶良が、娘子の鮎釣り以外に「松浦で見るべきもの」を新たに提示していることにも注意される。

大伴狭手彦伝説の山

第一首の「佐用姫の児が領巾振りし山」は、大伴狭手彦《さでひこ》をめぐる伝説に出てくる山である。『日本書紀』には、宣化天皇二年（五三七?）十月に大伴金村《かなむら》に命じて、その子磐《いわ》と狭手彦に任那を救援させたとあり、欽明天皇二十三年（五六二?）八月に、大将軍大伴狭手彦を派遣して高麗を伐たせ、撃破したとある。『肥前国風土記』には、狭手彦は出発地の松浦で弟日姫子《おとひひめこ》という孀をもうけ、姫子は、軍の半島への出発に際し、別れを悲しんで山に登って領巾《ひれ》（肩にかけて垂らす装飾用の薄布）を振った、その山を「褶振《ひれふり》の峰」と呼んでいると記す（詳しくは第五の二）。歌は、ヤ～ムの「「斯くや嘆かむ」という語法」（第四の二参照）で、その「褶振の峰」は名を聞くだけか、と嘆いている。本音はやはり現地に行きたかったのである。

神功皇后の石

第二首は、神功皇后伝説に取材する。皇后が釣で占う時、立った石があるはずだが、それは誰が見たのか、の意。せっかく貴い事蹟のあった土地に行きながら、娘子の方ばかり見ているとは何事か、という非難が込められているのであろう。

羨望の裏返し

第三首は、松浦まではそれほど遠くないのに、なぜ自分は行けないのか、という慨嘆である。大宰府から松浦河までは約六〇キロ程度で、馬ならば一日あれば行ける距離である。しかし筑前守である自分は、肥前国に巡行する役目は無い。それはやはり、そこに行く資格を持ちながら、見るべき物を見て来なかった「方岳諸侯・都督刺史」たちへの恨み言なのであろう。しかしそれは彼らへの羨望の裏返しであり、松浦遊覧に対する、もって回った讃美にもなっている。

外征に関わる鎮懐石の歌

ここで気づかれるのは、神功皇后にしろ、大伴狭手彦にしろ、いずれも朝鮮半島への外征に関わる人物であることである。実は「梅花の歌三十二首」の前には「鎮懐石の歌」と呼ばれる長反歌が置かれているのであった（八一三～四）。漢文の前書きによれば、筑前国怡土《いと》郡深江村の子負原《こうのはら》の丘に二つの美しい卵型の石があり、それは神功皇后が胎中に皇子（後の応神天皇）を孕みながら新羅を討った時、袖の中に入れて出産を抑えた石である。今でも通行人は必ず下馬して拝むという。長歌では、皇后が「韓国《からくに》を向け平らげて、御心を鎮めたまふと、い取らして斎ひたまひし真玉なす二つの石を」（韓国を平定の折、御心を鎮めるために取り上げて祈願なさった玉のような二つの石を）万代にもわたって語り継ぐようにと手ずからそこに置いたのだと歌う。そして反歌では、

天地の 共に久しく 言ひ継げと この奇《く》しみ玉 敷かしけらしも（八一四）

（悠久の天地とともに長く言い伝えよと、この不思議な玉をお置きになったのだろう）

という。神功皇后の事蹟は、この石がしるしとなって今に伝わると言挙げするのであろう。石で出産を抑えたことは、記紀などにも見え、神功紀にはその石が「伊都県の道の辺に在り」と記されている。

この前書きと長反歌は、作者名を欠くが、憶良の作とされて異説を見ない。確かに旅人は大宰府で長歌は作っていないし、それ以外の作者も考えがたい。しかし無署名であることには、やはり意味があるのではないか。つまり、これもまた、形の上では大宰府全体を負って歌われているのではないかと考えるのである。

大宰府全体を負う歌

前節に、大宰府は大陸や半島の進んだ文化の玄関口であると述べた。それは当然、国

家間の外交の接点であり、時には紛争の最前線になるということでもある。そして当時、隣国新羅との関係は、必ずしも良好とは言えなかった。

日本と新羅の関係

そもそも新羅とは、高句麗・百済との三国体制から統一新羅へと向かう七世紀において、戦火を交えた間柄である。朝廷全体で九州に下り、滅亡した百済の遺臣と同盟して、唐・新羅の連合軍と戦い、白村江《はくそんこう》で惨敗を喫したのが天智称制二年（六六三）八月だった。その後の天智《てんじ》朝は、さまざまな防衛策に追われる。大宰府は、海岸近くから現在の内陸に引っ込み、大野山や基山の朝鮮式山城、また海から来る道を塞ぐように水城《みずき》が建設され、防人や烽《とぶひ》（のろし）が設置された。

しかしその後、高句麗を滅ぼし、唐の勢力を駆逐する過程で、新羅は二面に敵を持つことを避けるために、倭（日本）に朝貢せざるをえなかった。七世紀の間は、その関係で表面的には安定していたのである。ところが、もとの高句麗の地に渤海が建国され、唐に敵対的な姿勢を取ると、共通の敵を持った新羅と唐とが融和し、新羅は日本に従う必要性が薄らいだ。朝貢は神亀三年（七二六）にあった後途絶え、対等の外交を求める新羅と、朝貢を要求する日本とは、天平年間になると決定的に対立し、七三一年（天平三年）、新羅の海岸で小競り合いもあったらしい（『三国史記』）。天平八年（七三六）の日本からの遣新羅使は、使の旨を拒否され、加えて天然痘の流行に出会って正使も帰途、対馬で亡くなる、惨憺たる旅となった。『万葉集』巻十五前半部は、その遣新羅使の歌々を、旅程を追って配列したものである。

情勢悪化に対応する役割

旅人が大宰帥を務めた神亀五年〜天平二年は、ちょうど情勢が緊迫し始める頃にあたる。七二二年（養老六年）には、新羅が日本の襲来に備えて毛伐郡城を築いたとある（『三国史記』）から、対立はすでに深まっていたのであろう（鈴木靖民『古代対外関係史の研究』）。旅人が遥任ではなく、実際に大宰府に下ったのは、そのような情勢に鑑み、征隼人持節大将軍の経験を買われた、という面もあったと考えられるのである。

香椎宮

そのように対新羅関係が緊張すると、香椎宮《かしいのみや》（廟）に奉幣が行われることに注意される。天平九年二月、戻った遣新羅使が、新羅が常礼を欠いたと報告すると、伊勢神宮・大神社《おおみわ》・筑紫の住吉《すみのえ》・八幡《やはた》社と並んで、香椎宮に奉幣が行われた（四月）。また淳仁朝には新羅征討計画が立てられ、大宰帥船《ふね》親王に香椎廟に報告させ（天平宝字三年〈七五九〉八月）、奉幣もしている（同六年十一月）。香椎宮（廟）は仲哀《ちゅうあい》天皇の皇居の跡とされ、仲哀と神功皇后の霊を祭る場所となっていた。

旅人の参拝

ここに旅人たちも参拝していたことが、『万葉集』巻六の次の歌々からわかる。

冬十一月、大宰の官人等、香椎の廟を拝みまつること訖《お》わり、退《まか》り帰る時に、馬を香椎の浦に駐めて、各懐を述べて作る歌

帥大伴卿の歌一首

香　椎　宮

いざ子ども 香椎の潟に 白たへの 袖さへ濡れて 朝菜摘みてむ（九五七）

（さあ皆さん、香椎の干潟で、〈白たへの〉袖まで濡らして、朝の藻を摘もうよ）

大弐小野老朝臣の歌一首（「大弐」とあるが、「少弐」の誤り）

時つ風 吹くべくなりぬ 香椎潟 潮干の浦に 玉藻刈りてな（九五八）

（突風が吹きそうな空模様です。香椎潟の潮の引いた浦で玉藻を刈ってしまいましょう）

豊前守宇努首《うののおびと》男人《おひと》の歌一首

行き帰り 常に我が見し 香椎潟 明日ゆ後に

は見むよしもなし（九五九）
（行き帰りにいつも見ていた香椎潟を、明日から後は見る方法とて無い）

巻六の配列からすると、神亀五年の十一月のことである。歌は、参拝を終えた後のこととて、開放的な気分で満たされている。宇努男人は豊前守から転任するのか、もうここを見ることもできないと歌っている。

対新羅への意識

これは特別に緊迫した事態に際してではなく、恒例の参拝だったのかもしれない。長男家持が、越中守時代、巡行中に能登の気多《けた》神宮に赴いた例がある（巻十七・四〇二五）。しかし本来、神でもない天皇・皇后の宮を祭ること自体が特殊であり、それが対新羅を意識していることは言うまでもない。『八幡宇佐宮御託宣集』や『八幡愚童訓』には香椎廟の創建を神亀元年と伝えているという（吉井巌『全注』巻六）。神功皇后が、天照大神と住吉三神の神託に従って海を渡り、新羅を服従させ、「天皇の御馬飼《みまかい》」として仕え、年毎に御調《みつき》を奉ると誓わせたという記紀に載る伝承は、少なくとも国内的には、新羅に朝貢させることの起源・根拠として生きていた。

大宰府のアイデンティティ

巻五に載る多くの作品が、神功皇后を初めとする外征の歴史に関わることは、大宰府の位置と機能、そして当時の国際情勢と決して無縁ではない。大宰府の官人たちにとっては、外交・紛争の最前線に居るということが一つのアイデンティティになっていただろう。彼らがやまと歌に拠るというのも、また一種のナショナリズムに基づいていたかもしれない。

憶良の「憶良誠惶頓首謹啓」の書面と歌は、「松浦河に遊ぶ」という風流に対する「追和」であり、それ自体ユーモアを含んだ作品であったが、一面ではその風流の基づく神功皇后伝承を表面に引き出し、またもう一つの外征伝承、狭手彦のことをも持ち出した。

憶良のナショナリストの側面

憶良は、国号「日本」を伝えることを任務とした遣唐使の一員だった。その帰途には、

いざ子ども早くやまとへ大伴の三津の浜松待ち恋ひぬらむ（巻一・六三）

（さあ皆さん、早く日本へ帰りましょう。大伴の御津〈難波津〉の浜松が待ちかねているでしょう）

と歌っている。第二句の「やまと」は、原文「日本」である。このようなところにも、また「日本挽歌」の題名にも、憶良の「日本」に対する意識が窺われる。教養人であり、思索者であり、ユーモリストでもあり、きわめて多面的な人格であった憶良であるが、海外を知った者ゆえのナショナリストの側面もまた、あったように思われるのである。

第五　帰京

一　「佐用姫歌群」と旅人餞別の歌

大伴佐提比古の伝承

山上憶良《やまのうえのおくら》が「佐用姫の領巾《ひれ》振り」を取り上げたのは、次なる――そして最後の――集団詠を引き出すことになった。今度は序でなく、物語の説明が漢文で記されている。

大伴《おおともの》佐《さ》提《で》比古《ひこの》郎子《いらつこ》、特《ひと》り朝命を被り、使いを藩国に奉《うけたま》わる。艤棹《ふなよそい》して言《ここ》に帰《ゆ》き、稍《やくやく》に蒼波に赴く。妾松浦佐用姫《まつらさよひめ》、この別れの易きことを嗟《なげ》き、その会いの難きことを嘆く。即ち高き山の嶺に登り、遥かに離り去《さ》く船を望み、悵然に肝を断ち、黯然に魂を銷《け》つ。遂に領巾を脱きて麾《ふ》る。傍の者、涕を流さずということなし。因りてこの山を号《なづ》けて、領巾《ひれ》麾嶺《ふりのみね》と曰う。乃ち歌を作りて曰く

（大伴佐提比古郎子は、特に選ばれて勅命をいただき、藩国任那に使者として向かった。船を艤装して出帆し、次第に青海原に出て行った。愛人松浦佐用姫は、別れは易く、再会の難しいことを嘆いた。

そこで高い山の頂に登り、遥かに去りゆく船を望見し、嘆きははらわたを断つばかり、辛さは魂が消え入るほどである。最後には領巾を取って振り、船を招き寄せようとした。傍らで見る者たちも、同情に涙を流さない者は居なかった。そこでこの山を名づけて「領巾麾嶺」と呼んだ。そこで歌を作って次のように言った）

大伴佐提比古（狭手彦）が宣化《せんか》・欽明《きんめい》朝における外征の立役者であることは先に述べた。愛人のことは『肥前国風土記』にのみ記され、宣化朝に任那を鎮め、百済を救援する際、松浦郡篠原村で「弟日姫子」と婚を成したという。姫子は、離別の日、悲しみ泣きつつ栗川を渡る時に、形見にもらった鏡の紐が切れて落としてしまった。そこを鏡の渡りと呼んでいる。また「褶振《ひれふり》の峰」は、狭手彦が任那に向かって船出した時に、そこに登って褶を振って招き寄せた山であるが、これには後日談があって、別れて五日後から、狭手彦そっくりの人物が毎晩やってきて共寝をする。怪しんだ姫子が糸を男の衣の裾に付け、それをたどってゆくと、「褶振の峰」近くの沼のほとりに蛇が居るのに出会った。体は沼に沈んで人間の形をし、頭は蛇で岸に出して寝ている。すると蛇はたちまち人に化身して、

篠原の 弟姫の子ぞ さ一夜《ひとよ》も 率寝《ゐね》てむしだや 家に下さむ

領巾麾の嶺（佐賀県観光連盟提供）

（篠原の弟姫の子よ。一晩でも共寝をした時に、
家に帰らせてやろうか）

と歌った。仰天した侍女が助けを呼びに行ったが、戻ってきた時には沼の底に死体があるだけだった。それを納めた墓が、今も峰の南にあると伝える。

いわゆる三輪山型の神婚説話であるが、これは「褶振」の伝承と無関係なものが付加されたのではなく、むしろこちらの方が本体なのであろう。篠原村の女であることや、「弟日姫子」の名は、蛇の歌に合わせてある。女が死ななくては、話は収まらないのである。

さて『万葉集』は、女の死には言及せず、領巾振りに限定して、名も「弟日姫子」でなく、「松浦佐用姫」としている。
遠つ人 松浦佐用姫 夫恋《つまごひ》に 領巾振りしより 負へる山の名（八七一）
（遠くの人を待つ、松浦佐用姫が、夫を恋うて領巾を振った時から負っている山の名だ）
後の人の追和
山の名と 言ひ継げとかも 佐用姫が この山の上に 領巾を振りけむ（八七二）
（山の名として言い継いでくれ、と佐用姫はこの山の上で領巾を振ったのだろうか）
最後の人の追和
万代《よろづよ》に 語り継げとし この岳《をか》に 領巾振りけらし 松浦佐用姫（八七三）
（万代にも語り継いでくれと思って、この山で領巾を振ったのだろう。松浦佐用姫は）
最々後の人の追和二首
海原の 沖行く舟を 帰れとか 領巾振らしけむ 松浦佐用姫（八七四）
（海原の沖を行く船に、帰ってくれと思って領巾を振ったのだろうか、松浦佐用姫は）
行く舟を 振り留みかね いかばかり 恋《こほ》しくありけむ 松浦佐用姫（八七五）
（行く船を、領巾を振っても止められず、どれほど恋しく思っただろう。松浦佐用姫は）
この歌群も、「梅花の歌」「松浦河《まつらがわ》に遊ぶ」と同様、「追和」を持っている。と言うより、これは「追和」によって成り立っている歌群である。その点で、先の二作品のパロディと言えるかもしれない。ただし先の二作品の「追和」が、そのように称しつつ対象の歌と同時的であったのに対して、「後人追和」「最後人追和」「最々後人追和」は、それぞれ前の歌に対して時間を隔てている、という設定と考えられる。出来事は遠い昔のことで、最初の歌（八七二）は、「領巾麾の嶺」という名が付けられて間もなく作られた。その出来事が山の名をめぐって次々に伝えられてきて現在に至っているように、歌も時々に作られて、現在まで歌い継がれてきた、という体で配置されているのである。

しかし、それが虚構にすぎないのは、歌の内容からして明らかである。それぞれの歌の間の関係は、ほとんど問答のようで、時差を感じさせない。最初の歌が、佐用姫が領巾を振ったことからその山の名が付いたのだ、と述べるのに対して、「後人」は、それでは佐用姫は、山の名として自分の恋を言い継いでくれ、と思って領巾を振ったのか、と推測する。その「後人」に対して、「最後人」は、その通り、万世にも語り継いでくれと思って、この山で領巾を振ったのだろう、と肯定している。これまた、大宰府《だざいふ》の官人たちが「後人」「最後人」等々と名乗って応酬し合っていると推測される。あるいは先に歌が作られ、後から「後人」といった役割が設定されたのかもしれない。

悲恋を語り継ぐ発想

「後人」「最後人」の二首の発想は、突飛なようであるが、悲恋を語り継ぐという発想は、『万葉集』の中にも数多い。例えば「葦屋《あしのや》の菟原処女《うないおとめ》」の伝説は、二人の男に求婚されて進退極まった娘子が自殺し、男たちも後を追うと、親族たちが「永き世に標《しるし》にせむと、遠き世に語り継がむと」三つの墓を作ったと語られている（「高橋虫麻呂歌集」、巻九・一八〇九～一〇）。また、本人が語り継ぐことを命ずる歌として、前節に挙げた「鎮懐石の歌」（八一四）があった。今の二首は、「鎮懐石の歌」に倣って、佐用姫自ら、山の名として自分の悲しみを記念することを望んだと歌うのではなかろうか。

最々後人

さて「最々後人」は前二首とは見解が異なる。佐用姫は、任那に向けて海原を遠ざかりゆく船に向かって、戻ってきてほしいと領巾を振ったのだという（八七四）。さらに、その願いがかなわず、佐用姫はどれほど恋しく思っただろうかと思いやる（八七五）。これらが「後人」「最後人」の二首に応じたものであることは、八七四歌の「…トカ～ケム」という推測の形が「後人追和」に、また二首の末句「松浦佐用姫」が「最後人追和」と共通していることから明らかであろう。

憶良が官人の歌をまとめる

この「最々後人追和」二首は、憶良の作と見るのが有力である。トドムという動詞を上二段活用で用いる（八七五）のが、他に憶良の作（八〇四）にしか見えないこと、そのトドミのミの音を「尾」で表記するのが、やはり憶良作に限られていること、二首のサヨヒメの用字が「後人」「最後人」とは異なり、憶良の八六八歌と一致することなどが根拠として挙げられている（『注釈』）。やはりここでも、憶良が官人たちの歌をまとめる役割を務めていることが窺われよう。佐用姫のことは、「憶良誠惶頓首謹啓」書簡の第一首で持ち出した話題であるから、制作のきっかけも憶良の提案だったかもしれない。

旅人の送別歌との連続

注意したいのは、以上の前文と計五首の歌とが、直後の「書殿にして餞酒する日の倭歌四首」「敢えて私の懐を布《の》ぶる歌三首」に連続するように見えることである。「敢えて私の懐を布ぶる歌三首」の後に「天平二年十二月六日に、筑前国司山上憶良謹みて上《たてまつ》る」という左注が付せられていて、日付を持たない「佐用姫歌群」までが、「十二月六日」の日付に統括されていると見ることができる。一方、「書殿にして…」「敢えて…」の計七首は明らかに送別の歌であるが、誰を送別しているかが記されていない。無論、それは大納言となって帰京する大伴旅人《おおとものたびと》なのだが（それは最後に「謹上」とあることからも疑いない）、それと「大伴佐提比古」との別れを悲しむ佐用姫を歌う歌群とは、主題的にぴったりと重なる。

また本来、「佐用姫歌群」と連続して載せられてよいはずの「三島王、後に松浦佐用

姫が歌に追和する歌一首」（三島王は舎人親王息、養老七年〈七二三〉正月、従四位下。都での追和か）

音に聞き 目にはいまだ見ず 佐用姫が 領巾振りきとふ 君松浦山 （八八三）

（噂に聞くだけで、まだ見ていない。佐用姫が領巾を振ったという〈君を待つ〉松浦山）

が、送別の七首の後に配列されているのも、「佐用姫歌群」と送別歌とが切り離せないことを裏書きしよう。

旅人送別の趣向

つまり「佐用姫歌群」は、旅人送別の一つの趣向であり、憶良によって、続く七首とともに旅人に「謹上」されたのではないかと考えるのである。

書殿にして餞酒する日の倭歌

「書殿にして餞酒する日の倭歌四首」の「書殿」は書院の意で、ここは憶良の官舎のそれであろうか。「餞酒」は酒を酌み交わして餞別する意。「倭歌」とあるのは、漢詩に対する、やまと歌であることを強調する。旅人や憶良が大宰府で残した作品が、多く和漢のハイブリッドであったことの反映であろう。「餞酒する日の」とあることからは、最後の左注の日付（十二月六日）とは異なる日に「餞酒」が行われ、その時披露された歌を憶良が書きとめて旅人に贈ったという経緯が推察される。

第一首

四首は次のとおり。

天飛ぶや 鳥にもがもや 都まで 送りまをして 飛び帰るもの （八七六）

（天を飛ぶ鳥になりたいものだよ。都までお送り申し上げて飛び帰ろうものを）

第一首は、鳥になって、貴方を都までお送りしたいと願う。都までの迅速な往復を空想する点で、旅人の「龍の馬の贈答歌」（八〇六、第三の三）の「奈良の都に行きて来むため」との類似に気づかれる。あるいは旅人の歌を踏まえているのかもしれない。

第二首

人もねの うらぶれ居るに 龍田山 み馬近付かば 忘らしなむか（八七七）

（人々が皆萎れているのに、竜田山に御馬が近づいたら、お忘れになるだろうか）

第二首の「人もね」は他に見えず、未詳であるが、「人皆《みな》」の母音交替形と見る説に従う。残された者たちが皆、貴方がいなくて悄然としているのに、貴方は竜田山に近づいたら、嬉しさに私たちのことなんかお忘れになるでしょう、と恨み言を言うのである。竜田山は、越えれば懐かしい大和に入る山であった。

第三首

言ひつつも 後こそ知らめ とのしくも さぶしけめやも 君いまさずして（八七八）

（こんなことを言っていても、後になって知ることだろう。淋しさに際限があるものだろうか。貴方様がいらっしゃらないで）

第三首はさらに難解で、「とのしくも」がやはり『万葉集』中の孤語である。形容詞トノシが乏シと同意とする説ならば、第三・四句は「少々の淋しさでしょうか（いや大いに淋しいことでしょう)」の意となろう。また「との」が一面に、十分に、の意のタナの母音交替形と見る説に拠るならば、「今、十分に淋しいことでしょうか(いやこれからますます淋しいことでしょう)」の意に取れる。今は仮に後説に従う。「言ひつつも」は前の歌で恨み言を言ったのを受けるのであろう。そんな憎まれ口を今は叩いていても、後々思い知ることになるでしょう。貴方が居ないのがどれだけ淋しいのかを、という、旅人が去った後の自分たちの心情を予想する歌と思われる。

第四首

万代に いましたまひて 天の下 奏《まを》したまはね 朝廷《みかど》去らずて(八七八)

(いつまでもお元気で、天下の政治をお執り下さいませ。朝廷を去ることなく)

最後の第四首は、自分たちの愚痴は措いて、旅人が台閣でいつまでも活躍するようにと願っている。

四首は、ランダムに並べているのでなく、この順番で歌われたように見える。最終的に憶良によって「謹上」されていて、すべて憶良の作と見ることもできる。餞別の歌としては、少々変わっていることも確かで、憶良の作ではないかと思わせる。ただし「佐用姫歌群」同様、大宰府にいる他の官人たちの作が混じっている可能性もあり、憶良作だとしても、彼らをも代表して歌われていることは確かであろう。

敢えて私の懐を布ぶる歌

「敢えて私の懐を布ぶる歌三首」は、なお変わっている。あえて本音をさらけだそうというのであるから、むしろ当然でもあろう。

天ざかる 夷《ひな》に五年《いつとせ》 住まひつつ 都のてぶり 忘らえにけり（八七九）

（〈天ざかる〉夷の地に五年住み続けて、都風の所作も忘れてしまいました）

「夷」は畿外の地を指し、文化程度の劣る土地とされていた。そのようなところに五年も居て、すっかり田舎者になってしまったと嘆くのである。

かくのみや 息づき居らむ あらたまの 来経《きへ》行く年の 限り知らずて（八八〇）

（こうしてずっと溜息をついていなければならないのか。〈あらたまの〉来ては過ぎ行く年の限りも知らず）

第二首の初二句は、例の「『斯くや嘆かむ』という語法」（第四の三）で、溜息をつきながら自分ではどうすることもできない不甲斐なさを嘆く表現である。この三首は、左注の日付十二月六日を時点とすると見てよい。もうすぐ年明けである。また今度も、この夷の地で新たな年を迎え、旧年を見送らなければならないのか、と残念がる。

我が主《ぬし》の み霊《たま》賜ひて 春さらば 奈良の都に 召上《めさ》げたまはね（八八一）

（我が君のご配慮をいただいて、春になったらどうか奈良の都にお召し上げ下さいませ）

最後は前二首を踏まえての哀願である。もう夷暮しはたくさんです。年が明けたら、どうかどうか都への転任をお願いします。見ようによっては（よらなくてもか？）立派な猟官運動である。さすがに「敢えて」述べると言うだけのことはある。しかしこれが憶良の偽らざる気持なのであろう。この大宰府で風流の営みを繰り広げても、やはりそれは都への志向を原動力にしてのことである。まして旅人の居なくなるこれからを思えば、もはや帰京への願いしかなくなるであろう。

憶良の自己戯画化

しかしこれだけ本心を露骨に歌にできるのは、「宴を罷る歌」で、幼い子を抱えた恐妻家を演じたり（三三七、第三の二）、「「世間の住《とど》まり難きことを哀しぶる歌」（八〇四）で、若い者のところに出入りして嫌がられる老人と自嘲したりと、自己戯画化を歌にしてきた憶良ならではと思われる。そして、「私懐」と称しながら、この都への思いが、残される大宰府の官人たちに共通のものであったことも忘れてはなるまい。

信頼関係の表われ

こうした餞別ができたのは、これまで創作を通して培ってきた旅人と憶良との信頼関係に基づくに違いない。二人の交渉の跡は、これ以後追うことができない。憶良は、「春さらば」の願いも空しく、翌天平三年（七三一）六月末くらいまでは九州に居たと考えられるので（「熊凝《くまこり》がためにその志を述ぶる歌に敬みて和する六首」八八六〜九一）、おそらく旅人に再会することは無かったであろう。しかし憶良のその後の諸作品、例えば「貧窮問答《ひんきゅうもんどう》歌《か》」（八九二～三）や、「沈痾自哀文《ちんあじあいぶん》」を初めとする三部作（八九七～九〇三）の深みは、旅人との心の通い合いがあって初めて到達しえた境地だと思われる。

二　大宰府の人々との別れ

大納言任官の時期

すでに第一の一に述べたように、旅人の大納言任官は、正史『続日本紀』に記事を欠いている。その時期について語るのは、『公卿補任』と『万葉集』であるが、いささか問題をはらんでいる。

『公卿補任』の表記

『公卿補任』には、天平二年条に、「正三位大伴宿禰《すくね》旅人十月一日任大納言。改名淡等。元中納言」とあり、また続けて辞職した官として「中納言　正三位大伴宿禰旅人十月一日任大納言。労十三年」（「一日」は三条西実隆本）とある。ところが、天平三年条は次のように記されているのである。

従二位大伴宿禰旅人　正月七日従二位。七月一日薨（或本廿五日。中納言十三年）。労二年。〔難波朝右大臣長徳之孫。大納言正三位安麿第一子也。一本右大臣御行孫云々。養老二年三月三日任中納言。不経参議。三年正月七日正四位下。五年正月七日従三位。神亀元年二月正三位。天平二年十一月一日任大納言。三年正月従二位。七月一日薨〕

〔　〕内は九条公爵家所蔵本の記載であるが、大納言任官を天平二年（七三〇）十一月一日とする。同じ『公卿補任』の中で一ヵ月のずれが存するのである。

『万葉集』の題詞

一方、『万葉集』では、巻十七巻頭の題詞に次のようにある。

> 天平二年庚午の冬十一月、大宰帥大伴卿、大納言に任ぜられ帥を兼ぬること旧のごとし、京に上る時に、傔従等別に海路を取りて京に入る。ここに羈旅を悲傷し、各所心を陳べて作る歌十首

旅人の転任の折、従者たちが別の船で上京した時の、旅の辛さを悲傷する歌だという。「家持歌日誌」と言われる末四巻は、そうした歌々から始まるのである。

この「天平二年庚午の冬十一月」は、『公卿補任』の天平三年の方の記述と一致するが、文脈的には、「被任大納言兼帥如旧」にかかるとも、「上京」にまでかかるとも見うる。しかし実際に旅人が帰京するのは、先に見た憶良の「敢えて私の懐を布ぶる歌三首」の日付十二月六日からも、またこれから見る歌（巻三・四四六、巻六・九六五）の題詞からも、十二月に入ってからのこととしてよい。したがって、巻十七の「冬十一月」は、「任大納言」の時期を述べたものと見られよう（「傔従等」が十一月に先発しているとする注が多いが、必ずしもそう捉えなくてよいはずである）。総合して、任官自体は十一月一日、通知のタイムラグや準備で、出発が十二月になったと考えておきたい。

旅人の大納言任官は、この年の九月八日に大納言多治比池守《たじひのいけもり》が薨去しているので、形のうえではその補充の人事と見られる。当時、大臣はおらず、上には知太政官事の舎人《とねり》親王、知五衛及授刀舎人事の新田部《にいたべ》親王があるばかりで、人臣としては大納言藤原武智麻呂《ふじわらのむちまろ》と並んで最高位であるから、栄転と見てよいだろう。

大納言へ栄転

これより先、天平二年六月に、旅人は脚に瘡ができて、上奏して庶弟稲公《いなきみ》と甥胡麻呂《こまろ》とを呼び寄せ、遺言を託そうとしている。幸い、数十日で回復し、二人が京に戻る際、夷守《ひなもり》の駅家まで、大伴百代《ももよ》と山口若麻呂《やまぐちのわかまろ》（大宰少典）らが見送った時の歌が残り（巻四・三六六～七）、そこに長男家持《やかもち》の名も見える。七月八日には、七夕の宴も帥邸で開かれて憶良の歌があるので（巻八・一五二三～六）、この頃には体調も十分であっただろう。ただ老齢で僻遠の地で重病に陥ったことが、帰京を許されることに繫がったとも考えられる。

帰京の原因

あるいは天平二年に天文・気象の異変が続いたことが遠因かもしれない。三月十六日に熒惑《けいわく》（火星）が昼に現われる。六月末には繰り返し神祇官に落雷があり、死者も出て、閏六月には、特に新田部親王に勅して神祇官で占をさせ、畿内・七道の諸社に奉幣させている。この夏は旱《ひでり》でもあった。八月七日には太白《たいはく》（金星）が大微（星垣の一つ。しし座の一部）に入った。九月には日食、十一月七日には雷雨・大風で木が折れ、建物が壊れた。

天平二年の天変地異

熒惑や太白の動きは占経によれば謀反・政変の前兆であるという。冬十一月の雷も異変である。奈良時代は、天が善政には瑞兆、悪政には異変をもって報いるという「天人相関思想」が喧伝された時期である。前年の天平改元も「天王貴平知百年」という文字を甲羅に記した亀の出現を契機に行われたが、それとともに藤原光明子《こうみようし》を皇后にしたのは、長屋王《ながやおう》抹殺と一連の、藤原氏の策動であった。天平二年に入り、度重なる異変によって、藤原氏の側が他氏族との融和に動いた可能性もあろう。

新羅関係が小康状態に

また二年九月二十八日には、「諸国の防人を停む」という命令が出ている。翌日に京・諸国に盗賊が横行しているのを厳重に捕縛せよ等々の詔も出されているので、民情の悪化を慮ってのことかとも見られるが、対新羅関係がいったん小康状態となった徴と考えることもできよう。大宰帥《だざいのそち》は遥任でよく、中央に人材が必要とされたのかもしれない。

集団詠の示すリスク

併せて、大宰府の官人たちを結集して「梅花の歌」を為したのも、政治的に意味が無かったとは言えない。九州を地盤に力を集めれば、後の藤原広嗣《ひろつぐ》の乱（天平十二年、大宰大弐だった広嗣が挙兵）のような動員もありうる。大宰府に長く旅人を置くことのリスクも、中央の側では考えられたかもしれない。前年に藤原房前《ふささき》に琴と書簡を送って誼《よしみ》を通じて

予餞の宴の歌

おいたことも、効果があっただろう。

ともあれ、条件が整って、旅人は帰京を果たした。その際の歌は、『万葉集』の各巻に散在する。巻四には、蘆城駅家《あしきのえきか》で開かれた大宰府の官人たちによる予餞の宴の歌が載る。蘆城は大宰府の東南、約四キロの地。最初は筑前国の掾、門部石足《かどべのいそたり》の歌である。「梅花の歌」にも「筑前丞門氏石足」と名が見える。

岬回《み》の 荒磯《ありそ》に寄する 五百重《いほへ》波 立ちても居ても 我が思へる君（五六八）

（岬の周りの荒磯に寄せる波が繰り返し立つ、ではないけれど、立っても座っても繰り返し思われる貴方様よ）

次に、大宰大典、麻田陽春《あさだのやす》の歌二首。陽春は渡来人で、もと答本《たほの》陽春と言った。『懐《かい》風藻《ふうそう》』に詩一首を残す。「梅花の歌」には名が見えず、旅人帰京後、客死した肥後国の青年、大伴君熊凝《くまこり》を悼む歌二首（巻五・八八四〜五）を残している。送別の歌は以下の通り。

韓人《からひと》の 衣染《ころもそ》むといふ 紫の 心に染《し》みて 思ほゆるかも（五六九）

（韓人が衣を染めるという紫の色のように、心に染み入って貴方のことが思われますよ）

大和辺に 君が立つ日の 近付けば 野に立つ鹿も とよめてぞ鳴く（五七〇）

（大和の方に貴方が出立する日が近づいたので、野山に立つ鹿も声を立てて鳴いています）

最後は、何度も名前の出て来た防人佑、大伴四綱《よつな》の歌である。

月夜《つくよ》良し 川の音清し いざここに 行くも行かぬも 遊びて行かむ（五七一）

（月夜も美しく、川の音も清らかです。さあここで、旅立つ者も残る者もともに遊んでゆきましょう）

下級官人中心の送別

歌っているのは、いずれも七位～八位程度の下級官人であり、憶良など五位以上の官人たちは顔を見せない。下級官人たちを中心とする送別会だったのだろうか。なおこの宴を出立の際とする説（『新考』）もあるが、蘆城が都とは逆方向であり、五七〇歌に「君が立つ日の近付けば」とあることからして、通説どおり予餞と見るべきであろう。鹿鳴や月夜が歌われることによれば、まだ冬の浅い頃に開かれたのではあるまいか。

出立の当日

出立当日、旅人を見送る歌は、巻六に収められている。

冬十二月、大宰帥大伴卿、京に上る時に娘子《おとめ》が作る歌二首

おほならば かもかもせむを 恐《かしこ》みと 振りたき袖を 忍びてあるかも（巻六・九六五）

（普通ならばあれこれもしましょうが、畏れ多い方なので、袖を振りたくても我慢しております）

大和道は 雲隠りたり 然れども 我が振る袖を なめしと思ふな（九六六）

（大和へゆく道は雲に隠れています。それでも私は袖を振って見送ります。無礼だと思わないで下さい）

左注によれば、途中、水城《みずき》に登って、旅人は馬を駐めて、大宰府の方を振り返った。

水　城　跡（中央を縦に伸びる）

水城は天智《てんじ》朝に作られた堀を中心とした土塁で、今も痕跡を留めている。大宰府政庁から北西約二キロ、大宰府の見納めの地である。そこで児島という名の遊行女婦《あそびめ》が歌ったのが上掲の二首である。遊行女婦は、後の遊女に当たるが、宴席などで貴人の傍らに侍って接待することを生業としたようである。家持の越中守時代、「土師《はにし》」「蒲生《かまふ》」といった名の遊行女婦が宴で歌を披露している。中には、赴任してきた官人と深い仲になるケースもあった（家持「史生尾張少咋《おぐい》に教え喩す歌」巻十八・四一〇六〜九）と見えるが、近世の遊女のように売春を主としていたわけではない。

娘子からの送別

児島は、大宰府での旅人の宴席にたびたび侍って、馴染みになっていたのであろう。水城で、大和へ向かう旅人を見送る歌を歌う。袖を振るのは、佐用姫の領巾振りと同じく、離れている、あるいは離れゆく人に向かって、自分の存在と、相手を思う気持とを表示する動作である。ただし、第一首は、新たに大納言にまでなろうとする旅人と、遊行女婦にすぎない自分との差を慮って、振りたい袖も我慢しているという。ついで第二首は、それでも旅人が遠い大和道へと旅立って行ったら、堪え切れずに、雲のかなたに消えてゆこうとするまで袖を振ってしまうだろう。それを無礼とは思わないで下さい、と願う。

旅人の涙

旅人も二首の歌をもって答えている。

大和道の 吉備の児島を 過ぎて行かば 筑紫の児島 思ほえむかも（九六七）

（大和へ向かう道で吉備の児島を通過したら、筑紫の児島のことが思われるだろうなあ）

ますらをと 思へる我や 水茎《みづくき》の 水城の上に 涙拭《のご》はむ（九六八）

（立派な男と思っている自分だが、〈水茎の〉水城の上で涙を拭うことになろうとは）

第一首は、児島第二首の「大和道」を受けて、途中の児島（現在は岡山県倉敷市）にさしかかったら、その地名に君のことを思い出すだろうという。道中の淋しさを思うのである。そして第二首は、例の「〔斯くや嘆かむ〕という語法」。馴染みの人たちの暖かさを思えば、今ここでも涙が出て来る。「ますらを」は武勇に優れた男子を言う。少々の苦労ではめげない男と自任していても、情けないことにこの別れには涙を禁じ得ないと歌う。

こうして旅人は都へと旅立って行った。その道中、そして家に戻っての旅人の歌については次節に譲るが、残された大宰府の人々の嘆きは、なお巻四に残されている。

まそ鏡 見飽かぬ君に 後れてや 朝夕《あしたゆふへ》に さびつつ居らむ（五七二）

（澄んだ鏡のように見ても見飽きない貴方に、後に残されて、朝に晩に、寂しがっていなければならないのか）

ぬばたまの 黒髪変はり 白けても 痛き恋には あふ時ありけり（五七三）

（〈ぬばたまの〉黒髪が白髪に変わっても、痛切な恋に出会うこともあるのだったなあ）

この二首は、造観世音寺別当、満誓（笠沙弥）が、旅人が出立した後、追いかけるように贈ったもの。第一首はこれまた「〔斯くや嘆かむ〕という語法」で、旅人の居ない生活の物足りなさを訴えている。第二首は、老年になってこんな恋しい思いをするなんて思いも寄らなかった、の意であるが、僧侶ゆえ剃髪しているはずなのに、髪を云々しているところにユーモアを含めているのではあるまいか。「梅花の歌」でも満誓は、「折りかざし飲みての後は散りぬともよし」などと歌っていた。「筑紫の綿」に女性を匂わせたらしいのも（第三の一）、洒脱な人柄を表わすだろう。いや満誓が、九州に来てから寺の家女（賤女）に通じ、生まれた子の子孫が良民としての扱いをされたいと願い出て許された（『日本三代実録』貞観元年〈八五九〉三月）などという逸話からすれば、俗気の抜けない生臭坊主と評すべきであろうか。そういう目で見ると、「痛き恋にはあふ時ありけり」も味わい深いものがある。

別れと不安

旅人は、やはり二首をもって答えている。ただし満誓の恋歌仕立てには取り合わず、後ろ髪を引かれる思いと、旅中の不安とを歌う。

ここにありて 筑紫やいづち 白雲の たなびく山の 方にしあるらし（五七四）
（ここまで来て、さて筑紫はどっちだろう。白雲のたなびく山の方角らしい）

草香江の 入江にあさる 葦鶴の あなたづたづし 友なしにして（五七五）
（草香江の入江で餌を取る葦鶴ではないが、ああたづたづしい〈心もとない〉、僚友が居ないと）

「白雲」は、「国見的望郷歌・恋歌」の素材（第四の五参照）。筑紫を遠く離れて、もう方向さえおぼつかなくなったことを言う。「草香江」は、生駒山の麓にあった広大な入江で、そこから山を越えればもう大和である。そこまで来ても、頼りない思いは変わらない。餞宴では「龍田山御馬近づかば忘らしなむか」などと歌われたのだが、やはり筑紫の「友」は都が近づいても忘れられないと歌うのであろう。

葛井大成の歌

巻四には、もう一首、「大宰師大伴卿の京に上りし後に、筑後守葛井連《ふじい》大成《おおなり》が悲嘆して作る歌一首」が載せられている。

今よりは 城山《きやま》の道は さぶしけむ 我が通はむと 思ひしものを (五七六)

(これからは城山の道は寂しく思われるだろう。自分は通い続けようと思っていたのに)

葛井大成は、「梅花の歌」の中にも、「筑後守葛井大夫」として現われる。「城山」は、旅人の妻大伴郎女《いらつめ》の弔問に勅使が来た時、直会《なおらい》のために登った、山城の築かれている山である(第二の二)。筑後から大宰府に通ずる道近くにあった。旅人に逢うのが楽しみで、ずっとそこをうきうきと通えるものだと思っていたが、これからは寂しい思いで通らなければならないだろう、と嘆くのである。旅人を中心とする、大宰府の文雅の場が、地方官たちにとって、京への思いを慰めるよすがとなっていたことが、このような歌にも窺われよう。

三　帰京と亡妻挽歌

待望の帰京

大伴旅人は、大宰府で、「冬の日に雪を見て京を憶う歌」を残している（年次不明）。

沫雪の ほどろほどろに 降り敷けば 平城《なら》の京《みやこ》し 念ほゆるかも（巻八・一六三九）

（沫雪がうっすらまだらに降り敷くと奈良の都が思い起こされるなあ）

旅人にとって、帰る場所はやはり平城京しか無かった。中国の貴族官僚が、志を得ない時、帰って生を養ったような田園を、万葉びとは持たない（第三の一）。まして旅人は、皇室の藩屏を自任してきた大伴氏の氏上である。大納言に栄転しての帰京が待望されていなかったはずはない。しかしその旅程での歌は、むしろ憂愁に満ちている。

坂上郎女は先に帰京

旅人の異母妹、大伴坂上郎女《さかのうえのいらつめ》は、大宰府に下ってきていた。おそらく旅人の妻、大伴郎女が神亀五年（七二八）晩春の頃に亡くなった後のことで、佐保大納言家の主婦（家刀自）として、旅人の身辺や、母を失った家持たちの世話にあたっていたものと思われる。坂上郎女自身、夫である異母兄宿奈麻呂《すくなまろ》をすでに亡くしていたらしい（第二の三）。大宰府で、大伴百代と交わした相聞歌《そうもんか》らしきものもある（巻四・五六三～四）。その坂上郎女は、旅人に先だって都に戻った（「冬十一月、大伴坂上郎女、帥の家を発ちて道に上り、筑前国の宗像郡の名を名児山というを越ゆる時に作る歌」巻六・九六三）。同じ旅で、「同じ坂上郎女、京に向かう海路にして、浜の貝を見て作る歌」（同・九六四）も作っているので、基本的に船の旅であったことがわかる。巻十七巻頭の旅人の「傔従等」の歌の題にも、「別に海路を取りて京に入る」とあって、やはり船旅であった。

妻の居ない帰路を嘆く

旅人が京に戻る行程も同様に船旅であり、それは来た道を帰ることでもあった。そして異なるのは、行きは妻と二人だったのが、帰りには一人になってしまったことである。それを嘆く歌々は、巻三に収められている。ただしその配列にはやや問題がある。

配列の年次の齟齬

「神亀五年戊辰、大宰帥大伴卿、故人を思ひ恋ふる歌三首」の第一首、左注に「別れ去にて数旬を経て作る歌」とある

愛《うつく》しき人のまきてししきたへの我が手枕《たまくら》をまく人あらめや（四三八）

はすでに見た（第二の二）。それは確かに神亀五年の歌である。しかし次の二首は左注に「京に向かう時に臨近《ちか》づきて作る歌」とあり、「京に向かう」が大納言になっての転任を意味するとすれば、天平二年のこととせねばならない。ならば長屋王やその子膳夫王《かしわでおう》を悼む（四四一～二）神亀六年（天平元年）の歌より後に配列されて然るべきである。実際、

京に向かう途次の歌は、「天平二年庚午の冬十二月、大宰帥大伴卿、京に向かいて道に上る時に作る歌」と題されて、天平元年（七二九）の歌の次に並べられているのである。

一度帰京したか

「京に向かう時に臨近づきて作る歌」二首の配置から、神亀五年に旅人がいったん京に戻る機会があったのだとする説もある（村瀬憲夫「『日本挽歌』試考」『名古屋大学文学部研究論集』一二二）。事実として、それはありえないことではない。しかし歌の内容は、それに相応しいとは言えない。

帰るべく 時はなりけり 都にて 誰が手本をか 我が枕かむ（四三九）

（帰るべき時はやってきた。しかし都で、誰の袂を私は枕にしたらよいのか）

都なる 荒れたる家に ひとり寝ば 旅にまさりて 苦しかるべし（四四〇）

（都の荒れた家に一人で寝たならば、旅よりもなお苦しいに違いない）

第一首の「帰るべく時はなりけり」は、ようやく到来した帰京の時を表わすだろう。神亀五年では、大宰府に来たばかりで、しかも上京してまた都から戻らねばならない。やはり二年半を大宰府で過ごして二度と戻らない、天平二年の帰京と考える方が相応しい。

編者の意図

だとすれば、天平二年作の二首を神亀五年の箇所に置いたのは、編者の仕業ということになる。神亀五年の一首と天平二年の歌々は、もとの資料で連続していたのを、編者が年次によって分け、その際、神亀五年の方に、天平二年の「京に向かう時に臨近づきて作る歌」二首を含めたのである。きわめて異例のことと言わねばならない。

妻を偲ぶ歌の繋がり

それにはやはり、理由があるのだろう。一つには、大宰府での歌は一まとめにしたことが考えられる。「京に向かう時に臨近づきて」は無論、出立前である。しかしそれだけではあるまい。四三八歌と四三九歌とを見比べると、「枕く」の主語が妻と自分とで異なるけれども、共寝を歌うことで二首が共通していることに気づかれる。二年半を経て、やっと帰京できるとなった時、二年半前の思いが蘇るのである。そして都の荒れ果てた家で一人寝をすれば、旅よりもなお侘しく苦しいに違いない（四四〇）。憶良が「家に行きていかにか我がせむ。枕づくつま屋さぶしく思ほゆべしも」（七九五）と歌った通りである（第二の五）。編者は、その三首の繋がりを、年次で分けることで断ち切るに忍びなかったのではないか。あえて題詞の年次と作歌の年とを齟齬させている理由を、右のように考えておきたい。

鞆の浦での歌

年次を改めて綴られる旅中の歌は、鞆《とも》の浦での三首と敏馬《みぬめ》での二首に分かれる。

我妹子が 見し鞆の浦の むろの木は 常世《とこよ》にあれど 見し人そなき（四四六）

（愛しい人が見た鞆の浦のむろの木は常世のもののように今もあるけれど、見たその人はもういない）

鞆の浦の 磯のむろの木 見むごとに 相見し妹は 忘らえめやも（四四七）

（鞆の浦の磯に生えるむろの木を見るたびに、ともに見た妻のことは忘れられようか、いやそのたびに記憶に蘇ってくる）

磯の上に 根延《ねば》ふむろの木 見し人を いづらと問はば 語り告げむか（四四八）

（磯の上に根を張るむろの木よ、お前を見た人を、今どこにいるかと尋ねたら、教えてくれるだろうか）

鞆の浦は、現在の福山市内。瀬戸内航路の潮待ちの港として、古代から重要であった。そこでの三首は、いずれも「むろの木」を素材とする。四四六歌に原文「天木香樹」と書かれるその木が、今の何に当たるかは諸説あって定まらないが、歌からすれば、磯に根を張り、年を経て巨樹になる植物である。そうした木には霊力があって、枝を髪に挿し、また単にそれを見ることでも、その霊力が身に付くと信じられた。しかし、挽歌では、その信仰が空しかったと歌われるのが常である。年を経た「むろの木」は変わらずにあるが、それを見た人はもうこの世に居ない。しかし霊木であれば、故人がこの世からどこへ去ったかを知っているかもしれない。それを問いかけてみるのが四四八歌である。そこには、憶良「日本挽歌」（七九四）の「石木をも問ひ放けしらず」が投影してい

鞆　の　浦（福山観光コンベンション協会提供）

敏馬神社

るかもしれない。

敏馬での歌

妹と来し 敏馬《みぬめ》の崎を 帰るさに ひとりし見れば 涙ぐましも（四四九）

（行きに愛しい人と来た敏馬の崎を、帰りには一人で見ると、涙が出て来るよ）

行くさには 二人我が見し この崎を ひとり過ぐれば 心悲しも 一に云う「見もさかず来ぬ」（四五〇）

（行きには私たち二人で見たこの敏馬の崎を一人で通過するので心悲しいことよ〈異伝では「遠望もしないで来た」〉）

敏馬は現在の神戸市灘区。海岸近くの高台に、今も式内社敏馬神社が祀られている。難波津から出航してまず目標としたのが敏馬の崎であった。帰る時には、夷《ひな》の地から畿内に戻って来たことを実感する岬であっただろう。そこでも旅人は、往路と帰路との相違を繰り返し嘆いている。「一に云う」は異伝注記で、旅人による末句の別案と思われる。それでは、悲しみのあまり、敏馬の崎から目を背けて通過してきたと歌う。

自邸に戻る

旅の歌の後に、「故郷の家に還り入りて、即ち作る歌三首」が置かれている。

人もなき 空しき家は 草枕 旅にまさりて 苦しかりけり（四五一）

（人の居ない、がらんとした家は、〈草枕〉旅よりもっと苦しいものだったなあ）

妹として 二人作りし 我が山斎《しま》は 木高く繁く なりにけるかも（四五二）

（愛しい人と二人で作った我が家の庭は、木も高く、茂った様子になったなあ）

我妹子が 植ゑし梅の木 見るごとに 心むせつつ 涙し流る（四五三）

（我が妻が植えた梅の木を見るたびに、心がつまって、涙が流れる）

題詞の「故郷の家」とは、奈良の佐保の自邸である。そこに戻って、まず襲ってきたのは、空虚感だった。居るべき人の不在は、「故郷」にありながら、旅よりもなお苦しく感じさせる。しかしそれは、「旅にまさりて苦しかるべし」（四四〇）と、出立前に予想していたことであった。ついで、家のそこかしこに残る妻の記憶が旅人を苛《さいな》む。「山斎」は、中国では山中に作った書斎で隠遁の場であったが、日本では、築山と池とで構成された庭園を表わし、その形状からシマと呼ばれた（芳賀紀雄「詩と歌の接点―大伴旅人の表記・表現をめぐって―」『萬葉集における中国文学の受容』）。そこは赴任前、妻と二人で手を入れた場所であったが、吉田宜《よしだのよろし》が「奈良道なる山斎の木立も神さびにけり」（八六七、第四の五）と歌ったそのままに、様子を変えていたのだった。鞆の浦のむろの木はその永久性によって妻と対照的であったが、「山斎」はその伸び行くさまが、病に衰えて亡くなった妻と対照される。その庭の中に、妻の植えた梅があった。妻が触れたことで形見となった

『万葉集』の連作

梅が目に入るたびに、心は詰まり、涙が止められない。「見るごとに」は鞆の浦での第一首に、「涙し流る」は敏馬作歌の第一首に似る。

伊藤左千夫は、鞆の浦の三首を、『万葉集』唯一の「連作」であると述べた（「再び連作の趣味を論ず」）。それは、左千夫の師、正岡子規が晩年、松に露がかかった情景などを短歌十首で隈なく歌った形式を念頭に置いたものである。鞆の浦の三首が繰り返し、むろの木を歌うのは、気の済むまで、好きなように歌い続け、重複も厭わない歌人旅人の特徴に拠るのだろう。しかし亡妻挽歌《ばんか》計十一首の中に、最初の二首が、二年半を隔てて共寝で呼応すること、四四〇歌と四五一歌とが、出立前の予想と到着後の結果が悲しく一致することなど、ただ恣意的に歌った結果とは思えない関係が認められる。そこには、かの「酒を讃むる歌」（第三の二）にも似た構成意識が窺えるのではなかろうか。それは左千夫が言うのとは異なる性格の「連作」と捉えられる。そしてそれは、潘岳・人麻呂・憶良と続く亡妻挽歌の伝統に連なることであった（第二の五）。長男家持が、若い頃に妻を亡くした際、時を追って挽歌を歌い継いで行った（巻三・四六二～七四）のは、明らかに旅人の亡妻挽歌に倣っており、連作の方法が父子の間で継承されている（拙稿「結節点としての「亡妾悲傷歌」」）。家持もまたその列に並んだのである。

第六　大納言大伴旅人とその死

大宰帥としての施策

大伴旅人《おおとものたびと》が大宰帥《だざいのそち》在任中の『続日本紀』記事の中で、大宰府《だざいふ》関係のものとしては、天平元年（七二九）九月、大宰府に調綿十万屯を進上させたこと、同二年三月、大宰府から「大隅・薩摩の二国には班田したことが無く、有るのは全て墾田で、民は相承すること を願っている」として、口分田《くぶんでん》の班給からの除外を申請し、認められたことが挙げられる。後者は隼人《はやと》のいる地域の安定策で、旅人の功績と言えようか。隼人に関しては、これに先立つ天平元年六月、隼人が大極殿《だいごくでん》前で風俗の歌舞を天皇に奉って位禄を賜り、ついで同年七月、大隅の隼人が調物を貢《たてまつ》り、郡司を務める隼人らに外従五位下が授けられている。旅人の大宰帥在任中、対隼人関係は安定していたと言ってよいだろう。また前節に述べた防人停止（同二年九月二十八日）にも、大宰府の判断が働いていたはずである。大宰帥としての旅人は、まずまず善政を敷いたと言ってよいのではなかろうか。

従二位に昇叙

大納言になって間もない、天平三年正月二十七日、「正三位大伴宿禰《すくね》旅人に従二位を授く」、旅人は神亀元年（七二四）二月以来、七年ぶりに昇叙した。二年半、九州で暮らしたことが報われた形である。しかし藤原光明子《ふじわらのこうみょうし》が皇后となり、正三位大納言武智麻呂《むちまろ》、正三位中務卿・中衛大将房前《ふささき》、従三位式部卿宇合《うまかい》、従三位左右京大夫麻呂《まろ》らが居並ぶ藤原氏中心の政界で、旅人が活躍しうる余地は少なかっただろう。その後、旅人薨去までおよそ半年、『続日本紀』は、叙位・任官の記事の類でほぼ占められ、目新しいことは何も無い。

わずかに残る歌

この頃の歌として残るものもまたわずかである。

我が衣《ころも》 人にな着せそ 網引《あびき》する 難波壮士《なにはをとこ》の 手には触《ふ》るとも （巻四・五七七）

（私の衣を他人に着させないでおくれ。網を引く難波の男たちの手には触れても）

は、題詞に「大納言大伴卿、新しき袍を摂津大夫高安王に贈る歌」とある。高安王《たかやすおう》は長《なが》皇子（天武天皇皇子）の孫か（『本朝皇胤紹運録』）。当時従四位下。『万葉集』に歌三首が残る。巻十三・三〇九八歌は、左注に拠れば、紀皇女《きのひめみこ》（あるいは多紀《たき》皇女とも。ともに天武天皇皇女）が高安王と通じ、叱責された時の歌で、高安王は伊予守に左遷されたと伝える。ただし真偽は不明である。

歌は、形見に衣を贈る恋歌に擬したもので、諧謔《かいぎやく》を含んでいる。摂津大夫（摂津国は難波津を管掌するために特に摂津職を置き、長官を大夫とした）になって下る高安王に、難波の海で網を引く漁民には触られても構わないが、別の人に着させたりはしないでおくれ、と戯れたのである。「袍」は朝廷の公事の際に着る朝服の一番上に着る服。『全注』巻四は、高安王ら二位以下五位以上の諸王と、旅人ら二・三位の諸臣とは朝服の色が同じ「浅き紫」だと注意している。送別の際、取り置きの袍を、高安王に贈ったと考えるのである。

そして、旅人の最後の歌と思われるのが、「(天平)三年辛未、大納言大伴卿、奈良の家に在りて、故郷を思ふ歌二首」である。

しましくも 行きて見てしか 神なびの 淵は浅《あ》せにて 瀬にかなるらむ (巻六・九六九)

(しばらくでも行って見たいものだ。神なびの淵は浅くなって、瀬になっているだろうか)

指進乃 栗栖《くるす》の小野の 萩の花 散らむ時にし 行きて手向けむ (九七〇)

(指進乃 栗栖の小野に咲く萩の花が散る時に、行ってそれを手向けよう)

第二首に萩の花が歌われているので、七月二十五日(陽暦九月一日)の薨去にほど近い頃の作と知られる。亡妻挽歌群の最後に「故郷の家に還り入りて」とあるのは、平城京の佐保の家を指す。しかし妻の居ないそこは、すでに安住の場所ではなかった。その奈良の家にあって、さらに「故郷」として思われるのは、やはり飛鳥・藤原京の辺りである。大宰府で「奈良の都を思ほすや君」と問われた時、いったんは「奈良の都を見ずか

飛鳥の神なび

飛　鳥　川

なりなむ」と応じたものの、ついで吉野・飛鳥へと心を彷徨させて都には戻らなかった（第三の一）ことが思い合わされる。

「神なび」は神の降臨する地の意で、各地に存在するが、「飛鳥の神なび」は、その地のシンボルとして、奈良時代にも盛んに詠まれた。「神岳《かむおか》」とも呼ばれるそこが、飛鳥のどの丘かははっきりしないが、飛鳥川沿いにあったことは確かで、「神なびの淵」はその麓の飛鳥川にあった。大宰府では吉野について「夢のわだ瀬にはならずて淵にしありこそ」（三三五）と歌った旅人であったが、今は「淵は浅せにて瀬にかなるらむ」と歌っている。いかに「昨日の淵ぞ今日は瀬になる」（『古今和歌集』雑歌下）と、

「世の中は何か常なる」ことの代表とされた飛鳥川とはいえ、もうすっかり変わってしまっているだろうという推測には、旅人の諦念と悲哀とが表われているだろう。

九七〇歌の初句は難訓で、サシスキノ（旧訓）・サシグリノ（『私注』）・サシスミノ（『注釈』）など諸説あって定まらないが、「栗栖」にかかる枕詞であることは確実である。その「栗栖の小野」も所在未詳で、大和国忍海郡栗栖郷（現在の奈良県葛城市）とする説もあるが、題詞の「故郷を思う歌」からすれば、やはり飛鳥・藤原京地域の地名と見たい。そこに咲く萩の花が散る頃、行ってそれを折り取り、前歌に歌った飛鳥の神なびに手向けたいと言うのであろう。

かなわない願い

旅人の最後の願いは、かつての栄光の地を訪れることであった。しかしこの二首を歌う頃には、病臥して、それもかなわなかったようである。旅人の資人《しじん》（朝廷から賜る従者）、余明軍《よのみようぐん》は、旅人の没後、次のように歌っている。

かくのみにありけるものを萩の花咲きてありやと問ひし君はも（巻三・四五五）

（所詮こうなるだけだったのに、萩の花は咲いているか、と尋ねられた君よ、ああ）

旅人の九七〇歌を踏まえているのであろう。旅人はすでに自分で萩の開花を確かめることもできず、そしてその花を見ずに亡くなったものと思われる。

余明軍の挽歌

余明軍は、他に四首の挽歌を残している。

はしきやし栄えし君の いましせば昨日も今日も我《わ》を召さましを（四五四）

（ああ悲しいことよ。あれほど栄達された我が君がいらしゃったら、昨日も今日も、私をお召しになられただろうに）

君に恋ひ いたもすべなみ 葦鶴《あしたづ》の 音《ね》のみし泣かゆ 朝夕《あさよひ》にして（四五六）

（あの方が恋しくてどうしようもなく、葦辺の鶴のように声を出して泣けてばかりいる。朝も晩も）

遠長く仕へむものと思へりし君しまさねば 心利《こころど》もなし（四五七）

（遠く長くお仕えしようと思っていた方がいらっしゃらないので、しっかりした心も無い）

みどり子の 這《は》ひたもとほり朝夕に音のみそ我が泣く君なしにして（四五八）

（幼児のように這い回り、朝に晩に、声を出して泣いてばかりいる。我が君が居ないので）

明軍の歌は、先行する歌と類句関係にあることが多く、特に草壁《くさかべ》（日並）皇子に対する舎人《とねり》たちの挽歌（巻二・一七一〜九三）に倣った形跡が見える。しかし四五六歌の「葦鶴の」などは、旅人愛用の語（五七五、九六一。第二の二・第五の三参照）を用いたものであろう。これら明軍の挽歌の左注には、「犬馬の慕いに勝《あ》えずして、心の中に感緒《おも》いて作る歌」とある。動物が飼い主を慕うような気持に堪えず作ったという。大宰府での送別には、下級官人や遊行女婦の歌もあった（第五の二）。身分の低い者たちにも優しく気さくだった、旅人の人柄が窺われよう（坂本信幸「萩の花咲きてありや」『万葉歌解』参照）。

旅人に対する挽歌はもう一首ある。

見れど飽かず　いましし君が　もみち葉の　移りい行けば　悲しくもあるか（四五九）

（見ても見飽きないほど素晴らしい方が、もみじ葉のように姿を変えてこの世を去られたので、何と悲しいことか）

県犬養人上の挽歌

左注に「右の一首は、内礼正　県犬養宿禰《あがたのいぬかいのすくね》人上《ひとかみ》に勅して卿の病を検護《み》しむ。然れども医薬験なく、逝く水の留まらず。これによりて悲慟して、即ちこの歌を作る」とある。旅人の看病にあたっていた県犬養人上が、治療の甲斐無く、旅人が亡くなったことを悲しんで作ったことを言う。

「逝水不留」は、『論語』子罕篇の「子、川上に在りて曰く「逝く者は斯《か》くの如し。昼夜舎《や》めず」と」（孔子が川のほとりでおっしゃった。「行き去る者はみなこの川の流れのようなものだ。昼も夜も止まることが無い」と）に基づく、時を流水に譬え、人の死を暗示する常套句である。

一方、歌の「もみち葉の移りい行けば」は、柿本人麻呂が亡妻挽歌（巻二・二〇七）に「沖つ藻のなびきし妹は、もみち葉の過ぎてい去くと、玉梓の使ひの言へば」（「沖の藻のように靡き合って共寝した妻は、もみじ葉のようにこの世を去ってゆく」と〈玉梓の〉使いが言うので〉と歌うように、『万葉集』の挽歌の中で育てられてきた比喩であった。漢詩と和歌との両方に作品を持ち、さらには両者を組み合わせて新たな創作の世界を切り開いた、旅人を送るのに、この歌と左注とは相応しいもののように思われる。

おわりに

大伴旅人《おおとものたびと》が世を去った二年後の天平五年（七三三）、山上憶良《やまのうえのおくら》もまた病床にあった。藤《ふじ》原《わら》八束《のやつか》が使いをやって見舞わせると、憶良は病状を語った後しばらくして、涙を拭いながら次のように歌ったという（「沈痾の時の歌」）。

　士《をのこ》やも空しくあるべき万代に語り継ぐべき名は立てずして（巻六・九七八）

（男子たるもの、空しく時を過ごして良いものか。万代にわたって語り継がれる名を立てないままで）

憶良は結局、従五位下のままで終わったようである。和銅七年（七一四）正月以来、ほぼ二十年間昇叙無しである。それでも寒門山上氏に生まれ、大宝元年（七〇一）、四十二歳で遣唐少録に抜擢されるまで無位だった（『続日本紀』）憶良にとっては、破格の出世だったろう。しかしそれ以上の栄達は、門閥に阻まれて実現しえなかった。「士」とは、学問と徳行に優れた男子を表わす。そう呼ぶに相応しい努力を重ねてきたという自負心と、それに相応しい地位を得られないまま、空しく病臥する現状との差が、憶良に涙を流させるのである。

しかし「万代に語り継ぐべき名は立てずして」という嘆きを、山上憶良という名とともに、千三百年後の我々は現に聞き取っている。それは一つには、やはり憶良の学問と徳行の為せるわざである。当時十九歳の八束は、憶良に私淑していたのであろう。八束（真楯）は、その後の藤原北家隆盛の基を築いた優秀かつ公平な人物で、聖武《しょうむ》天皇の寵愛も深かったが、藤原仲麻呂《なかまろ》の妬みを憚って、病と称して籠居し、書を読みふけっていたという（『続日本紀』薨伝、天平神護二年〈七六六〉三月十二日）。憶良にはそのような名門の才子を引きつける力があった。

そして八束はその歌を記録して、親しい家持《やかもち》に贈ったと思われる。家持もまた、憶良には大いなる敬意を抱いていた。後年、憶良の「沈痾の時の歌」に「追和」して、「勇士の名を振るわむことを慕《ねが》う歌」（巻十九・四一六四〜五）を作っている。

ますらをは　名をし立つべし　後の代に　聞き継ぐ人も　語り継ぐがね（四一六五）

（立派な男子たるもの、名を立てねばならない。後代にその名を聞き継ぐ人が、また語り継ぐように）

憶良が「士」としての立名を歌うところを、家持は武人の名門大伴氏であるから、「勇士の名」と言い、それを表わす「ますらを」を用いる。しかし名門に生まれた者にはやはりそれなりの自負があって、越中守として夷《ひな》の地にあることに対する不遇感が、「名をし立つべし」の背後には存在するはずである。憶良の不遇の思いは、立場を超えて共有された。

旅人は名門の生まれで、しかも最後は従二位大納言という、諸臣として最高の地位を手に入れた。しかし見てきたように、生涯最後の三年間、少なくとも自意識のうえで、旅人は不遇であり、不幸であったろう。『続日本紀』に記されない、その三年間の旅人の苦悩と苦闘の跡を、『万葉集』は今に伝えている。

伝えたのが、大伴氏佐保大納言家を継ぐ、長男家持だったことは疑いない。しかしその家持の『万葉集』編纂の営為をも含んで、広く強く働いているのは、「文章の力」ではあるまいか。

蓋《けだ》し文章は経国の大業にして、不朽の盛事なり。年寿は時有りて尽き、栄楽は其の身に止まる。二者は必至の常期あり。未だ文章の無窮なるに若《し》かず。

（そもそも文章は国を治めるうえで重大な仕事であり、永久に朽ち果てることのない偉大な営みである。人間の寿命は然るべき時が来ると尽き、栄耀栄華もその身限りである。この二つはやがて尽きる限られた時期があり、文章が永久の生命を持つのに及ばない）

魏の文帝・曹丕の「典論論文」（『文選』巻五十二）の著名な一節である。皇帝の記した文ではあるが、文章は永久であるという宣言は、栄達による立名を果たせない不遇者を永く勇気づけた。旅人も憶良も、そして家持も、そうした時を超えて人を動かす「文章の力」を信じていたことが、その作品から窺われよう。『万葉集』に残る旅人の作品は、そうした「不遇者の文学」が、この日本にも生まれ、根づいたことを表わすと考えるのである。

大伴氏略系図

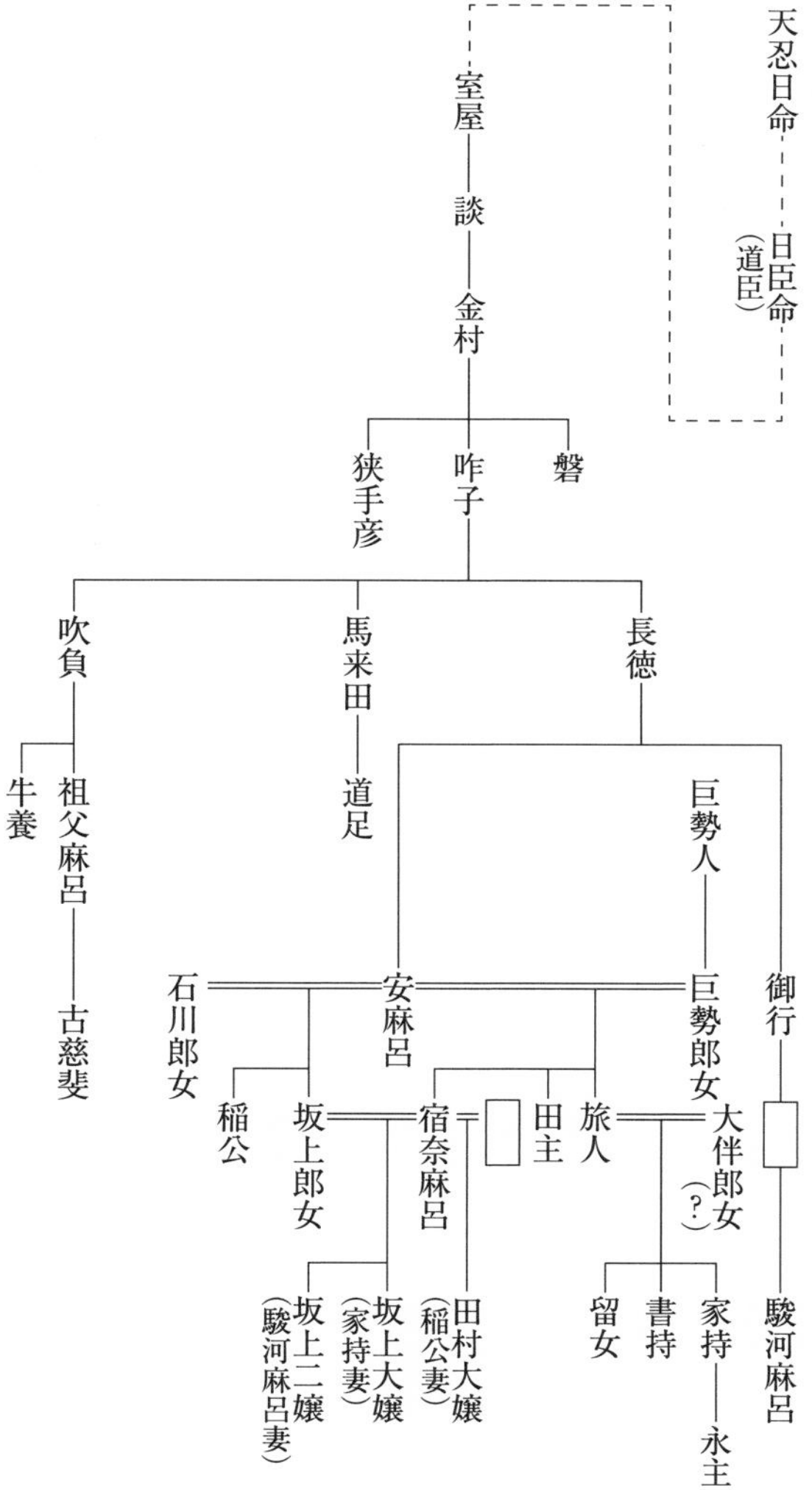
天忍日命
日臣命
（道臣）
室屋
談
金村
磐
咋子
狭手彦
長徳
馬来田
吹負
巨勢人
御行
道足
祖父麻呂
牛養
古慈斐
石川郎女
安麻呂
巨勢郎女
稲公
坂上郎女
宿奈麻呂
田主
旅人
大伴郎女
（?）
駿河麻呂
田村大嬢
（稲公妻）
坂上大嬢
（家持妻）
坂上二嬢
（駿河麻呂妻）
留女
書持
家持
永主

皇室・藤原氏・橘氏略系図

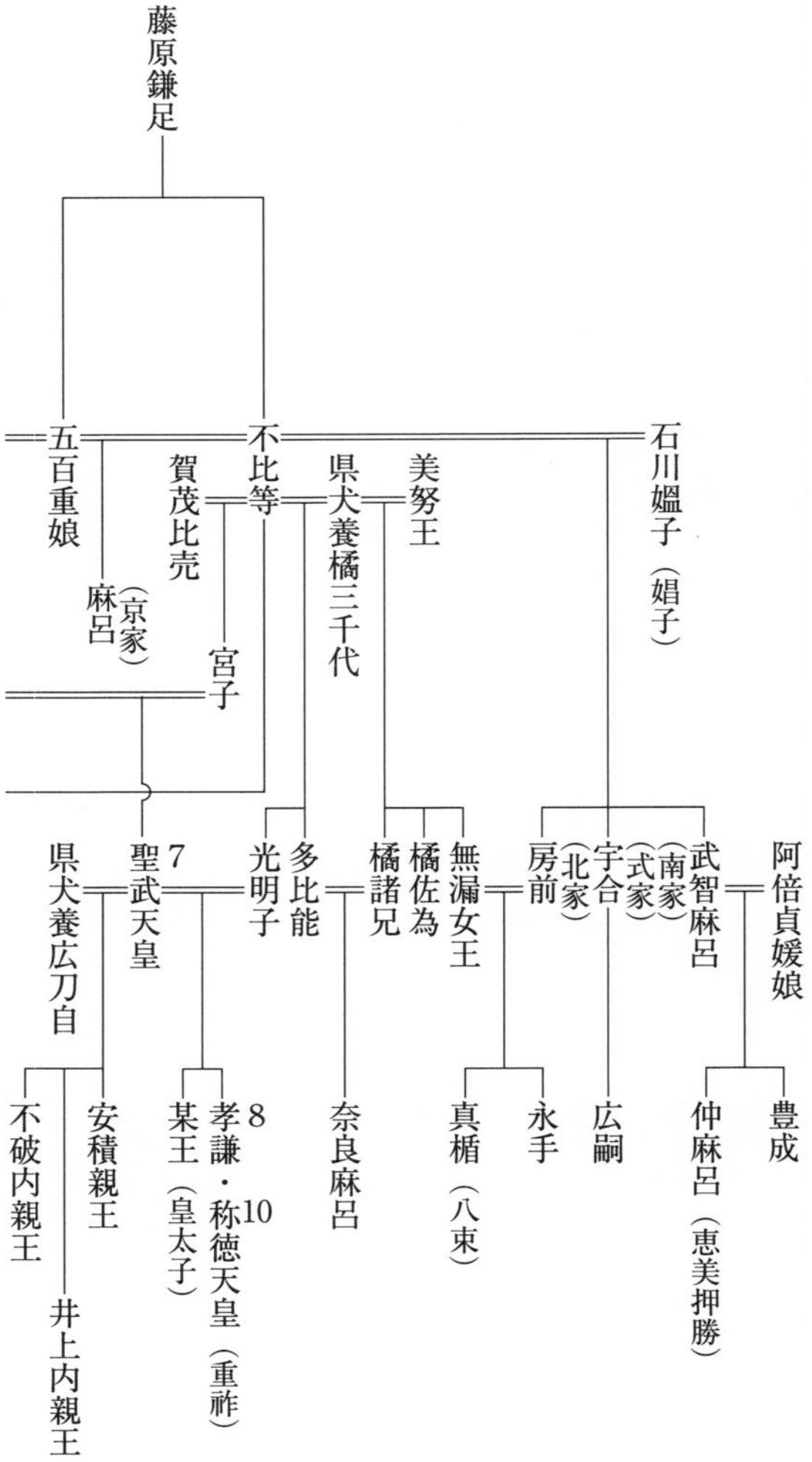
藤原鎌足
石川媼子（娼子）
不比等
五百重娘
麻呂（京家）
賀茂比売
宮子
県犬養橘三千代
美努王
阿倍貞媛娘
武智麻呂（南家）
宇合（式家）
房前（北家）
無漏女王
橘佐為
橘諸兄
多比能
光明子
7
聖武天皇
県犬養広刀自
豊成
仲麻呂（恵美押勝）
広嗣
永手
真楯（八束）
奈良麻呂
8
孝謙・称徳天皇（重祚）
10
某王（皇太子）
安積親王
井上内親王
不破内親王

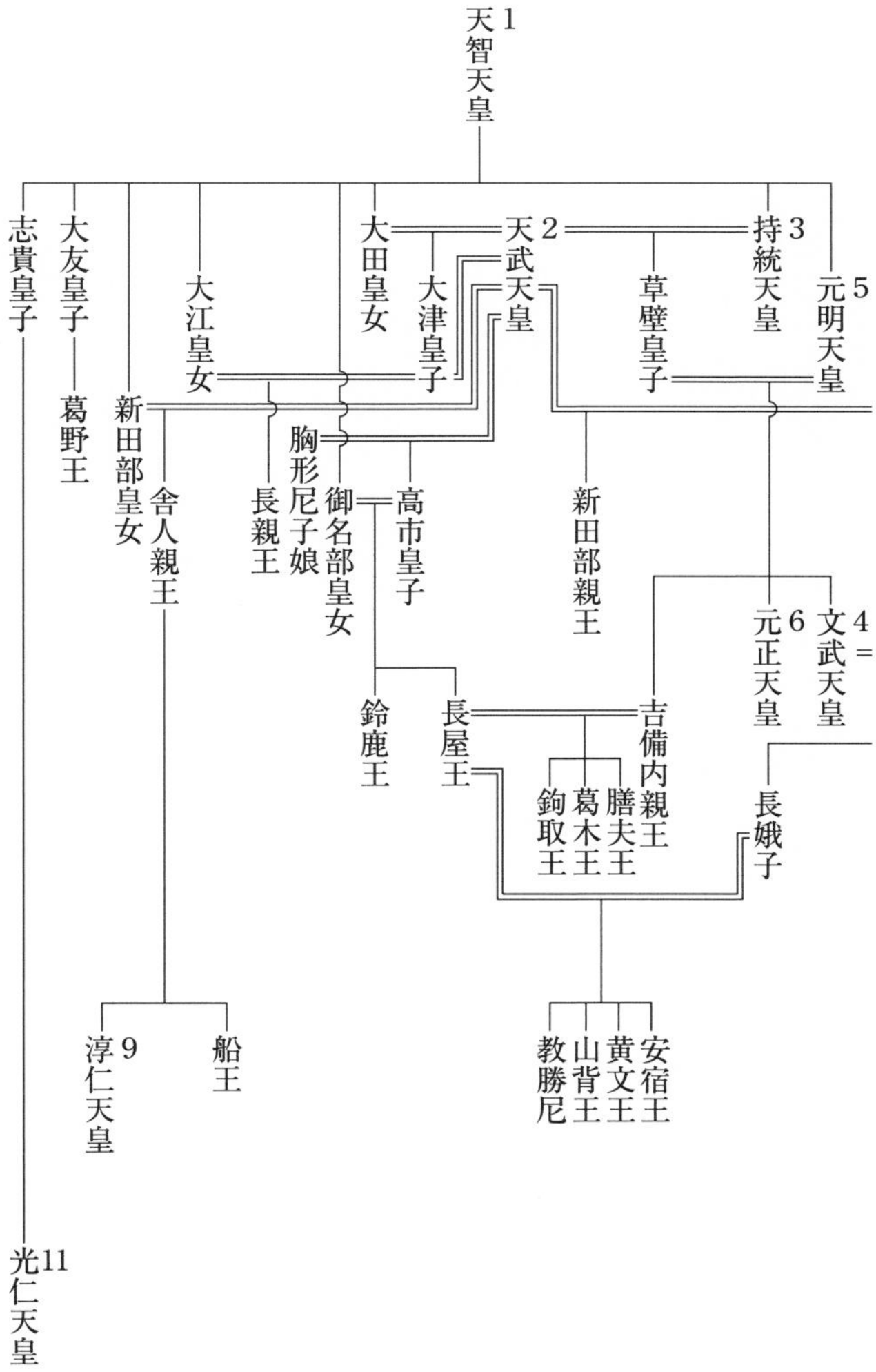
1 天智天皇
志貴皇子
大友皇子
葛野王
新田部皇女
舎人親王
大江皇女
長親王
御名部皇女
胸形尼子娘
大田皇女
大津皇子
2 天武天皇
高市皇子
新田部親王
草壁皇子
3 持統天皇
5 元明天皇
6 元正天皇
4 文武天皇
鈴鹿王
長屋王
吉備内親王
鉤取王
葛木王
膳夫王
長娥子
安宿王
黄文王
山背王
教勝尼
船王
9 淳仁天皇
11 光仁天皇

（注） 数字は即位順を示す。

略年譜

年次	西暦	年齢	事蹟	作品（括弧内の数字は『万葉集』の巻数と『国歌大観』番号）	参考事項
天智天皇称制四	六六五	一	誕生。父は大伴安麻呂、母は巨勢郎女		
天智天皇称制六	六六七	三			三月、近江大津宮に遷都
天智天皇七	六六八	四			正月、天智天皇即位○九月、高句麗滅亡
天智天皇一〇	六七一	七			一二月、天智天皇崩御
天武天皇元	六七二	八	壬申の乱。父安麻呂ら大伴氏一族が軍功を挙げる		この年、飛鳥浄御原宮を造営
天武天皇八	六七九	一五		天武天皇御製（1・二七）	五月、吉野行幸。天皇・皇后・六皇子の盟約
天武天皇一三	六八四	二〇	一二月、大伴連、宿禰姓を賜る		
天武天皇一四	六八五	二一	この頃、官人社会に入ったか		

年号	西暦	年齢	事項	一般事項
朱鳥 元	六八六	二二		九月、天武天皇崩御
持統天皇 四	六九〇	二六		正月、持統天皇即位
持統天皇 八	六九四	三〇		一二月、藤原に遷都
文武天皇 元	六九七	三三		八月、軽皇子に譲位（文武天皇）
大宝 元	七〇一	三七	正月、伯父大納言御行薨去	二月、新令により官名位号を制す○八月、大宝律令完成
大宝 二	七〇二	三八	五月、父安麻呂、参議朝政	六月、第七次遣唐使（山上憶良随行）出発○一二月、持統上皇崩御
慶雲 二	七〇五	四一	八月、父安麻呂、大納言○一一月大宰帥を兼任	
慶雲 四	七〇七	四三		六月、文武天皇崩御○七月、阿閉皇女即位（元明天皇）
和銅 三	七一〇	四六	正月、元日朝賀の日、正五位上で左将軍を務める	三月、平城に遷都
和銅 四	七一一	四七	四月、従四位下	

和銅七	七一四	五〇	五月、父大納言兼大将軍安麻呂薨去○一一月、新羅使入朝儀衛の際、左将軍を務める		
霊亀元	七一五	五一			九月、氷高内親王に譲位（元正天皇）
養老二	七一八	五四	三月、中納言○この年、長男家持誕生		
養老三	七一九	五五	正月、正四位下○九月、山背国摂官		
養老四	七二〇	五六	三月、征隼人持節大将軍○六月、勅使による慰問を受ける○七月、物を賜る○八月、藤原不比等の薨去により都へ召喚される○一〇月、贈官位の使となって不比等邸に赴く		二月、隼人、大隅国守を殺害○八月、右大臣藤原不比等薨去。長屋王、右大臣
養老五	七二一	五七	正月、従三位○三月、帯刀資人四人を賜る○一二月、元明上皇の営陵に携わる		一二月、元明上皇崩御
養老七	七二三	五九		笠金村の吉野讃歌（6・九〇七〜九一二）	五月、吉野宮行幸
神亀元	七二四	六〇	二月、正三位○三月、吉野行	「暮春の月、吉野の離宮に幸	二月、首皇太子に譲位

			幸に随行○七月、天武夫人大蕤比売の薨去に際し、第で詔を宣べる	す時に、中納言大伴卿、勅を奉わりて作る歌」（3・三一五～三一六）	（聖武天皇）。長屋王、左大臣○三月、吉野行幸
神亀　四	七二七	六三	大宰帥に任命。冬頃か		閏九月、某王誕生○一一月、立太子
神亀　五	七二八	六四	大宰府に赴任。二月頃か○妻大伴郎女死去。晩春か○初夏、勅使石上堅魚の弔問を受け、記夷城に望遊する○六月二三日、都からの訃報に報える○七月二一日、山上憶良から「日本挽歌」を献上される○一一月、香椎廟に参拝	石川足人との唱和（6・九五五～九五六）。「別れ去にて数旬を経て作る歌」（3・四三八）。石上堅魚との唱和（8・一四七二～一四七三）。「凶問に報うる歌」（5・七九三）。山上憶良「日本挽歌」（5・七九四～七九九）。「大宰の官人等、香椎の廟を拝みまつること訖わり、退り帰る時に、馬を香椎の浦に駐めて、各懐を述べて作る歌」（6・九五七～九五九）	九月一三日、皇太子某王薨去
天平　元	七二九	六五	七月、帥邸で七夕宴を開いたか○一〇月七日、房前に倭琴を贈る	多治比県守の遷任するに贈る歌（4・五五五）。「帥大伴卿の歌」（3・三三一～三三五）	二月、長屋王、謀反を密告され自尽○八月、天平に改元。藤原夫人（光明

天平　二	七三〇	六六	正月一三日、梅花宴を開く○四月六日、都の吉田宜に書簡を送る。「梅花歌」と「松浦河に遊ぶ」を付す○六月、脚に瘡を生じ、上奏して、遺言するために庶弟稲公、甥胡麻呂を呼び寄せる。数旬で回復○七月八日、帥邸で七夕の宴を開く○大納言に任官。一一月一日か○一二月、上京	も長屋王の変の直後か。山上憶良の七夕歌（8・一五二〇〜二二）。藤原房前との贈答（5・八一〇〜八一二）「梅花歌三十二首并せて序」（5・八一五〜八四六）。「員外故郷を思う歌」（八四七〜八四八）。「後に追和する梅の歌」（八四九〜八五二）。「松浦河に遊ぶ　并せて序」（5・八五三〜八六三）。大伴百代・山口若麻呂の駅使に贈る歌（4・五六六〜五六七）。山上憶良の七夕歌（8・一五二三〜一五二六）。七月一〇日付、吉田宜書簡（5・八六四〜八六七）。七月一一日付、山上憶良「憶良誠惶頓首謹啓」歌群（5・八六八〜八七〇）。蘆城駅家での下級官人たちの餞別歌（4・五六八〜	子）に皇后位を授ける

天平 三	七三一	六七	正月二七日、正三位から従二位に昇叙○夏頃、病臥か○七月二五日、薨去	五七一)。一二月六日付、松浦佐用姫歌群(5・八七一〜八七五)。「書殿に餞酒する日の倭歌」(八七六〜八七九)。山上憶良「敢えて私懐を布ぶる歌」(八八〇〜八八二)。「京に向かう時に臨近づきて作る歌」(3・四三九〜四四〇)。水城での筑紫娘子児嶋との贈答(6・九六五〜九六八)。上京後の沙弥満誓との贈答(4・五七二〜五七五)。「京に向かいて道に上る時に作る歌」(3・四四六〜四五〇)。「故郷の家に還り入りて、即ち作る歌」(3・四五一〜四五三) 高安王に袍を贈る歌(4・五七七)。「奈良の家に在りて、故郷を思う歌」(6・九六九〜九七〇)。資人余明軍、内

天平　五	七三三		山上憶良、この年、卒か	礼正県犬養人上による挽歌（3・四五四～四五九）山上憶良「沈痾自哀文」「老いたる身に病を重ね、年を経て辛苦み、児等を思ふに及ぶ歌」など（六月二三日付、5・八九七～九〇三）。「沈痾の時の歌」（6・九七八）

参考文献

一　『万葉集』注釈書・テキスト（刊行順。他書は凡例を参照のこと）

契　沖　『万葉代匠記』初稿本一六八七年、精撰本一六九〇年（『契沖全集』）
岩波書店　一九七三〜七五年など
荷田春満・信名　『万葉集童蒙抄』一七二五年（『荷田全集』）
吉川弘文館　一九二九〜三二年
賀茂真淵　『万葉考』一七六〇年（『賀茂真淵全集』）
続群書類従完成会　一九七七年
加藤千蔭　『万葉集略解』一七九六年
改　造　社　一九四一〜四二年など
鹿持雅澄　『万葉集古義』一八三九年
国書刊行会　一九一二〜一四年など
井上通泰　『万葉集新考』
歌文珍書保存会　一九一五〜二七年
折口信夫　『口訳万葉集』一九一六〜一七年（『折口信夫全集』四・五）
中央公論社　一九六六年
山田孝雄　『万葉集講義』
宝　文　館　一九二八〜三七年
窪田空穂　『万葉集評釈』
東　京　堂　一九四三〜五二年
武田祐吉　『増訂万葉集全註釈』
角川書店　一九五六〜五七年

土屋文明『万葉集私注』　筑摩書房　一九四九〜五六年
高木市之助・五味智英・大野晋『万葉集』一〜四（『日本古典文学大系』四〜七）　岩波書店　一九五七〜六二年
澤瀉久孝『万葉集注釈』　中央公論社　一九五七〜七七年
小島憲之・木下正俊・佐竹昭広『万葉集』一〜四（『日本古典文学全集』二〜五）　小学館　一九七一〜七五年
青木生子・井手至・伊藤博・清水克彦・橋本四郎『万葉集』一〜五（『新潮日本古典集成』）　新潮社　一九七六〜八四年
中西進『万葉集—全訳注原文付—』（『講談社文庫』一〜四・別巻）　講談社　一九七八〜八六年
伊藤博・稲岡耕二編『万葉集全注』　有斐閣　一九八三年〜
小島憲之・木下正俊・東野治之『万葉集』一〜四（『新編日本古典文学全集』六〜九）　小学館　一九九四〜九六年
稲岡耕二『万葉集』一〜四（『和歌文学大系』一〜四）　明治書院　一九九七〜二〇一五年
佐竹昭広・山田英雄・工藤力男・大谷雅夫・山崎福之『万葉集』一〜四（『新日本古典文学大系』一〜四）　岩波書店　一九九九〜二〇〇三年
阿蘇瑞枝『万葉集全歌講義』　笠間書院　二〇〇六〜一〇年

多田一臣『万葉集全解』筑摩書房　二〇〇九〜一〇年
佐竹昭広・山田英雄・工藤力男・大谷雅夫・山崎福之『万葉集』一〜五（『岩波文庫』）岩波書店　二〇一三〜一五年

二　著書（編著者五十音順）

青木生子『万葉挽歌論』塙書房　一九八四年
安藤信廣『聖武天皇宸翰『雑集』「周趙王集」研究』汲古書院　二〇一八年
伊藤　博『万葉集の構造と成立』上・下（『古代和歌史研究』一・二）塙書房　一九七四年
伊藤　博『万葉集の歌人と作品』下（『古代和歌史研究』四）塙書房　一九七五年
稲岡耕二『万葉表記論』塙書房　一九七六年
稲岡耕二『山上憶良』（『人物叢書』）吉川弘文館　二〇一〇年
稲岡耕二『人麻呂の工房』塙書房　二〇一一年
乾　善彦『漢字による日本語書記の史的研究』塙書房　二〇〇三年
乾　善彦『日本語書記用文体の成立基盤―表記体から文体へ―』塙書房　二〇一七年
井村哲夫『憶良と虫麻呂』桜楓社　一九七三年
井村哲夫『赤ら小船―万葉作家作品論―』和泉書院　一九八六年

井村哲夫『憶良・虫麻呂と天平歌壇』 翰林書房 一九九七年
大津透『日本古代史を学ぶ』 岩波書店 二〇〇九年
大津透『律令国家と隋唐文明』（『岩波新書』） 岩波書店 二〇二〇年
大久保廣行『筑紫文学圏論―大伴旅人・筑紫文学圏―』 笠間書院 一九九八年
小沢毅『日本古代宮都構造の研究』 青木書店 二〇〇三年
尾山篤二郎『大伴家持の研究』上 大八洲出版 一九四八年
勝浦令子『孝謙・称徳天皇』（『ミネルヴァ日本評伝選』） ミネルヴァ書房 二〇一四年
木本好信『大伴旅人・家持とその時代―大伴氏凋落の政治史的考察―』 桜楓社 一九九三年
胡志昂『奈良万葉と中国文学』 笠間書院 一九九七年
興膳宏編『六朝詩人伝』 大修館書店 二〇〇〇年
神野志隆光・坂本信幸編『セミナー万葉の歌人と作品』四 和泉書院 二〇〇〇年
小島憲之『上代日本文学と中国文学』上 塙書房 一九六二年
小島憲之『上代日本文学と中国文学』中 塙書房 一九六四年
佐藤美知子『万葉集と中国文学受容の世界』 塙書房 二〇〇二年
清水克彦『万葉論集』 桜楓社 一九七五年
清水克彦『万葉論集』第二 桜楓社 一九八〇年

菅野雅雄『大伴氏の伝承―旅人・家持への系譜―』 桜楓社 一九八八年
鈴木靖民『古代対外関係史の研究』 吉川弘文館 一九八五年
平舘英子『万葉歌の主題と意匠』 塙書房 一九九八年
瀧川政次郎『万葉律令考』 東京堂出版 一九七四年
高木市之助『大伴旅人・山上憶良』(『日本詩人選』四) 筑摩書房 一九七二年
高松寿夫『上代和歌史の研究』 新典社 二〇〇七年
辰巳正明『万葉集と中国文学』 笠間書院 一九八七年
辰巳正明『万葉集と中国文学』第二 笠間書院 一九九三年
鉄野昌弘『大伴家持「歌日誌」論考』 塙書房 二〇〇七年
土橋寛『古代歌謡と儀礼の研究』 岩波書店 一九六五年
土屋文明『旅人と憶良』 創元社 一九四二年
東京女子大学古代史研究会編『聖武天皇宸翰『雑集』「釈霊実集」研究』 汲古書院 二〇一〇年
中嶋真也『コレクション日本歌人選 大伴旅人』 笠間書院 二〇一二年
中西進『万葉集の比較文学的研究』 桜楓社 一九六二年
中西進『山上憶良』 河出書房新社 一九七三年
中西進『万葉と海彼』 角川書店 一九九〇年
中西進編『大伴旅人―人と作品―』 おうふう 一九九八年

芳賀紀雄『万葉集における中国文学の受容』塙書房 二〇〇三年
橋本達雄『大伴家持作品論攷』塙書房 一九八五年
林田正男『万葉集筑紫歌群の研究』桜楓社 一九八二年
林田正男『万葉集筑紫歌の論』桜楓社 一九八三年
原田貞義『読み歌の成立―大伴旅人と山上憶良―』翰林書房 二〇〇一年
廣川晶輝『山上憶良と大伴旅人の表現方法―和歌と漢文の一体化―』和泉書院 二〇一五年
平山城児『大伴旅人逍遥』笠間書院 一九九四年
古澤未知男『漢詩文引用より見た万葉集の研究』桜楓社 一九六六年
増尾伸一郎『万葉歌人と中国思想』吉川弘文館 一九九七年
村田正博『万葉の歌人とその表現』清文堂出版 二〇〇三年
村山出『大伴旅人・山上憶良』新典社 一九八三年
吉川真司『聖武天皇と仏都平城京』（『天皇の歴史』二）講談社 二〇一一年
米内幹夫『大伴旅人論』翰林書房 一九九三年

三 論文（著者五十音順）

池田三枝子「「大伴淡等謹状」―その政治性と文芸性―」（『上代文学』七二）一九九四年

伊藤博「家と旅」（『万葉集の表現と方法』下〈『古代和歌史研究』六〉）
塙書房　一九七六年（初出一九七三年）
伊藤益「無常と撥無」（『危機の神話か神話の危機か―古代文芸の思想―』）
筑波大学出版会　二〇〇七年（初出二〇〇四年）
稲岡耕二「大伴旅人・山上憶良」（全国大学国語国文学会編『講座日本文学』2・上代編Ⅱ）
三省堂　一九六八年
井上信正「大宰府条坊論」（『大宰府の研究』）
高志書院　二〇一八年
井村哲夫「報凶問歌と日本挽歌」（『赤ら小船―万葉作家作品論―』）
和泉書院　一九八六年（初出一九八六年）
井村哲夫「大宰帥大伴卿讃酒歌十三首」（『赤ら小船―万葉作家作品論―』）
和泉書院　一九八六年（初出一九七八年）
上野誠「書殿送別宴の歌」（『万葉文化論』）
ミネルヴァ書房　二〇一八年（初出二〇一〇年）
上野誠「讃酒歌の示す死生観」（『万葉文化論』）
ミネルヴァ書房　二〇一八年（初出二〇一六年）
上野誠「讃酒歌の酒」（『万葉文化論』）
ミネルヴァ書房　二〇一八年（初出二〇一七年）
内田賢徳「旅人の思想と憶良の思想」（神野志隆光・坂本信幸編『セミナー万葉の歌人と作品』
四）
和泉書院　二〇〇〇年

大浦誠士「万葉集巻三「大宰府望郷歌群」考―小野老歌・大伴四綱歌の機能―」（『専修国文』九八） 二〇一六年
大濱厳比古「巻五について考へる―旅人か憶良か―」（『新万葉考』大地 一九七九年（初出一九六六年）
荻原千鶴「大伴旅人考―〈領巾麾之嶺〉を中心に―付・九州風土記乙類の周辺―」（『上代文学』一一九） 二〇一七年
荻原千鶴「大伴旅人考―〈遊於松浦河〉〈龍の馬〉と『楚辞』―」（『万葉集研究』三七） 塙書房 二〇一七年
菊川恵三「相聞表現としての「夢」」（『美夫君志』六一） 二〇〇〇年
菊川恵三「梅花の宴試論―宴席歌・季節歌との比較から―」（『万葉集研究』三一） 塙書房 二〇一〇年
木下正俊「「斯くや嘆かむ」という語法」（『万葉集研究』七） 塙書房 一九七八年
興膳宏「遊宴詩序の演変」（『万葉集研究』二八） 塙書房 二〇〇六年
神野志隆光「「松浦河に遊ぶ歌」追和三首の趣向」（『柿本人麻呂研究』） 塙書房 一九九二年（初出一九八六年）
小島憲之「出典の問題」（『上代日本文学と中国文学』上） 塙書房 一九六二年
小島憲之「天平期に於ける万葉集の詩文」（『上代日本文学と中国文学』中）

小島憲之「遊仙窟の投げた影」（『上代日本文学と中国文学』中）塙書房 一九六四年（初出一九五四年）
小松（小川）靖彦「日本挽歌の反歌五首をめぐって」（上代文学研究会編『日本上代文学論集』）塙書房 一九六四年（初出一九五八年）
塙書房 一九九〇年
五味智英「大伴旅人序説」（『万葉集の作家と作品』）岩波書店 一九八二年（初出一九五四年）
五味智英「讃酒歌のなりたち」（『万葉集の作家と作品』）岩波書店 一九八二年（初出一九六九年）
小柳智一「「ずは」の語法―仮定条件句―」（『万葉』一八九）二〇〇四年
坂本信幸「萩の花咲きてありや」（『万葉歌解』）塙書房 二〇二〇年（初出一九九〇年）
坂本信幸「万葉集の楽し」（『万葉歌解』）塙書房 二〇二〇年（初出二〇一四年）
佐藤美知子「旅人の妻の死をめぐって」（『万葉集と中国文学受容の世界』）塙書房 二〇〇二年（初出一九七五年）
佐藤美知子「憶良の釈教的詩文」（『万葉集と中国文学受容の世界』）塙書房 二〇〇二年（初出一九八〇年）
品田悦一「神ながらの歓喜―人麻呂「吉野讃歌」のリアリティ――」（『論集上代文学』二九）

笠間書院　二〇〇七年

清水克彦「旅人の宮廷儀礼歌」（『万葉論集』）　桜楓社　一九七五年（初出一九六〇年）

高松寿夫「規範としての「ミヤビ」・「風流」―石川女郎・大伴田主「ミヤビヲ問答」の読解をとおして―」（『上代和歌史の研究』）　新典社　二〇〇七年（初出二〇〇一年）

高松寿夫「「従来厭離此穢土」―憶良が基づいた仏教言説―」（『上代文学』一一二）　二〇一九年

瀧川政次郎「検税使大伴卿」（『万葉律令考』）　東京堂出版　一九七四年

辰巳正明「落梅の篇―楽府「梅花落」と大宰府梅花の宴―」（『万葉集と中国文学』）　笠間書院　一九八七年（初出一九八四年）

舘野和己「宮都の廃絶とその後」（『都城制研究』六）　二〇一二年

谷口孝介「吉田宜の書簡と歌」（神野志隆光・坂本信幸編『セミナー万葉の歌人と作品』四）　和泉書院　二〇〇〇年

土田知雄「大伴旅人・京人贈答歌私考」（『文学・語学』一二）　一九七四年

露木悟義「龍の馬の贈答歌」（神野志隆光・坂本信幸編『セミナー万葉の歌人と作品』四）　和泉書院　二〇〇〇年

鉄野昌弘「人麻呂泣血哀慟歌の異伝と本文―「宇都曽臣」と「打蝉」―」（『万葉』一四一）　一九九二年

鉄野昌弘「日本挽歌」（神野志隆光・坂本信幸編『セミナー万葉の歌人と作品』五）
和泉書院 二〇〇〇年
鉄野昌弘「藤原麻呂と坂上郎女の贈答歌」（『東京女子大学日本文学』一〇二） 二〇〇六年
鉄野昌弘「橘の花散る里の霍公鳥」（『大伴家持「歌日誌」論考』）
塙書房 二〇〇七年（初出一九九七年）
鉄野昌弘「後期万葉歌人の七夕歌」（『大伴家持「歌日誌」論考』）
塙書房 二〇〇七年（初出二〇〇三年）
鉄野昌弘「「留女之女郎」小考」（『大伴家持「歌日誌」論考』）
塙書房 二〇〇七年（初出二〇〇五年）
鉄野昌弘「佐用姫歌群をめぐって―巻五の歌群構成―」（『万葉集研究』二九）
塙書房 二〇〇七年
鉄野昌弘「「大宰帥大伴卿讃酒歌十三首」試論」（『万葉集研究』三六）
塙書房 二〇一六年
鉄野昌弘「大宰府の集団詠―「梅花歌」と「松浦河に遊ぶ」―」（蔵中しのぶ編『古代の文化圏とネットワーク』〈『古代文学と隣接諸学』二〉）
竹林舎 二〇一七年
鉄野昌弘「結節点としての「亡妾悲傷歌」」（『万葉』二二四） 二〇一七年
寺川眞知夫「旅人の讃酒歌―理と情」（『万葉古代学研究所年報』三） 二〇〇五年

富原（村田）カンナ「山上憶良の表現の独自性―「うちなびき　こやしぬれ」をめぐって―」（『日本語と日本文学』一九）一九九三年
富原（村田）カンナ「「大伴淡等謹状」考―その文体・用語をめぐって―」（『日本文学研究ジャーナル』一四）二〇二〇年
西澤一光「天平における「歌」の文学空間の創出―旅人から家持へ―」（『美夫君志』九四）二〇一七年
芳賀紀雄「望郷」（『万葉集における中国文学の受容』塙書房二〇〇三年（初出一九七二年）
芳賀紀雄「終焉の志」（『万葉集における中国文学の受容』）塙書房二〇〇三年（初出一九七五年）
芳賀紀雄「憶良の挽歌詩」（『万葉集における中国文学の受容』）塙書房二〇〇三年（初出一九七八年）
芳賀紀雄「時の花」（『万葉集における中国文学の受容』）塙書房二〇〇三年（初出一九七八年）
芳賀紀雄「詩と歌の接点―大伴旅人の表記・表現をめぐって―」（『万葉集における中国文学の受容』）塙書房二〇〇三年（初出一九九一年）
芳賀紀雄「万葉集における「報」と「和」の問題」（『万葉集における中国文学の受容』）

芳賀紀雄「万葉集における花鳥の擬人化―詠物詩との関連をめぐって―」（『万葉集における中国文学の受容』塙書房　二〇〇三年（一九九一年）
塙書房　二〇〇三年（初出一九九二年）
橋本達雄「坂上郎女のこと一、二」（『大伴家持作品論攷』）塙書房　一九八五年（初出一九七四年）
林田正男「小野朝臣老論」（『万葉集筑紫歌群の研究』）塙書房　一九八二年（初出一九七〇年）
原田貞義「松浦佐用姫の歌群」（神野志隆光・坂本信幸編『セミナー万葉の歌人と作品』四）和泉書院　二〇〇〇年
原田貞義「筑紫の雅宴（一）」（『読み歌の成立―大伴旅人と山上憶良―』）翰林書房　二〇〇一年（初出一九九八年）
古澤未知男「〈梅花歌〉序と〈蘭亭集序〉」（『漢詩文引用より見た万葉集の研究』）桜楓社　一九六六年（初出一九五五年）
増尾伸一郎「〈君が手馴れの琴〉考」（『万葉歌人と中国思想』）吉川弘文館　一九九七年（初出一九九一年）
益田勝実「鄙に放たれた貴族」（『火山列島の思想』）筑摩書房　一九六八年（初出一九六六年）

松田　浩「松浦逍遥歌群の後人追和歌と宜の書簡と」（『上代文学』九六）二〇〇六年
松田　浩「「報凶問歌」の「筆不尽言」と一字一音の歌と」（『古代文学』四二）二〇〇八年
松田　浩「梅花の宴歌群「員外」の歌―大伴旅人の〈書簡〉の中で読む―」（『文学』一六―三）二〇一五年
丸山裕美子「万葉律令考補―「検税使大伴卿」と「七出例」を中心に―」（『美夫君志』八七）二〇一三年
身﨑　壽「語り手と時間と―松浦河歌群を例として」（『万葉集研究』二六）塙書房　二〇〇四年
村瀬憲夫「『日本挽歌』試考」（『名古屋大学文学部研究論集』二〇）一九七三年
村田正博「旅人と漢風の遊び―讃酒歌十三首をめぐって―」（『万葉の歌人とその表現』）清文堂出版　二〇〇三年（初出一九七八年）
村田正博「旅人文芸の帰結―亡妻挽歌の形成をめぐって―」（『万葉の歌人とその表現』）清文堂出版　二〇〇三年（初出一九九一年）
吉井　巖「大伴旅人の名をめぐって」（『万葉集への視角』）和泉書院　一九九〇年（初出一九八〇年）
渡瀬昌忠「柿本人麻呂における贈答歌」（『万葉集歌群構造論』〈『渡瀬昌忠著作集』八〉）おうふう　二〇〇三年（初出一九七〇年）

著者略歴

一九五九年　東京都生まれ
一九八三年　東京大学文学部国文学専修課程卒業
一九九〇年　東京大学大学院人文科学研究科博士課程単位取得退学
帝塚山学院大学専任講師・助教授、東京女子大学助教授・教授を経て
現在　東京大学文学部教授

主要著書

『大伴家持「歌日誌」論考』（塙書房、二〇〇七年）
『日本人のこころの言葉　大伴家持』（創元社、二〇一三年）
『人生をひもとく　日本の古典』（全六冊、共著、岩波書店、二〇一三年）
『万葉集研究』第三十六集～第四十集（共編著、二〇一六～二一年）

人物叢書　新装版

大伴旅人

二〇二一年（令和三）三月二十日　第一版第一刷発行

著　者　鉄《てつ》野《の》昌《まさ》弘《ひろ》
編集者　日本歴史学会
代表者　藤田　覚
発行者　吉川道郎
発行所　株式会社吉川弘文館
東京都文京区本郷七丁目二番八号
郵便番号一一三―〇〇三三
電話〇三―三八一三―九一五一〈代表〉
振替口座〇〇一〇〇―五―二四四
http://www.yoshikawa-k.co.jp/
印刷＝株式会社 平文社
製本＝ナショナル製本協同組合

ISBN978-4-642-05302-0

『人物叢書』(新装版)刊行のことば

人物叢書は、個人が埋没された歴史書が盛行した時代に、「歴史を動かすものは人間である。個人の伝記が明らかにされないで、歴史の叙述は完全であり得ない」という信念のもとに、専門学者に執筆を依頼し、日本歴史学会が編集し、吉川弘文館が刊行した一大伝記集である。

幸いに読書界の支持を得て、百冊刊行の折には菊池寛賞を授けられる栄誉に浴した。

しかし発行以来すでに四半世紀を経過し、長期品切れ本が増加し、読書界の要望にそい得ない状態にもなったので、この際既刊本の体裁を一新して再編成し、定期的に配本できるような方策をとることにした。既刊本は一八四冊であるが、まだ未刊である重要人物の伝記についても鋭意刊行を進める方針であり、その体裁も新形式をとることとした。

こうして刊行当初の精神に思いを致し、人物叢書を蘇らせようとするのが、今回の企図である。大方のご支援を得ることができれば幸せである。

昭和六十年五月

日本歴史学会

代表者　坂本太郎

藤原頼長　橋本義彦著
藤原忠実　元木泰雄著
源頼政　多賀宗隼著
平清盛　五味文彦著
源義経　渡辺保著
西行　目崎徳衛著
後白河上皇　安田元久著
千葉常胤　福田豊彦著
源通親　橋本義彦著
文覚　山田昭全著
畠山重忠　貫達人著
法然　田村圓澄著
栄西　多賀宗隼著
北条義時　安田元久著
大江広元　上杉和彦著
北条政子　渡辺保著
慈円　多賀宗隼著
明恵　田中久夫著
藤原定家　村山修一著
北条泰時　上横手雅敬著
道元　竹内道雄著

北条重時　森幸夫著
親鸞　赤松俊秀著
北条時頼　高橋慎一朗著
日蓮　大野達之助著
阿仏尼　田渕句美子著
北条時宗　川添昭二著
一遍　大橋俊雄著
叡尊・忍性　和島芳男著
京極為兼　井上宗雄著
金沢貞顕　永井晋著
菊池氏三代　杉本尚雄著
新田義貞　峰岸純夫著
花園天皇　岩橋小弥太著
赤松円心・満祐　高坂好著
卜部兼好　冨倉徳次郎著
覚如　重松明久著
足利直冬　瀬野精一郎著
佐々木導誉　森茂暁著
二条良基　小川剛生著
細川頼之　小川信著
足利義満　臼井信義著

今川了俊　川添昭二著
足利義持　伊藤喜良著
世阿弥　今泉淑夫著
上杉憲実　田辺久子著
山名宗全　川岡勉著
経覚　酒井紀美著
一条兼良　永島福太郎著
亀泉集証　今泉淑夫著
蓮如　笠原一男著
宗祇　奥田勲著
万里集九　中川徳之助著
三条西実隆　芳賀幸四郎著
大内義隆　福尾猛市郎著
ザヴィエル　吉田小五郎著
三好長慶　長江正一著
今川義元　有光友學著
武田信玄　奥野高広著
朝倉義景　水藤真著
浅井氏三代　宮島敬一著
上杉謙信　山田邦明著
織田信長　池上裕子著

明智光秀　高柳光寿著
大友宗麟　外山幹夫著
千利休　芳賀幸四郎著
松井友閑　竹本千鶴著
豊臣秀次　藤田恒春著
ルイス・フロイス　五野井隆史著
足利義昭　奥野高広著
前田利家　岩沢愿彦著
長宗我部元親　山本大著
安国寺恵瓊　河合正治著
石田三成　今井林太郎著
真田昌幸　柴辻俊六著
最上義光　伊藤清郎著
前田利長　見瀬和雄著
高山右近　海老沢有道著
島井宗室　田中健夫著
淀君　桑田忠親著
片桐且元　曽根勇二著
徳川家康　藤井譲治著
藤原惺窩　太田青丘著
支倉常長　五野井隆史著

徳川秀忠　山本博文著
伊達政宗　小林清治著
天草時貞　岡田章雄著
立花宗茂　中野等著
宮本武蔵　大倉隆二著
小堀遠州　森蘊著
徳川家光　藤井譲治著
由比正雪　進士慶幹著
佐倉惣五郎　児玉幸多著
林羅山　堀勇雄著
松平信綱　大野瑞男著
国姓爺　石原道博著
野中兼山　横川末吉著
保科正之　小池進著
隠元　平久保章著
徳川和子　久保貴子著
酒井忠清　福田千鶴著
朱舜水　石原道博著
池田光政　谷口澄夫著
山鹿素行　堀勇雄著
井原西鶴　森銑三著

松尾芭蕉　阿部喜三男著
三井高利　中田易直著
河村瑞賢　古田良一著
徳川光圀　鈴木暎一著
契沖　久松潜一著
市川団十郎　西山松之助著
伊藤仁斎　石田一良著
徳川綱吉　塚本学著
貝原益軒　井上忠著
前田綱紀　若林喜三郎著
近松門左衛門　河竹繁俊著
新井白石　宮崎道生著
鴻池善右衛門　宮本又次著
石田梅岩　柴田実著
太宰春台　武部善人著
徳川吉宗　辻達也著
大岡忠相　大石学著
賀茂真淵　三枝康高著
平賀源内　城福勇著
与謝蕪村　田中善信著
三浦梅園　田口正治著

毛利重就　小川國治著
本居宣長　城福勇著
山村才助　鮎沢信太郎著
木内石亭　斎藤忠著
小石元俊　山本四郎著
山東京伝　小池藤五郎著
杉田玄白　片桐一男著
塙保己一　太田善麿著
上杉鷹山　横山昭男著
大田南畝　浜田義一郎著
只野真葛　関民子著
小林一茶　小林計一郎著
大黒屋光太夫　亀井高孝著
松平定信　高澤憲治著
菅江真澄　菊池勇夫著
鶴屋南北　古井戸秀夫著
島津重豪　芳即正著
狩谷棭斎　梅谷文夫著
最上徳内　島谷良吉著
渡辺崋山　佐藤昌介著
柳亭種彦　伊狩章著
香川景樹　兼清正徳著
平田篤胤　田原嗣郎著
間宮林蔵　洞富雄著
滝沢馬琴　麻生磯次著
調所広郷　芳即正著
橘守部　鈴木暎一著
黒住宗忠　原敬吾著
水野忠邦　北島正元著
帆足万里　帆足図南次著
江川坦庵　仲田正之著
藤田東湖　鈴木暎一著
二宮尊徳　大藤修著
広瀬淡窓　井上義巳著
大原幽学　中井信彦著
島津斉彬　芳即正著
月照　友松圓諦著
橋本左内　山口宗之著
井伊直弼　吉田常吉著
吉田東洋　平尾道雄著
緒方洪庵　梅溪昇著
佐久間象山　大平喜間多著
真木和泉　山口宗之著
高島秋帆　有馬成甫著
シーボルト　板沢武雄著
高杉晋作　梅溪昇著
川路聖謨　川田貞夫著
横井小楠　圭室諦成著
小松帯刀　高村直助著
山内容堂　平尾道雄著
江藤新平　杉谷昭著
和宮　武部敏夫著
西郷隆盛　田中惣五郎著
ハリス　坂田精一著
森有礼　犬塚孝明著
松平春嶽　川端太平著
中村敬宇　高橋昌郎著
河竹黙阿弥　河竹繁俊著
寺島宗則　犬塚孝明著
樋口一葉　塩田良平著
ジョセフ＝ヒコ　近盛晴嘉著
勝海舟　石井孝著
臥雲辰致　村瀬正章著

黒田清隆　井黒弥太郎著
伊藤圭介　杉本勲著
福沢諭吉　会田倉吉著
星亨　中村菊男著
中江兆民　飛鳥井雅道著
西村茂樹　高橋昌郎著
正岡子規　久保田正文著
清沢満之　吉田久一著
滝廉太郎　小長久子著
副島種臣　安岡昭男著
田口卯吉　田口親著
福地桜痴　柳田泉著
陸羯南　有山輝雄著
児島惟謙　田畑忍著
荒井郁之助　原田朗著
幸徳秋水　西尾陽太郎著
ヘボン　高谷道男著
石川啄木　岩城之徳著
乃木希典　松下芳男著
岡倉天心　斎藤隆三著
桂太郎　宇野俊一著
徳川慶喜　家近良樹著
加藤弘之　田畑忍著
山路愛山　坂本多加雄著
伊沢修二　上沼八郎著
秋山真之　田中宏巳著
前島密　山口修著
成瀬仁蔵　中嶌邦著
前田正名　祖田修著
大隈重信　中村尚美著
山県有朋　藤村道生著
大井憲太郎　平野義太郎著
河野広中　長井純市著
富岡鉄斎　小高根太郎著
大正天皇　古川隆久著
津田梅子　山崎孝子著
豊田佐吉　楫西光速著
渋沢栄一　土屋喬雄著
有馬四郎助　三吉明著
武藤山治　入交好脩著
坪内逍遙　大村弘毅著
山室軍平　三吉明著
阪谷芳郎　西尾林太郎著
南方熊楠　笠井清著
山本五十六　田中宏巳著
中野正剛　猪俣敬太郎著
三宅雪嶺　中野目徹著
近衛文麿　古川隆久著
河上肇　住谷悦治著
牧野伸顕　茶谷誠一著
幣原喜重郎　種稲秀司著
御木本幸吉　大林日出雄著
尾崎行雄　伊佐秀雄著
緒方竹虎　栗田直樹著
石橋湛山　姜克實著
八木秀次　沢井実著

▽以下続刊